시카 울프

시야 장편소설

fio
ret

시카 울프 1

초판 1쇄 인쇄 2017년 5월 17일
초판 2쇄 발행 2018년 9월 21일

지은이 시야
발행인 오영배
기획 박성인
책임편집 편집부
디자인 권지연
제작 조하늬

펴낸곳 (주)삼양출판사 · 피오렛
주소 서울시 강북구 도봉로 173
대표 전화 02-980-2112 **팩스** / 02-983-0660
편집부 전화 02-980-2116 **팩스** / 02-983-8201
블로그 blog.naver.com/dan_gul
출판등록 1999년 3월 11일 제9-00046호.

ISBN 979-11-283-9174-3 (04810) / 979-11-283-9173-6 (세트)

fioret 은 (주)삼양출판사의 로맨스 판타지 문학 브랜드입니다.

ROMANCE FANTASY STORY
시야 장편소설

시카 울프

1

fio
ret

contents

1장

마법사와 방랑자

필사적으로 달렸다.

달도 없는 어두운 밤이었다. 멀리서 수십 개의 횃불과 고함 소리, 그리고 사냥개의 짖는 소리가 뒤를 따라왔다.

"괴물을 잡아!"

"어디로 간 거야!"

"마수 새끼!"

네 다리로 필사적으로 달렸지만, 사냥개가 짖는 소리가 바로 뒤에서 들려왔다.

다른 형제들은 잡혀 죽었다.

몇몇은 도망을 갔겠지.

도망을 갔기를 간절히 바랐다.

괴물.

괴물.

괴물.

그들이 죽은 것은 나 때문이다.

내가 괴물이라서.

모두가 나를 숲의 악마라고 부른다. 날 보면 비명을 지르고, 도망치거나—

공격한다.

쉬익—!

화살이 팔을 스쳐서 난 움찔하며 더 빠르게 달렸다. 피 냄새를 맡은 사냥개의 울음소리에 흥분이 더해졌다.

"저쪽이야!"

"찾았다!"

"죽여! 놈을 잡아 죽여야 해!"

"놓치지 마라!"

숨이 턱까지 차올라서 괴로웠다.

팍—!

등을 얻어맞은 듯한 둔탁한 느낌이 들더니 곧 통증이 밀려들었다. 하지만 난 멈추지 않았다. 달릴 때마다 점점 더 촉이 깊이 박히는 듯 심해져서—

눈물이 끝없이 흘러넘쳤다.

이대로 사냥개들에게 찢겨 죽는 걸까? 아니, 그것만은 사양이다. 난 나무 위로 올라갔다. 그리고 가지에서 가지로 뛰어 넘어서 이동하기 시작했다.

내가 올라간 나무 아래 모인 개들은 헤매는가 싶더니 어떻게 알았는지 날 찾아내 쫓아왔다.

점점 더 온몸에서 힘이 빠졌다.

'어쩌면 죽는 게 더 나을지도 몰라.'

저렇게 많은 사람이 날 미워해서, 날 괴물이라고 부르고 죽이려고 한다면, 난 진짜로 괴물인지도 모른다.

사실 어머니의 배 속에 있을 때도 그랬다.

─내 배 속에 괴물이 있어요! 마수의 씨가!

그녀의 비명이 지금도 생생하다. 그리고 그 배 속에 나와 함께 있었던……

나의 유일한 형제.

피가 그르륵 하고 목구멍에 올라왔고, 숨을 쉬기가 힘들었다.

내가 죽어 주는 것이, 저들을 위한 일일까? 그럴지도 모른다.

하지만.

내가 왜?

내가 왜 이렇게 죽어야 하는가? 괴물로 태어나길 바란 적은 단 한 번도 없었어!

싫어, 싫어, 싫어, 죽고 싶지 않아.

하지만 몸에 힘은 이제 없다. 가지를 붙잡고 몸을 날려야 하는데, 힘없이 손이 미끄러지면서 난 계곡에 빠졌다. 한낮에도 검게 보일 정도로 깊은 계곡 물은 뼈가 시릴 정도로 차가웠다. 쿠르릉 하고 돌에 부딪힌 물살이 내는 소리에 귀가 먹먹해졌다.

"아─!"

비명이 터져 나왔지만, 밤의 어두운 계곡은 거칠게 날 삼켰다. 몇 번 돌에 몸을 부딪쳐서 고통에 몸부림치다가 난 정신을 잃었다.

멀리서 누군가가 소리치는 소리가 들린 것 같았다.

"……카!"

* * *

"굉장해……."

시카는 저도 모르게 입을 헤 벌리고 성문 근처에 멈춰 섰다. 열린 성문으로 많은 사람이 오가고 있었다. 이렇게 많은 사람을 보는 것은 처음이다.

어젯밤의 악몽을 보상할 만큼 굉장한 광경이었다. 낯선 곳에 혼자인 탓인지 오랜만에 옛날 꿈을 꾸었다.

하지만 이 광경은 그걸 보상하고도 남았다.

마법사의 탑을 떠난 지 삼 개월.

그동안의 고생을 생각하니 눈물이 나오는 것 같았다. 하지만 아직 진정한 고생은 시작되지 않았다. 감격이 약간 사라지자마자 현실적인 문제가 고개를 들었다.

'무엇보다도 지금 시급한 건 돈이야.'

돈. 돈. 돈.

지금껏 인생을 살면서 시카는 한 번도 돈을 사용해 본 적이 없었다. 그게 얼마나 대단한지도 잘 몰랐다. 아주 어렸을 때 마법사의 탑에 들어갔고, 거기서 지금까지 자랐다. 그녀가 돈에 대해 아는 것은 경험으로 익힌 것이 아니라 교육받은 것이었다.

그런 여자아이가 큰돈을 들고―심지어 그게 큰돈인지도 모른 채― 어슬렁거리며 물건을 사러 오니 당연히 표적이 됐다.

어떤 물건을 살 때건, 상인들은 두 배, 세 배, 가끔은 영을 하나 더 붙인 가격을 불렀다.

시카는 '아니, 왜 다 이렇게 비싼 거지?' 하는 생각을 하며 수상쩍음을 느꼈지만 항의해 봐야 돌아오는 건,

"아, 진짜 아가씨 뭘 모르시네. 이 가격이 맞다니까?"

하는 대답뿐이었다.

모두가 그렇게 입을 모으니 그녀는 미심쩍음과 의심을 느끼면서도 돈을 내는 수밖에 없었다.

만약에 그녀가 사악한 마법사였다면 손가락을 튕기는 걸로 그놈들을 거꾸로 매달아 탈탈 털었겠지만 슬프게도 그녀는 선한 마법사다.

'적어도 착해지려고 하는 마법사란 말이지.'

한숨을 내쉬고 그녀는 한참을 서서 사람들이 오가는 것을 지켜보았다.

제국의 기후는 제국의 거대한 땅덩어리만큼 다양했다. 하지만 적어도 이곳은 겨울이라 알록달록한 복대를 찬 당나귀나 노새들이 짐을 옮기고 있었다. 사람들 역시 다들 꽁꽁 싸매고 있다.

썰매에 매달린 방울들이 딸랑이는 소리며 사람들이 크게 소리치는 소리.

'다들 부지런하구나.'

겨울이라는 것이 믿어지지 않을 정도로 활기가 넘치고 있었다.

시카는 한참 서서 사람 구경을 했다.

눈이 빙글빙글 돌고 멀미가 날 정도였다. 그녀는 한참 후에야 크게 한숨을 쉬고 그 일행에 합류했다. 병사는 수상쩍은 차림의 그녀에게 신분증을 요구했고 시카는 얼른 백작가에서 받은 등록증을 보여 주었다.

귀족가의 신분 보증서다.

그것만으로도 신분 검사는 쉽게 통과되어 성안으로 들어갈 수 있었다.

성안은 더 대단했다.

'게다가 시끄러워.'

어지럽고, 시끄럽고, 온갖 냄새가 다 섞여서 났다. 상설 시장이 서 있는 것만 봐도 다른 세계에 온 것 같았다.

'그리고 난 촌티를 풀풀 내고 있군. 하지만 어쩔 수 없잖아?'

이런 광경은 처음 보는데.

애써 자신을 스스로 위로하며 시카는 여관을 골랐다. 겉보기에 반듯한 여관은 값이 비쌀 것 같고, 그렇다고 너무 허름한 곳을 잡자니 벼룩과 기타 등등 벌레들이 걱정된다. 저렴한 여관을 잡았다가 온갖 벌레들에게 물리는 경험을 한 시카는 신중에 신중을 기해서 여관을 잡았다.

'나무로 만든 이층집이라.'

마법사의 탑은 튼튼한 돌로 되어 있었는데, 여기는 나무 계단이었고 삐걱거리는 소리도 났다.

'갑자기 무너지는 건 아니겠지.'

애써 위안하며 시카는 좁은 방에 자리를 잡았다.

정리할 짐도 딱히 없어서 그녀는 작은 가방을 내려놓고 다시 밖으로 나왔다. 바로 용병 등록을 하러 가 볼 참이었다.

시카는 돈이 필요했고, 아무것도 없는 그녀가 할 수 있는 일이라고는 용병 일뿐이었다.

제국에서 마법사는 희귀하다.

희귀하다 못해 진귀, 아주 보기 드문.

전 제국민 중에서 마법사라는 존재를 보지 못하고 죽는 사람이 99.99%일 정도였다.

그게 당연한 것이 마법사들은 얼음탑이라고 불리는 마법사의 탑에서 평생 틀어박혀 나오지 않는다.

외부에서 마법을 쓰는 일이 같은 마법사들 사이에서는 '지나

친 잘난 척', '세계의 흐름을 깨트리는 일'로 받아들여졌다.

그러다 보니 탑 안에서 수많은 연구를 하며 지혜와 지식을 상아탑으로 층층이 쌓아가지만, 그것이 결코 외부에 공개되는 일은 없었다.

그 흐름이 바뀐 것이 고작 일 년 전부터다.

이 년 전쯤 일어난 마법사 반란으로 제국에서 마법사의 이미지는 바닥을 쳤다. '세상을 관조하자'는 얼음탑의 의견에 반대한 마법사들이 모여 제국을 뒤흔들려고 했다가 실패한 것이다.

불로불사의 마법과 관련이 있던 터라, 마법사와 손을 잡고 제국민을 제물로 바치려고 했던 황제가 폐위되고 황태자가 보위에 오르는 등 사건의 여파가 무척 컸다. 그럼에도 여전히 얼음탑 내부의 의견은 모아지지 않았다. 여전히 '그래도 우리는 관조해야 한다'고 나이 든 마법사들은 뒷짐을 졌다.

하지만 젊은 마법사들은 달랐다.

그들은 '우리도 외부로 나가서 사람들과 어울려야 한다!'고 목소리를 높이기 시작했고 시카처럼 얼음탑 밖으로 나오는 마법사가 생기기 시작했다.

그래 봐야 그녀를 포함해 대여섯 명 정도지만 말이다.

게다가 마법사 반란의 여파가 가시지 않아 마법사를 향한 시선은 좋지 않았다.

그러니 마법사가 구할 수 있는 일자리라는 건 존재하지 않았다.

'내가 착실하게 설거지 알바를 해서 돈을 모을 게 아니라면 말이지.'

시카는 한숨을 내쉬며 거리를 걸었다.

'용병이 그나마 목돈을 빨리 만지는 직업이니까.'

그녀는 돈이 필요했다.

물론, 받아온 여행자금이 무서운 속도로 떨어지고 있는 것도 문제였지만 그녀가 돈이 필요한 것은 개인적인 일을 위해서였다.

그것 때문에 굳이 탑에서 나온 것이다.

시카는 찾을 사람이 있었다.

사람을 찾는 데엔 돈이 많이 들어간다. 세상 물정 모르는 자신이 정보를 찾아다닐 수는 없으니 흥신소에 의뢰해야 할 터였다.

그녀가 알아본 바에 의하면 그런 의뢰는 하루 단위로 돈이 팍팍 올라간다.

'하지만 그래도 반드시 찾아야 해.'

시카의 인생에서 너무나도 중요한 문제였다.

'게다가 용병이라니.'

시카는 살짝 뺨을 붉혔다.

두근거리는 마음이 없는 것도 아니었다. 탑 안에서 모험 소설을 읽으며 두근거리던 날도 많았다.

그 소설 속에 꼭 등장하는 것이 용병이었다. 심지어 주인공이 용병 일을 하며 온갖 모험을 하지 않는가?

그걸 생각하면 심장이 두근거렸다.

시카는 걸음을 재촉했다. 그녀의 촌스러운 녹색 로브 자락이 겨울바람에 휘날렸다. 얇디얇은 로브는 방한에 도움을 주지 못했다.

'이거 진짜 춥다.'

시카는 몸을 떨었다. 그녀가 안쪽에 걸치고 있는 건 제국민들이 40년 전쯤 유행했더랬지, 하는 소매에 러플 장식이 달린 셔츠였다.

모두 값비싼 가격으로─즉 바가지를 써서, 팔리지 않는 상품을 강매 당한 것이었다.

'추운데 모자도 사야 하나? 하지만 모자까지 사면 돈이 다 떨어질 것 같단 말야.'

시카는 자신의 연분홍색 머리카락을 붙잡으며 한숨을 내쉬었다.

시카는 보기 드문 미소녀였다. 이제 십 대 중후반으로 보이는 외모에, 벚꽃색의 긴 머리카락은 솜사탕처럼 풍성하게 물결치며 흘러내리고, 눈동자 빛깔은 연보라색.

자수정이나 제비꽃이 아닌 새벽하늘 같은 신비한 연보라 빛이었다.

촌스러운 옷을 입고 있어도 그녀의 외모는 시선을 끌어서 사람들은 힐끔힐끔 그녀를 돌아보았다.

그런 시선은 전혀 눈치채지 못하고 시카는 추위에 떨며 빠르게 걸음을 옮겼다.

시카가 읽은 책에 따르면 용병 역시 군사력이라 나라의 관리를 받고 있었다. 관리를 받는다고 해도 용병 길드가 있고, 모든 용병은 무조건 다 이곳에 등록해야 하며, 일정 규모 이상의 일은 길드를 통해서만 의뢰를 받을 수 있게 해 놓은 것이었다.

기사 제도가 발달한 제국에서 용병의 수는 많지 않았지만, 그래도 꾸준히 성업 중이었다.

시카는 물어물어 용병 길드를 찾아갔다.

'작다.'

용병 길드의 첫인상은 그거였다. 검과 방패가 그려진 간판이 바람에 삐걱거리며 흔들리고 있었다.

'그리고 낡았어.'

어쩐지 낭만의 일부가 색이 바랜 기분이다.

칠이 벗겨진 간판을 힐끗 바라보고 시카는 용기를 내서 문을 밀어 열었다.

'무거워.'

기름칠하지 않은 건지, 문이 무거운 건지 시카는 끙끙거리며 문을 밀어 열었다. 안으로 들어가니 덩치 큰 남자들이 테이블을 사이에 둔 채 여기저기 서서 이야기를 나누고 있었다. 길드라기보다는 선술집이라고 해야 할 것 같았다.

술잔 부딪치는 소리와 웃음소리가 요란했다. 그 가운데서 시카는 눈에 확 튀었다. 그녀의 외모도 눈에 튀는데, 옷차림도 눈에 튄다.

사람들은 대화를 멈추고 시카를 바라보며 옆 사람을 팔꿈치로 쿡쿡 찌르거나, 턱짓으로 시카를 가리켰다. 시카는 고개를 치켜들고 안쪽으로 향했다. 바를 마른걸레로 쓱쓱 닦고 있던 바텐더가 고개를 들었다.

가무잡잡한 피부에 구불거리는 새까만 머리카락을 질끈 묶은 삼십 대 여성이었다. 그녀가 시카를 보고 싱긋 웃었다. 커다란 귀걸이가 눈에 띄었다.

"손님?"

"아, 네."

"의뢰하실 건가요?"

"아뇨, 제가 용병으로 등록하고 싶어서."

그 말에 바텐더가 위아래로 시카를 훑어보았다. 노골적인 시선이었지만 시카는 어깨를 펴고 당당해지려고 애썼다.

"미안하지만 가출한 어린애는 안 받는데."

"가출하지도 않았고, 어린애도 아니에요. 마법사입니다."

시카의 말에 바텐더의 눈에 이채가 스쳤다. 짧게 사람들 사이에도 웅성거림이 지나갔다.

"마법사래."

"마법사?"

"마법사라고?"

커다란 파문이 퍼지듯, 시카의 한마디에 가게 안에 있던 모든 사람의 시선이 시카에게 집중이 되었다. 시카는 허리를 꼿꼿하게 세우며 그 시선들을 견뎌 냈다. 바텐더가 마른걸레를 내려놓으며 까닥 손짓했다.

"이쪽으로."

그녀가 바를 나서며 큰소리로 외쳤다.

"잭! 나 대신 바 좀 봐!"

"알았어."

구석에서 비질하던 청년이 종종걸음으로 다가왔다. 바텐더가 뒤쪽 문을 열며 시카에게 손짓했고 시카는 얼른 그녀를 따라 안으로 들어갔다.

선술집인 앞쪽과 달리 뒤쪽은 단정한 사무실이었다. 의외의 모습에 시카는 이리저리 시선을 던졌다. 서류 작업을 하던 직원 두세 명이 눈인사했다. 바텐더가 자기소개를 했다.

"내가 여기 지부장인 칼리야."

"시카 울프라고 합니다."

시카는 정중하게 인사를 했다.

칼리는 의심이 가득한 얼굴을 하며 물었다.

"마법사라고? 난 사기꾼 말고는 본 적 없어. 진짜 마법사는 드물지. 넌 진짜인가?"

"진짜야."

칼리가 존대하지 않는데, 자신이 존대해 줄 필요는 없다. 시카의 말에 칼리는 방문을 열며 고개를 끄덕였다.

"그렇다면 증명해 봐."

시카는 방 안으로 들어갔다. 지부장의 위치가 얼마나 높은 건지는 모르겠지만, 방의 크기는 그렇게 크지 않았다. 질 좋은 가구들이 난로 불빛에 비쳐 반짝반짝 광택을 내고 있었다.

"내가 진짜라는 걸 증명하라고?"

"그래. 무슨 얼음탑의 인장이니 그런 거 말고. 눈속임도 아닌 진짜 마법."

칼리가 웃었다.

"만약에 어설프게 속이려고 들면 그 로브를 빼앗고, 엉덩이를 걷어차 쫓아낼 줄 알아."

시카는 협박이 무섭지도, 불쾌하지도 않았다. 그녀는 진짜니까. 단지 어떤 마법을 보여 줘야 할까 하다가 일단 왼쪽 소매에 손을 넣었다.

칼리는 그 동작을 빤히 보았다. 시카가 소매에서 꺼낸 것은 그녀의 키보다 큰 지팡이였다. 눈처럼 새하얀 나무로 만들어진 그 지팡이의 끝에는 육각형의 커다란 황수정 장식이 달려 있었다.

시카가 설명했다.

"보통은 이런 지팡이 없이도 마법을 쓰지만, 나는 있는 편이 더 쉽게 마법을 쓸 수 있어서."

보기에는 무거워 보이는 지팡이를 시카는 가볍게 휘둘렀다.

"레페르."

작게 마법 시동어를 외치자 수정 주변으로 둥근 금색의 마법진이 그려지며 빛이 났다. 칼리는 눈을 휘둥그레 떴다.

"아!"

칼리는 탄성을 질렀다. 방금까지 방 안에 서 있었는데 지금 서 있는 곳은 여름 들판 한가운데다. 천천히 해가 저물어 가는, 푸른 밀밭 한가운데 서 있었다.

바람이 불어 뺨을 스쳤다. 칼리는 손을 뻗어 물결치는 밀을 손끝으로 어루만지며 떨리는 목소리로 물었다.

"여기가 대체 어디지? 마법으로 어떻게 한 건가?"

"이거 전부 환상이야."

"환상?!"

깜짝 놀라 칼리는 주변을 살펴보았다.

풋풋한 밀 냄새도, 노을 지는 하늘도, 손끝의 밀도, 멀리 우는 종달새의 울음소리마저 생생한데 이게 환상이라고?

시카는 가볍게 지팡이를 흔들어 환상을 물러나게 했다. 썰물 빠져나가듯 환상이 밀려 사라지고 다시 아까 그 방이다.

칼리는 침을 꿀꺽 삼켰다.

"진짜 마법사로군."

"진짜야. 그럼 용병이 될 수 있는 건가?"

시카의 물음에 칼리가 "물론이지!" 하고 힘주어 말했다. 그녀의 표정이 밝아졌다.

"마법사 용병이라니 처음이야. 바로 1급으로 신청해 줄게."

칼리의 말에 시카는 고개를 끄덕였다.

1급이 뭔지는 모르겠지만 높은 등급이겠지.

'용병도 등급을 매기는구나.'

당연한 일일지도 모르지만 새삼스러웠다. 시카가 조심스럽게 질문을 던졌다.

"그러면 모두 몇 급까지 있는 건데?"

"5급. 1급이 가장 위고― 아니 완전히 위는 아니지만. S급이라는 등급이 따로 있으니까."

"S급?"

"마스터."

칼리의 말에 시카는 "아." 하고 작게 소리를 냈다가 얼른 주장했다.

"그럼 나도 S급으로 해 줘."

마스터가 S급이라면 마법사인 자신도 그래야 한다. 적어도 첫 번째로 용병이 되는 마법사일 텐데 부당하게 한 등급 낮춰서 시작하고 싶지는 않았다.

"그건 심사를 받아야 해. 일단 1급으로 하고 심사를 올리지. 이쪽에 앉아."

반말은 여전하지만, 어조나 태도가 공손해졌다는 건 시카도 알 수 있었다. 난로에 가까운 상석에 시카를 앉히고 칼리는 서류를 꺼냈다.

"이걸 작성해 주겠어?"

"응."

칼리가 만년필을 같이 건네주었다. 그때 문밖이 소란스러워졌다.

"잠깐만요, 안에 손님이—"

밖에서 직원이 누군가를 말리는 소리가 났다. 하지만 상대는 막무가내로 밀고 들어와 문을 벌컥 열었다.

상대를 보고 칼리가 목소리를 높였다.

"카서스?!"

놀란 건지, 반가운 건지 알 수 없는 목소리였다. 문을 열고 들어온 카서스는 싱긋 웃었다. 시카는 눈을 휘둥그레 뜨고 그를 바라보았다.

짙푸른 색 머리카락을 하나로 단정하게 올려 묶은 남자는 배우를 해도 좋을 만한 얼굴을 하고 있었다. 중성적인 매력이 담긴 그 얼굴을 시카는 뚫어져라, 바라보았다.

심장이 멈춘 것 같았다.

아니, 아니면 너무 빠르게 뛰는 걸까?

그녀의 그런 심정을 아는지 모르는지 카서스는 태연하게 인사했다.

"안녕, 칼리. 그리고 그쪽 분. 마법사신가요?"

"네, 네에—"

시카는 멍하니 대답했다. 카서스가 웃으며 말했다.

"내가 잘생긴 건 아니까 그런 표정 해 주지 않아도 됩니다. 카서스 리안이라고 합니다."

시카는 더는 참지 못하고 자리에서 벌떡 일어나 성큼성큼 그에게로 다가갔다. 바싹 붙어 선 그녀가 휙 양손을 뻗어 카서스는 반사적으로 몸을 빼려다가 억눌렀다. 적의가 없다는 건 알 수 있었다. 시카는 양손으로 그의 얼굴을 잡아당겨 직시했다.

이 얼굴.

'내 검사님이다.'

내 인생에서 가장 중요한 두 사람 중, 한 사람.

설마 이렇게 만나게 될 거라고는 예상도 하지 못했다.

눈을 찌푸리고 입을 열려던 카서스는 시카의 표정에 시선을 빼앗겼다.

천천히 그녀의 얼굴에 기쁨이, 그리고 강렬한 애정이 번지기 시작했다.

카서스의 금빛 도는 밝은 녹색 눈이 크게 떠졌다.

시카는 입을 열려고 했지만, 눈물이 먼저 흘러넘쳤다.

순전한 기쁨의 눈물.

표정만으로 누군가를 전심으로 사랑한다고 외칠 수 있다면, 이 얼굴일 거라고 카서스는 확신했다.

가슴 안쪽이 저릿해졌다.

그 진주같이 동글동글 떨어지는 눈물을, 홀린 듯이 바라보다가 카서스는 간신히 정신을 차렸다.

"잠깐, 아가씨?"

카서스가 당황했다. 시카는 눈물을 뚝뚝 흘리면서 웃었다.

"드디어 만났다."

만날 수 있을 거라고는 믿었지만, 한편으로는 정말 만날 수 있을까 회의적이었는데.

다시 만날 수 있을 거라고 약속한 대로.

"만나, 만나서— 다시, 기—쁘고 웃—"

말이 나오지 않았다.

아아, 얼마나 바보처럼 보일까? 하지만 눈물이 멈추지 않아 시카는 울면서 웃었다.

"카서스?"

칼리가 당황해 카서스의 이름을 부르자 카서스 역시 당황해서 말했다.

"저기, 아가씨? 괜찮아요?"

그 말에 시카는 당황해 손을 뗐다.

"그, 죄송합니다! 갑자기 이런—"

시카가 황급히 눈물을 닦아 내며 웃었다. 순수하게 애정과 기쁨으로 꽉 찬 얼굴이었다. 그런 표정은 처음 봤다. 카서스는 완전히 그 얼굴에 매혹되어 말도 꺼내지 못하고 바라만 보았다.

잠시 후 간신히 정신을 차린 그가 헛기침을 하고 말했다.

"아니, 괜찮습니다. 왜 그랬는지는 모르지만."

"저 기억 안 나세요?"

그 말에 화들짝 놀란 시카가 양손으로 자신을 가리키며 물었다. 그 말에 카서스는 눈을 가늘게 뜨고 시카를 바라보았다.

저런 머리카락 색과 저런 눈동자 색의, 이런 미소녀를 잊었을

리는 없다.

"아니, 없는데요."

카서스의 말에 시카의 얼굴이 빨갛게 달아올랐다. 그녀가 필사적으로 말했다.

"아, 그게 저는 그때 이만했고, 작았으니까 물론 그러시겠지만! 왜 늑대와 함께 있던 늑대 소녀요!"

시카가 자신의 허벅지 근처를 손바닥으로 키를 재듯 하며 빠르게 말했다.

카서스가 웃었다.

"당신이 그만했을 때가 적어도 십 년 전일 텐데, 그때는 나도 십 대 소년이었답니다? 그리고 늑대 소녀라면 기억하고 있었을 것 같네요."

"그런……."

중얼거린 시카는 그제야 이상한 점을 발견했다. 자신의 기억 속의 그와 현재의 그의 다른 점이 보이지 않는다.

인간은 나이를 먹는다.

"몇 살이시죠?"

"스물여섯입니다."

그 말에 시카는 어깨를 늘어트렸다. 실망감이 그녀의 얼굴에 짙게 드리워져서 카서스는 본인이 잘못한 것 같다는 기분마저 들었다.

그녀가 애써 미소를 지으며 말했다.

"그, 죄송합니다. 착각했나 봐요."

하지만 이렇게 똑같이 생겼는데.

시카는 뚫어져라 카서스를 보았다.

하지만 아닌 건 아닌 거다. 자신과 나이 차가 거의 나지 않았다.

그럼 자신이 대여섯 살이었을 때 그 역시 비슷한 나이였겠지.

자신을 탑까지 데려다준 검사님은 당시 성인이었으니까.

카서스는 그 말에 묘한 아쉬움을 느꼈다.

눈앞에서 뭔가 아주 값진 것을 빼앗긴 기분?

하지만 그는 얼른 아쉬움을 털어 버리고 말했다.

"그거 아쉽네요. 그런 표정을 짓게 한 사람이 어떤 사람인지 궁금한데요."

"절 마법사의 탑까지 데려다주신 분이에요. 그게, 그쪽이랑 정말 똑같이 생겼거든요. 파란 머리카락에, 금색이 섞인 녹색 눈동자에, 예쁜 얼굴까지."

"허? 저 같은 사람이 둘이라니. 그게 가능할까요. 이런 예쁜 얼굴이 둘이기는 쉽지 않은데."

진지하게 턱을 문지르며 말하는 카서스를 시카가 멀뚱히 쳐다보았다.

'이 사람 지금 자기 얼굴을 보고 예쁜 얼굴이라고 한 거야?'

우와—

진짜로 이런 사람이 있구나.

방금 전의 감정이 싹 식듯이 사라져 버렸다. 착각도 정도가 있지.

시카는 저도 모르게 가슴을 쓸어내렸다.

'이런 사람이 검사님일 리가 없지. 나도 참.'

"그래서 카서스 리안. 갑자기 무슨 일이야?"

칼리가 짜증 섞인 목소리로 말했다. 카서스가 칼리에게 윙크하며 얼른 시카의 뒤로 돌아가 그녀의 양어깨를 짚었다.

"물론 마법사님을 데리러 온 거지."

"뭐?"

"저를요?"

시카가 깜짝 놀라 외쳤다.

"엥? 본인마저 놀라면 어떻게 해요?"

카서스가 의아해져서 묻자 시카가 그를 돌아보며 물었다.

"저를 데리러 오다니, 누구세요? 무슨 일이에요?"

"어라? 아르카나에게 듣지 못했어요? 얼음탑이나?"

"전혀요?"

"아, 이런."

카서스는 혀를 찼다. 칼리가 허리에 손을 얹고 말했다.

"어떻게 된 거야? 자세히 이야기해 봐. 그리고 그쪽은 등록할 거야?"

"아, 네."

"등록? 용병? 마법사가? 왜죠?"

"돈이 없어서요."

간결한 대답에 카서스는 "아." 하고 잠시 침묵하다가 말했다.

"그거 등록 말인데, 잠깐 그만두는 게 어때요? 대신 나랑 이야기를 먼저 하죠."

"야, 카서스 리안! 네가 방랑자라고 해도 이건 아니다."

칼리가 눈을 찡그리며 팔짱을 꼈다. 눈앞에서 용병이 될 마법사를 놓치다니 안 될 일이다. 카서스가 "에이—" 하며 미소를 지었다. 어떤 여자라도 얼굴을 붉힐 만한 요염한 미소였다.

"칼리, 그러지 말고. 보니까 계약서도 안 주고 먼저 등록서부터 쓰게 하려는 것 같은데—"

그 말에 칼리가 움찔했고 시카도 놀라 칼리를 보았다. 칼리는 "쳇." 하고 테이블 위에 올려진 등록증을 휙 들어 올리며 말했다.

"빚 하나 달아 둬."

"응~ 고마워, 영리하고 아름다운 칼리."

카서스가 손키스를 날리고 시카의 손목을 잡아 살짝 당겼다.

"나가죠."

시카는 이게 무슨 일인가 싶었지만, 고개를 끄덕였다. 그녀는 들고 있던 지팡이를 얼른 다시 왼쪽 소매에 넣었다. 카서스는 그녀의 키보다 큰 지팡이가 소매 안으로 들어가는 걸 보고 그녀의 로브 소맷자락을 흔들어 보았다. 시카는 저도 모르게 웃었다.

"마법이에요."

"물론 그렇겠죠."

카서스는 정중하게 대답하고 문을 열었다. 그는 시카를 데리고 빠르게 용병 길드를 빠져나왔다.

"어디에 묵고 계시나요?"

"은편자 여관이요."

"알겠습니다. 그럼 그 근처로 가서 이야기하죠."

카서스가 그녀를 데리고 간 곳은 전면이 다 유리창인 고급 카페였다.

'이런 곳은 비싸지 않나.'

시카는 주머니 속의 돈을 세어 보며 그를 따라 안으로 들어갔다. 곳곳에 작은 난로들이 훈기를 뿜어내고 있었다. 카서스는 안쪽에 자리를 잡았다. 종업원에게 그는 모피 망토를 벗어 넘겨주었고, 시카는 자신의 로브를 벗어 주었다. 카서스는 시카의 셔츠를 보고 잠시 할 말을 잃었으나 입을 다물었다.

뭐, 옷 취향이야 자신이 뭐라고 할 수 있는 게 아니니까.

그게 40년 전 유행했던 옷을 입고 다니는 마법사라고 해도…… 해도…….

"그 셔츠는 탑에서 가지고 나온 건가요?"

참을 수 없어 카서스가 불쑥 물었다. 시카가 자신의 옷을 보고 뺨을 붉히며 말했다.

"아뇨, 산 거예요. 다른 옷이 너무 비싸서 이걸 살 수밖에 없었어요. 저도 이 옷이 그렇게 예쁘지 않은 건 알지만."

카서스는 "아." 하고 얼른 사과했다.

"죄송합니다."

이 마법사가 자신의 옷이 이상하다는 것을 알고 있었을 줄은 몰랐지.

카서스가 헛기침하고 물었다.

"그래서 그 옷은 얼마를 주신 건가요?"

"천 케르브요."

"천?!"

카서스는 저도 모르게 상체를 세우며 되물었다. 푹 시카가 한 숨을 내쉬었다.

"역시 바가지를 쓴 거였군요."

개구리로 만들어 줄걸.

카서스는 방금 '개구리' 어쩌고 하는 말을 들은 것 같았지만, 눈앞의 순진해 보이는 소녀가 그런 말을 할 리는 없을 것 같았다.

그가 어깨를 으쓱하고 말했다.

"그것도 양심이 없다 하는 수준을 넘어서는군요. 대체 어떤 놈인지 낯짝을 한 번 보고 싶네요."

시카가 끙 하고 신음을 흘리며 속삭였다.

"그래서 얼마나 당한 건가요? 알고 싶기도 하고 알고 싶지 않기도 하지만……."

카서스가 슬픈 눈으로 시카를 바라보며 말했다.

"그 셔츠를 최소 스무 벌은 살 수 있습니다. 천 케르브면."

시카는 그 말에 멍하니 자신의 셔츠를 내려다보았다. 그녀는 소매에 달린 주름 장식을 찢어 버리고 싶은 충동을 느끼며 말했다.

"알려 주셔서 감사합니다."

지금은 참지만, 여관으로 돌아가면 쫙쫙 찢어 버리리라.

"대신 여기 음료는 제가 사죠."

카서스가 종업원에게서 메뉴판을 받아 시카에게 건네며 말했다. 시카는 힐끔힐끔 그를 바라보았다. 그동안은 전부 자신을 속이려는 사람뿐이었다.

심지어 방금 만났던, 자신이 마법사라는 것을 안 용병 사무실의 지부장이라는 사람마저도. 그런데 이 사람은 믿어도 되는 걸까?

하지만 그를 바라보면 그런 의문은 스르륵 녹아 버린다.

'닮아서 그런가?'

역시 닮았다. 기억 속의 검사님과 똑같다.

'아니면 좀 다른데 내 기억이 희미해서 닮은 사람을 보니까 이미지가 대체된 건가?'

먹을 것을 사 주고 뭘 요구하려고 하는 걸까?

카서스는 그런 시카를 보고 갸웃하며 물었다.

"메뉴 고르는 게 어려우시면 골라 드릴까요? 아니면 제 얼굴을 감상할 시간을 충분히 드릴까요?"

"죄, 죄송해요!"

"그렇게 닮았나요?"

"네. 진짜로요."

힘주어 강조하자 카서스의 얼굴이 약간 어두워졌다가 다시 웃는 얼굴로 돌아왔다.

"저도 한번 그 사람이 누군지 알아보고 싶네요."

"그리고—"

"네."

시카가 메뉴판을 카서스에게 도로 내밀었다.

"골라 주세요."

카서스는 경쾌하게 웃으며 메뉴판을 받아 들었다. 달콤한 것을 좋아한다는 그녀의 취향을 받아들여 카서스는 생크림이 듬뿍 올라간 쇼콜라를 주문했다. 그리고 자신의 몫으로는 블랙커피를 주문했다.

곧 음료가 나왔다. 시카는 컵 위에 올라간 새하얀 크림을 뚫어져라 바라보았다. 카서스가 말했다.

"스푼으로 떠서 드시면 됩니다. 쇼콜라는 그냥 마시면 되고요."

"네."

시카는 아주 약간의 크림을 은수저로 떠서 관찰하다가 입안으로 넣었다.

"—!"

그녀의 얼굴에 퍼지는 놀라움을 카서스는 즐겁게 바라보았다.

"맛있어요."

시카는 크림이라는 것이 이렇게 맛있는 거구나, 하고 감탄했다. 설탕을 잔뜩 사용한 단맛 역시 생소한 것이었다.

그녀가 그동안 맛본 단맛은 자연적인 과일의 단맛이 전부였으니, 설탕은 신세계였다.

카서스가 퐉퐉 크림을 먹는 시카를 보고 말했다.

"다행이네요."

시카는 빠르게 크림을 퍼먹고 쇼콜라를 마셨다. 진득한 액체는 적당히 쌉쌀하면서도 달콤했다. 몸이 떨릴 만큼 맛있었다.

'천천히 먹자.'

줄어드는 것이 아까워 시카는 입맛을 다시며 컵을 내려놓았다. 카서스가 그런 그녀에게 말했다.

"그래서, 이름이라도 알려 주시지 않겠어요?"

그 말에 시카는 아직 자기소개를 하지 않았다는 걸 깨달았다. 이런 실수를 계속 연달아 하다니, 마법사를 뭐라고 생각할까?

시카는 최대한 얌전하게 보이려 눈을 내리깔며 말했다.

"시카 울프라고 해요."

"울프, 늑대란 말이죠."

카서스가 '재미있는 성이네요.' 하고 중얼거리자 시카는 싱긋 웃었다. 그 웃음에 카서스는 아까 그녀가 '늑대 형제들과'라는 말을 했던 것을 떠올렸다.

그것은 비유일까? 아니면 진짜일까?

겉보기에는 손에 물 한 방울 묻히지 않고 자란 고귀한 아가씨처럼 보였다.

문득 떠오른 생각에 카서스가 물었다.

"설마 실바의 울프 상회와 관련이 있는 건 아니죠?"

"울프 상회요?"

"네, 실바의 노른자위 건물을 다 차지하고 있는 상회요."

"늑대 털 한 올만큼의 관련도 없어요."

시카가 고개를 획획 저었다. 울프 상회라니 자신은 들어 본 적도 없다. 카서스는 그녀의 말이 진실인 걸 알아 고개를 끄덕였고 시카는 싱긋 웃으며 이어 말했다.

"네, 그냥 시카라고 불러 주세요."

"시카. 귀여운 이름이네요. 만나게 된 마법사님이 이런 분이라 다행입니다. 아르카나를 상대할 때는 좀, 그랬거든요."

아르카나라는 이름을 말할 때 카서스는 저도 모르게 이를 갈았다.

그가 이를 득득 가는 것에 비해, 시카는 그 이름을 듣고 저도 모르게 반가운 어조로 말했다.

"아르카나를 만나셨어요?"

"네. 그래서 당신을 소개받은 건데요. 설마 본인에게 연락이 가지 않았을 줄이야."

"언제 소개받으셨나요?"

"두 달 전쯤이요."

"아, 제가 탑과 연락을 좀 오래 하지 않아서요."

"보통은 주기적으로 연락하나요?"

"필수적인 건 아니지만 한 달에 한 번은 연락하는데, 그동안 제가 적응하느라 정신이 없어서. 잔소리는 듣기 싫었거든요."

슬그머니 시선을 내리며 말하는 시카를 보고 카서스는 생각에 잠겼다.

좀 더 나이가 많은, 경험이 풍부한 마법사를 소개해 줄 거라고 생각했는데, 막상 만난 상대는 갓 성인이 된 듯한 소녀다.

얼음탑에서는 이 일을 중요하게 생각하지 않은 걸까?

아니면 이 소녀가 보기와는 다르게 실력자일까?

"그럼 제가 다시 부탁을 드려야겠군요."

"네. 무슨 일이신가요?"

시카는 무릎 위에 손을 얹고 진지한 얼굴로 카서스를 보았다.

얼음탑이나 아르카나가 자신을 소개해 줬다면 분명 허투루 지나갈 일은 아닐 것이다.

"마수에 대해 아시나요?"

카서스의 물음에 시카는 고개를 끄덕였다.

마수는 자신의 전문 분야 중 하나였다.

"네."

"그렇군요. 지리를 얼마나 아실지 모르겠는데, 제국의 서쪽은 검은 숲과 맞닿아 있습니다."

카서스가 손가락으로 길게 1자를 그려 보였다.

"그리고 이 검은 숲이 끝나는 곳에 붉은 숲이 붙어 있죠. 제국의 서남부에요."

길게 내려온 손가락이 동그라미를 그린다.

"여기에 사는 부족에게는 '주술사'가 있습니다."

"주술사……."

시카는 입술에 손을 대며 눈을 내리깔았다. 과연, 이 일을 왜 자신에게 맡겼는지 알 것 같았다. 마수에 대해서도, 규격 외 마법에 대해서도, 탑 안에서는 자신이 최고라고 자부할 수 있었다.

카서스가 말을 이었다.

"제 걱정은 요즘 서남부에서 나오는 마수들이 이 주술사의 부름을 받은 것이 아닌가, 부름이 아니더라도 주술사가 수작을 부리는 게 아닐까 하는 겁니다."

"그렇군요."

"그래서 그쪽 계통은 잘 모르니 마법사의 도움을 받고 싶고요."

카서스의 말에 시카는 잠시 고민하다가 말했다.

"그럼 저도 도움을 받고 싶은데요."

"어떤 도움 말인가요?"

시카는 힐끗 그를 보았다가 다시 컵으로 시선을 내리며 말했다.

"사람을 찾고 싶어요."

"사람 찾기라……."

카서스는 고개를 기울였다. 그걸 따라 그의 포니테일 역시 기울어졌다. 툭툭 테이블을 손끝으로 두들기며 그는 생각에 잠겼다. 사람 찾기란 어찌 보면 쉬우면서도 어찌 보면 까다로운 일이다. 하지만 이러니저러니 해도 마법사의 도움이 없으면 카서스의 일은 진전되지 않는다.

카서스는 툭 마지막으로 테이블을 두들기고 말했다.

"좋습니다."

"도와주시는 건가요?"

"서로 돕는 거죠."

"네, 그걸로 괜찮아요."

시카는 고개를 끄덕였다.

자신은 바깥세상을 잘 모르니 차라리 카서스에게 사람 찾는 일을 맡기고 자신은 자신의 전문 분야 일을 하는 게 서로에게 좋을 것이다.

카서스가 그런 그녀를 향해 질문을 던졌다.

"그러면 서로 계약한 김에 하나 물어볼까요?"

"네."

"시카는 얼마나 실력자예요?"

"네?"

"나는 내가 제국에서 다섯 손가락 안에 드는 실력자라는 걸 말해 두고서 시작할게요. 물론 얼음탑에서는 당신을 추천했지만……."

"이런 모습이라 불안하신 거군요."

"약간의 염려죠."

카서스가 오른 눈을 깜박하며 말했다. 다른 쪽 눈을 전혀 찡그리지 않는 자연스러운 윙크였다. 시카는 한숨을 내쉬었다. 그래, 여기저기서 속고 다니는, 게다가 십 대로밖에 보이지 않는 마법사에게 신뢰가 생기지는 않겠지. 그런데도 계약을 하고 나서 물어봐 주는 건 좋은 사람이라고 해야 하나.

"저도 탑 안에서 다섯 손가락 안에 든다고 말해 둘게요."

"오?"

시카가 웃으며 컵을 어루만졌다.

여기서 뭔가 마법을 보여 줘서 쐐기를 박아야 하나?

하지만 대규모 마법을 쓸 수도 없고, 테이블 위에서 이루어지는 눈요기 마법으로는 증명되지 않을 터였다.

'게다가 이 사람도 자신의 실력을 보여 준 건 아니잖아?'

내가 믿었다면, 이 사람도 믿어야지.

시카는 그렇게 생각하며 다시금 강조했다.

"허세 같은 게 아니라, 진짜로요."

"그렇다면 믿겠습니다."

카서스는 고개를 끄덕였다.

그가 순순히 믿어서 시카는 약간 당황했다. 하지만 반대로 생각해 보니 실력을 가지고 거짓말을 하는 것만큼 바보 같은 일은 없었다.

곧 들통날 테니까.

카서스는 눈앞에 앉아 있는 마법사의 외모를 보고 내린 판단 일부를 폐기했다.

탑 안에서 다섯 손가락이라고 하면 자신과 마찬가지로 제국, 아니 대륙 전체에서 다섯 손가락 안에 드는 마법사일 것이다. 검사야 전 대륙에 퍼져 있지만, 마법사들은 얼음탑, 한곳에밖에 모여 있지 않으니까 말이다.

쇼콜라를 다시 한 모금, 소중하게 마시고 그녀가 물었다.

"그런데 아까 계약서도 안 보여 주고 등록시키려 한다고 했잖아요……."

"아, 용병 등록을 하는 건 상관없는데 등록하면 몇 가지 제약이 생기거든요. 그중 하나가 길드에서 강제로 차출할 수 있다는 겁니다. 물론 횟수가 정해져 있기는 하지만. 마법사는 그런 일이 생기면 골치 아프지 않나요."

"아프죠."

시카는 눈을 크게 뜨고 휙휙 고개를 끄덕였다. 그녀가 어깨를 푹 늘어트렸다.

"나름대로 열심히 공부하고 나왔다고 생각했는데도, 속절없이 당하는군요. 심지어 이런저런 사기도 당할 거라고 예상까지 해서 각오했는데도 말이에요."

"그건 어쩔 수 없죠. 이론과 실제는 또 다르니까요."

카서스의 말에 시카는 약간의 위로를 얻고 물었다.

"카서스도 예전에는 당했었나요?"

"저도 어릴 때는 조금."

"그랬군요."

시카는 한숨을 내쉬었다. 카서스가 말했다.

"그런데, 사람을 찾는 건 먼저 절 도와주시고 나서 그다음으로 미뤄도 될까요?"

시카는 순순히 고개를 끄덕였다.

"네, 그렇게 급한 일도 아닌걸요."

"누구를 찾으시는 건가요?"

"쌍둥이 동생이요. 태어나자마자 헤어졌거든요."

시카의 말에 카서스가 "그건 유감이네요." 하고 말해 시카는 고개를 끄덕였다.

배 속에서 함께였다.

보통은 어머니의 배 속에서 있었던 일은 기억 못 한다고 한다. 하지만 자신은 아니었다.

바깥세상이 전부, 자신들을 해치려고 발톱을 세우고 있었고, 자신은 그때마다 두려워서 어쩔 줄을 몰랐지만 그래도 혼자가 아니라 위로받았다.

그렇다고 단순히 잃어버린 혈육을 찾는 일이 아니었다. 물론 누구라도 자신의 형제, 자매와 떨어지면 애틋해져서 찾으려 애쓰리라.

하지만 시카는 좀 더 다른 의미에서 그를 찾고 있었다.

그녀는 아무에게도 쌍둥이 동생에 대해서 말한 적 없었다. 동생에 대해서 이야기하면 혹시 조사가 들어갈까 두려웠다. 하지만 그 역시도 자신과 같은지 확인하고 싶었다.

그녀는 반드시 자신의 쌍둥이 동생을 찾아야 했다.

그녀는 자신의 내면을 숨기며 최대한 가벼운 어조로 대꾸했다.

"네. 뭐 꼭 만나는 건 아니더라도, 먼발치에서 그냥 '잘 지내고 있네.' 그렇게 보는 것만으로도 충분해요."

"알겠습니다. 뭔가 다른 단서가 있나요? 저와 함께 붉은 숲으로 떠나는 동안, 정보 수집을 의뢰해 두면 될 것 같은데요."

"그게—"

시카는 끙 하고 말했다.

"태어나자마자 헤어져서 거의 기억이 없어요. 남자아이고요, 머리는 갈색이에요. 눈은…… 모르겠고……. 제가 태어난 곳 근처에 숲과 호수가 있었어요. 꽤 큰 호수예요. 귀족이었던 것 같아요. 그리고 어쩌면……."

시카는 잠시 머뭇거리다가 말했다.

"어머니는 정신이 이상했을지도 몰라요."

시카는 슬그머니 카서스의 눈치를 보았다.

누구나 멈칫할 만한 말이지만 카서스는 원래 집집마다 정신이 이상한 어머니가 있다는 듯 고개를 끄덕이고 말했다.

"꽤 추상적인 단서지만 알겠습니다. 출생을 증명할 물건 같은 건 없나요?"

시카는 고개를 저었다. 카서스는 알겠다고 대답했다. 시카는 야금야금 쇼콜라를 마셨다. 다 마신 것이 아쉬워서 잔을 내려두는데 카서스가 물었다.

"그런데 다른 사람은 안 찾고요?"

"네?"

"그 저와 닮은 사람 말이에요."

카서스가 활짝 웃으며 물어서 시카의 얼굴이 붉어졌다.

"아, 검사님 말이군요. 네, 음, 찾지는 않을 거예요."

"검사님? 이름을 몰라요?"

카서스가 의아해져서 묻자 시카가 고개를 끄덕였다.

"네. 이름을 알려 주지 않았거든요. 대신 검사님이라고 부르라고 하셨고요. 그래서 그냥 검사님이라고 불러요. 저에게 검사님은 그 사람 한 명뿐이니까요."

"유일, 이라."

카서스는 그 단어를 음미하듯 입 안에서 굴려 보았다.

자신에게는 필요 없는 단어지만, 혀 안에서 달콤하게 울리는 것도 사실이다.

"저라면 남동생보다는 그쪽을 먼저 찾겠어요."

시카가 고개를 저었다.

"아니에요. 다시 만나게 될 거라고, 그랬거든요. 그러니까 찾지 않아도 검사님은 다시 만나게 될 거라 생각해요."

"운명론자이신가 보죠?"

"그냥, 믿는 거죠."

시카는 어깨를 으쓱했다. 카서스는 그런 그녀를 신기하게 바라보았다.

"늑대 소녀였다거나, 궁금한 점은 많지만—"

그가 말꼬리를 늘렸다가 빙긋 웃었다.

"파고드는 건 좋아하지 않으니 여기까지 하죠."

"별거 아닌 이야기예요."

시카는 그렇게 대꾸하면서도 자세한 이야기를 풀어놓지는 않았다. 카서스는 별말 없이 물었다.

"한 잔 더 드시겠어요?"

"네? 아뇨, 괜찮습니다!"

시카는 고개를 획획 저었다. "사양하실 필요는 없는데……." 하고 카서스는 중얼거리다가 창밖을 내다보았다. 그가 짙게 미소 지어서 시카는 밖에 뭔가가 있나 하고 내다보았다. 하지만 그냥 오가는 사람들만 보일 뿐, 별다를 것이 없었다.

"그럼 갈까요?"

카서스가 자리에서 일어나며 말해 시카도 얼른 자리에서 일어났다. 로브를 종업원에게서 받아 들어 입고 시카는 카서스가 계산하는 데 귀를 쫑긋 세웠다.

이런 곳은 얼마나 하는 걸까?

하지만 계산하는 직원이 얼마라고 입을 열어 말하지는 않았고 계산은 별 흥정도 없이 이루어졌다. 시카는 정보를 얻지 못한 것에 실망하며 카페를 나섰다.

유리문 근처에서도 찬바람이 불었는데 문을 나서자 한기가 몰아닥쳤다.

"일단 여관까지 모셔다 드리겠습니다. 내일 아침에 제가 여관으로 찾아가죠."

카서스의 말에 시카가 고개를 저었다.

"아뇨, 혼자서도 충분히 갈 수 있어요."

"그러신가요?"

"네."

시카의 말에 카서스는 "알겠습니다." 하고 순순히 그녀를 보내 주었다. 시카는 그에게 꾸벅 인사해 보이고 발걸음을 옮겼다.

머릿속이 복잡했다. 얼른 여관으로 가서 아르카나에게 연락을 해야겠다고 그녀는 다시금 생각했다.

멀어지는 시카의 뒷모습을 보며 카서스는 한숨을 삼켰다.

'이상한 게 붙었군.'

그녀는 바가지를 쓴 것에만 분개했지만, 카서스는 그녀가 그동안 멀쩡하게 여행했다는 것이 신기했다. 본질은 마법사지만 겉보기에는 나긋한 팔다리를 가진 미소녀였고, 혼자 여행하는 소녀에게 일어나는 일이란 뻔했다.

카서스는 용병 길드를 나올 때부터 따라온 기척이 거슬렸다. 처음에는 그냥 가는 방향이 같은가 했는데, 카페 주변을 맴돌더니 자신과 시카가 헤어지자마자 시카에게 따라붙는다.

그래서 일부러 그녀를 혼자 보낸 것도 있었다.

그녀를 쫓는 건지 자신을 쫓는 건지 확인해 보려고 말이다. 카서스는 빙그레 웃었다. 지나가던 여자들은—간혹 남자들도—

저도 모르게 카서스를 한 번씩 더 돌아보았다. 카서스는 그런 여성들에게 찡긋 윙크를 날려 주고는 가볍게 걸음을 옮겼다. 몇 걸음 걷지 않아서 그는 사람들 사이로 녹아들었다.

기척을 죽이고 마치 보호색을 뒤집어쓴 뱀처럼 카서스는 슬그머니 시카와 그녀를 쫓는 자의 뒤를 쫓았다.

* * *

"두 달 만에 널 찾아내다니, 굉장한데."

시카는 원반 너머에서 들려오는 목소리에 한숨을 내쉬고 말했다.

"두 달이나 헤매게 했다니 미안하네. 내가 좀 더 자주 연락을 해야 했는데."

"아니, 그 인간은 좀 헤매도 괜찮아."

그 말에 시카는 눈을 깜박였다. 그녀의 둥근 원반 모양 목걸이는 장거리 통화용이었다. 그리고 오늘의 통화 상대는 아르카나다.

탑에서 나와 적극적인 활동을 하는 첫 번째 마법사인 그는 현재 앙케르트나 백작가의 수석 마법사로 일하고 있었다.

덕분에 탑에서 나온 마법사들은 모두 그에게 들러—실제적으로는 백작가에 들러서— 신세를 지고 있었다.

"그 사람이랑 무슨 일 있었어?"

아르카나의 뾰족한 어투에 시카가 의아해하며 묻자 아르카나가 "조금." 하고 말을 아꼈다. 시카는 캐묻지 않는 대신 다른 걸 물었다.

"괜찮은 사람이야?"

"아, 그건 걱정하지 않아도 돼. 그래 봬도 방랑자거든."

"방랑자?"

되묻자 오히려 아르카나가 놀라 물었다.

"몰라? 네 명의 마스터 있잖아."

"모르겠는데."

시카의 말에 아르카나는 "세상을 책으로만 배우니 유명한 소문은 모르는 맹점이 있군. 기초 소문 책자라도 만들어서 배본해야 하나." 하고 중얼거렸다.

"그래서 뭔데?"

시카가 되묻자 아르카나도 되물었다.

"오러 사용자가 뭔지는 알지?"

"당연하지."

시카는 뭘 그런 것까지 묻냐는 어투로 대꾸했다.

검의 극의에 달하면 오러라는 것을 쓸 수 있게 된다. 자연의 힘―에테르를 모은, 마법사로 치면 마력과도 같은 것이다.

그리고 오러를 사용하면 오러 코어라는 것이 몸에 생겨난다. 그 생김새가 보석과 닮아 소드 주얼이라고도 불렸다.

오러 사용자를 흔히 마스터라고 부르고는 했다.

"그 마스터 중에서 제국에서 가장 강하다고 불리는 네 명이 있어. 흑기사 베라무드, 은기사 시그리드, 광전사 우툴루, 마지막으로 방랑자 카서스."

"아─! 그럼 엄청 강한 사람인 거네?"

"그렇지."

그 사람 마스터였구나…….

실물을 보는 것은 처음이다. 제국에 마스터 수가 고작 열일곱이라고 했으니─얼마 전에 일어났던 마법사 반란으로 지금은 그 수가 줄어 열 명쯤이 되었지만─ 보통 사람은 평생 한 번 만나는 것도 힘들 것이다.

"그러니까 사기 치거나 그러지는 않을 거야. 그리고 그럴 만한 사람에게 내가 마법사를 소개해 줄 리가 없잖아."

아르카나의 말에 시카가 미소를 짓곤 가볍게 발을 까닥이며 말했다.

"그거야 모르는 거지. 사람의 마음속 어둠을 누가 잴 수 있겠어?"

"좋은 마음가짐이야."

아르카나는 경쾌하게 대답하고 물었다.

"그래서 그 '사람의 마음속 어둠'에 얼마나 당했어?"

"어?"

"자금 모자라지 않아?"

"어떻게 알았어?"

놀란 시카가 묻자 아르카나가 웃음기 섞인 목소리로 답했다.

"다들 그쯤 되면 바가지 쓰거나 사기당해서 돈이 다 떨어지더라고."

"아, 나만 당한 거 아니구나! 아냐. 그래도 아직 금화 세 개—삼천 케르브 남아 있다고."

"빈털터리가 아니라니 다행이네."

"그리고 이제 카서스랑 다닐 테니까, 자금은 이걸로 충분해. 안 그래도 오늘 용병 등록을 하려고 했는데—"

"용병?"

아르카나의 목소리가 날카로워졌다. 그 날카로움을 시카는 대수롭지 않게 날려 버리듯 말했다.

"응, 돈이 없어서. 그런데 카서스가 말려 줬어. 거기서도 사기당할 뻔했지 뭐야. 돈을 벌 수 있는 다른 방법을 좀 생각해 봐야겠어."

"자금이 필요하면 말해. 얼음탑이 가난한 것도 아니고……."

시카는 개인적인 사정이 있다는 말은 하지 않고 웃으며 말했다.

"진짜 급해지면 손 벌릴게. 고마워."

"아냐. 이쪽이야말로 복잡한 일 맡겨서 미안. 하지만 맡길 만한 사람이 너밖에 없어서."

아르카나의 말에 시카는 고개를 끄덕였다.

"이해해. 그리고 장막에 대한 문제라면 날 선택하는 게 맞지."

에헴, 하고 시카는 고개를 치켜들었다. 아르카나에게는 목소리만 들렸지만, 그녀의 그런 동작을 쉽게 상상할 수 있어서 가볍게 웃었다가 한숨과 함께 말했다.

"진짜로 그런 게 아니면 좋겠는데."

주술사가 일부러 장막을 찢는 그런 게.

아르카나가 무겁게 말하자 시카 역시 동의했다.

"나도."

이어 둘은 몇몇 이야기를 더 나눈 후 통화를 끊었다. 시카는 도로 목걸이를 목에 찼다. 밤이 더 늦기 전에 자는 게 좋겠지.

'내일은 동행이 있는 여행이구나.'

마음이 편해졌다. 그동안 혼자 여행하면서 잔뜩 긴장해 있었는데, 이제 의지할 만한 동행이 있다.

좀 이상한 사람인 것 같지만.

'아냐, 그렇다고 너무 마음을 풀면 안 돼.'

동행이 있다고 마음을 풀었다가 물건을 잃어버리거나 하면 안 된다.

'긴장하자, 긴장.'

짝짝 양 뺨을 두들기고 시카는 머리를 풀었다. 그녀는 작은 가방 안에서 잠옷을 꺼내어 갈아입고 침대 안으로 꾸물꾸물 들어갔다.

'발 시려.'

손으로 발끝을 몇 번 주무르다가 시카는 까무룩 잠이 들었다.

*   *   *

오스터는 슬그머니 여관 방문을 밀고 나갔다.

낮에 용병 길드에서 본 눈에 번쩍 뜨이는 미소녀를 잊을 수가 없었다. 그런 머리카락 색은 처음 봤다. 속살도 분명히 뽀얗겠지.

'이야기만 하는 거야, 이야기만.'

그냥 귀여운 여자아이와 이야기를 하고 싶을 뿐이다. 처음에는 '방랑자'와 함께 떠나기에 역시 얼굴 반반한 놈만 따라다니는 여자인가 했는데, 나중에 헤어지는 걸 보니 다행히도 아닌 모양이었다.

어디에 묵는지 알아내서 바로 그 옆방을 잡았다.

그리고 모두가 잠든 새벽에 그는 슬그머니 복도로 나섰다. 복도는 어둡고, 인기척도 없었다. 연신 주변을 살피며 그는 핀을 열쇠 구멍에 밀어 넣었다. 이런 싸구려 여관의 자물쇠쯤이야 그에게는 없는 거나 마찬가지였다.

그냥 잠든 얼굴을 좀 보고, 이야기를 나누고 싶을 뿐이다.

달칵.

작은 소리와 함께 잠금쇠가 열렸다. 오스터가 문고리를 살그머니 잡아 돌리는데 목에 칼날이 와 닿았다.

"쉿—"

작은 목소리와 함께.

오스터는 천천히 눈을 굴려 상대를 보았다. 카서스 리안이었다. 카서스가 서늘하게 웃으며 말했다.

"여기서 뭘 하는 걸까?"

"나, 나, 나는 그냥—"

오스터의 목소리가 떨렸다. 카서스는 칼을 쥔 손에 힘 조절 따위 하지 않았고 오스터의 목이 얇게 몇 번 그이면서 피가 흘렀다.

하지만 그는 그것조차 느끼지 못했다.

"그냥 뭐?"

"방을 착각해서—"

"방금 네가 옆방에서 나온 걸 봤는데?"

입술이 바싹 말라 왔다. 그러나 곧 오스터는 당당해졌다. 아니 그가 뭘 어떻게 하겠는가? 도둑질하다 걸린 것도 아니고, 그냥 방문을 핀으로 열었을 뿐이다.

"옆방 아가씨와 대화를 좀 하고 싶었을 뿐이야."

카서스가 코웃음을 쳤다. 그가 칼을 쥐지 않은 반대쪽 손으로 오스터의 허리춤을 들춰 보고 말했다.

"대화하는데 밧줄이랑 몽둥이가 필요한가 봐?"

"용병이니까 가지고 있는 거뿐이고."

"재갈도?"

"그래."

"밧줄과 몽둥이로 무슨 대화를 하는데? 예전에도 이런 대화를 한 적 있나 보지?"

그 질문에 오스터는 처음 얘기하려고 했던 소녀를 떠올렸다.

저 분홍 머리 소녀만큼은 아니지만, 상당히 아름다운 금발의 소녀였다. 그는 그 소녀와 이야기를 좀 해 보고 싶었을 뿐이었다.

그래서 한밤중에 몰래 방에 들어갔더니 여자애는 놀라 비명을 질렀고, 그는 당황해서 그녀를 한 대 쳤다.

이야기만 하려고 했을 뿐인데, 도망치려고 하기에 밧줄로 묶었다. 그러자 그녀가 발버둥 치는 척하면서 드레스 자락을 들어 올려 자신을 유혹했다.

남녀가 한 방에 있으면 뭐, 일어날 일이야 뻔하지 않은가?

일을 다 끝내고 나니, 어처구니없게도 먼저 유혹한 주제에 신고하겠다고 하기에 어쩔 수 없이 베개로 얼굴을 누르는 수밖에 없었다.

이야기만 하려고 했을 뿐인데 말이다. 자신이 좀 더 잘생겼다면 그 소녀의 반응도 달랐겠지.

그런 생각을 하며 오스터는 태연하게 내뱉었다.

"아니. 무슨 말인지 모르겠는데."

카서스가 칼날을 거두며 말했다.

"썩 꺼져. 다시는 이 근처에 어슬렁거리지 마."

오스터는 제까짓 게 뭐라고, 그렇게 생각했지만 카서스 앞에서 그 말을 내뱉을 용기까지는 없었다. 그는 "감사합니다. 다시는 그러지 않겠습니다. 감사합니다." 하고 몇 번이나 굽신대며 여관 밖으로 내려갔다.

'제길, 지가 마스터면 다야? 계집애 같은 낯짝이나 해서.'

오스터는 씩씩거리며 어두운 골목을 걸었다. 분노가 가슴속을 헤집듯이 치밀어 올라 참을 수가 없었다.

'그깟 계집애 따위 널려 있는—'

투덜거리는데 누군가가 목 앞쪽을 강하게 퍽 하고 친 것 같았다.

"컥—?"

목을 더듬으니 뭔가가 튀어나와 있다. 뭐지? 싶어 그는 컥컥거리며 그것을 잡아당겼다. 극심한 통증이 느껴졌다. 목에 박혀 있던 비수가 빠져나오자 피와 함께 공기 거품이 그르륵 하고 빠져나왔다.

오스터는 비명을 지르려고 했지만, 거품만 몇 번 목구멍으로 새어 나왔고 그는 곧 앞으로 쓰러졌다.

몇 번 움찔거리더니 그걸로 끝이었다.

잠시 후 통금이 내려져 아무도 다니지 않는 어두운 골목 사이로 카서스가 모습을 드러냈다.

'뒈졌네.'

그가 죽었다는 걸 확인하고 카서스는 다시 어둠 속으로 모습을 감췄다.

상당히 준비성이 철저한 놈이었다.

자신이 막지 않았다면 범죄를 저질렀을 거고, 이미 거기까지 간 상대는 다음에 또 범죄를 저지르게 되어 있다.

'남의 인생 망칠 놈을 그대로 두면 안 되지.'

어쩌면 이미 누군가의 인생을 망쳤을지도 모른다.

보통이라면 범죄를 보고 먼저 경비대에 신고하겠지만, 카서스는 달랐다. 그는 규율을 중시하지도 않았고, 절차를 애용하지도 않았다.

손을 더럽히는 것도 주저하지 않는다.

그가 기지개를 쭉 켜며 하품을 했다.

'왜 저런 치안도 안 좋은 여관에 묵는 건지.'

'가격 저렴'이라는 이유는 알지만 그래도 지금처럼 주변을 경계하면서 밤을 새우는 게 기쁜 업무는 아니다. 카서스는 슬렁슬렁 은편자 여관 근처로 돌아가 몸을 숨겼다.

반짝.

언제나처럼 시카는 동트기 전에 눈을 떴다. 새벽 6시에 일어나는 생활이지만, 겨울에는 깜깜할 때 일어나게 되니 더 일찍 일어난 것처럼 느껴진다.

여기는 그래도 도시 여관이라서 그럴까? 물이 얼어 있지는 않았다. 얼음장처럼 차가운 건 여전하지만 말이다.

평소라면 고양이 세수였겠지만 오늘은 카서스를 만나니 시카는 꼼꼼하게 세수했다. 얼굴이 빨개지며 따끔거렸다. 이어 오늘은 머리의 손 빗질도 꼼꼼하게 하고 머리카락의 일부를 땋아 내렸다.

거울을 바라보고 싱긋 웃어 본 후 시카는 잠시 거울 속 자신을 바라보았다.

노화하지 않는다는 건 굉장히 매력적인 일처럼 느껴지겠지만, 시카는 두려웠다. 20대나 30대에 십 대 소녀처럼 보이는 건 그러려니 할지도 모른다.

하지만 40대에는? 50대에는?

만약 100세가 되어서도 늙지 않는다면? 그러다가 한 번에 늙을까?

아니면 자신은 아주 오래 살게 되는 건가?

마법사는 마력 때문에 일반인보다 노화가 느리고 수명은 길다. 같은 원리로 마스터도 마찬가지다. 만약 그래서 자신의 노화가 느린 거라면 오히려 자랑했을 거다.

하지만—

'마수의 수명에 대해서는 알려진 바가 없지.'

시카는 그렇게 생각하며 거울 속의 자신을 빤히 보았다. 그녀는 새끼손가락의 반지를 돌렸다.

누구나 마음속의 어둠은 있다.

하지만 자신처럼 깊은 어둠을 가진 사람도 있을까?

자신은 인간인 걸까?

아닌 걸까?

수없이 되풀이되었던 물음이 다시 터져 나왔다.

왜 늙지 않는가에 대해 어설프게 짐작되는 이유가 더 무서운 건지도 모른다.

시카는 한숨을 내쉬었다. 그녀는 거울을 향해 빙긋 미소 지어 보였다. 거울 속의 자신도 마주 미소를 돌려준다.

고민은 십수 년간 실컷 했고, 해 봤어도 그다지 좋은 결론은 나지 않았다. 그래도 시카를 계속해서 지탱해 주고 있는 말이 있었다. 검사님의 말이었다.

사랑한다는 말, 괴물이 아니라는 말.

몇 번이나 속삭여 준 달콤한 말은 지금도 기억 속에 뚜렷하게 남아 있다.

'좋아. 나가자.'

챙길 짐도 별로 없어 시카는 작은 가방을 허리에 매고 로브를 걸치고 방을 나섰다. 이른 아침이라 카서스가 아직 오지 않았을 테니 아래 식당에서 기다릴 예정이었다.

시골과는 다르게 도시의 여관은 이 새벽부터 일 층 식당을 운영하고 있었다. 식당이라고 해도 선술집에 가까운 느낌이지만 말이다. 계단을 내려가는데 뜨끈한 스튜 냄새와 소란스러움이 들려왔다. 적막보다 그게 반가워 시카는 통통 계단을 내려갔다.

분홍빛 머리카락이 그녀의 등허리에서 나풀나풀했다.

"이쪽입니다."

"어?"

카서스가 손을 들고 그녀를 불러 시카는 놀라서 다가갔다. 언제부터 와 있었던 거람?

"안녕히 주무셨나요?"

"네, 카서스도 잘 주무셨어요? 언제 오신 거예요?"

"좀 됐습니다. 식사하실 거죠? 매운 거 괜찮으신가요?"

"네."

"여기 스튜 두 개!"

카서스가 소리치자 식당 종업원이 "스튜 두 개!" 하고 부엌을 향해 외쳤다. 별다른 조리 과정도 없이 커다란 벽난로의 무쇠솥에서 스튜를 두 국자 퍼내 그릇에 담자, 그걸 종업원이 빵과 함께 내주었다.

무럭무럭 뜨거운 김이 올라오는 것이 보였다. 시카가 그 스튜의 정체를 알아내려 빤히 들여다보자 카서스가 말했다.

"양배추, 토마토, 완두콩, 그리고 약간의 고기죠."

이어 그가 목소리를 낮췄다.

"여기서 먹을 만한 건 이것뿐이에요."

그 말에 시카가 주변을 둘러보니 전부 같은 것을 먹고 있었다. 나무 스푼을 들고 시카는 조심스럽게 스튜를 한 입 떠서 입 안에 넣었다. 야채만이라도 오랜 시간 푹 끓이니 냄새부터가 달랐다. 농축된 토마토와 양배추의 단맛에 적당히 매운맛이 어우러져 있었다.

"맛있어요."

"다행이네요."

게다가 뜨거운 것을 먹으니 추위도 가시는 것 같았다. 맵기까지 해서 약간 땀이 날 정도였다.

"어이, 어젯밤에 사람이 죽었다면서?"

"그래. 용병 한 사람이 목에 칼 맞아서 죽었다더라."

"목에 칼?"

"그렇다니까. 누군지는 모르겠지만, 비수를 날려서 단숨에 목을 꿰뚫었다나 봐. 그 어두운 밤에 말이야."

"비수라니, 참나. 무서워서 살겠나."

"누군지 몰라도 실력자야. 어떻게 그 목구멍을 딱 맞췄나 몰라."

수군수군 떠드는 소리에 시카는 귀를 쫑긋 세웠다.

'살인?'

"흉흉하네요."

카서스의 말에 시카는 고개를 들어 그를 보았다. 카서스가 미소 지으며 말했다.

"살인 말이에요."

"네, 아, 네. 도시에서는 많이 일어나나요?"

"사람 수가 많아지면 범죄자도 늘어나죠."

"하긴 비율이 같다고 하면 그러네요."

"네, 그러니까 부디 돈은 좀 더 주더라도 치안이 좋은 곳에서 묵으시길. 당신 나이 또래의 여자아이는 더 조심해야 하고요."

그 말에 시카는 어깨를 늘어트리며 말했다.

"역시 '여자아이'로 보이는군요."

"물론 성인 여자가 되는 그 관문에 들어가 있기는 하지만—"

아이는 아이란 말을 싫어하지, 하고 카서스는 입을 열었다.

"스물다섯이에요."

뚝 카서스의 말을 끊으며 시카가 말했다. 카서스는 말을 멈추고 그녀를 보았다. 시카가 한숨을 내쉬고 그에게 다시 똑바로 말했다.

"스물다섯이에요. 그다지 좋지 않은 사정으로 어리게 보이기는 하지만요."

시카는 말을 하고 카서스가 어떤 반응을 보이나 살폈다. 카서스는 이유를 묻거나 놀란 얼굴을 하지 않았다. 대신 그는 히죽 웃었다.

"그럼 더더욱 당신이 찾는 첫사랑은 제가 아니네요."

"첫—"

생각지도 못한 단어에 시카의 얼굴이 발그레해졌다. 카서스가 놀리듯 말했다.

"아닌가요?"

"그, 그게—"

잠시 눈동자를 좌우로 이리저리 굴리던 시카가 실토했다.

"맞아요."

"제가 그런 강렬한 감정의 대상이 되는 건 싫지만, 어떤 사람일지 궁금하네요."

그때 본 시카의 표정이 아직도 눈 뒤편에 달라붙은 듯 잊히지가 않는다.

'그런 건 책에서나 나오는 줄 알았지.'

어릴 때라고 했고 지금 스물다섯이라고 했으니 십수 년간 혼자서 한 사람을 짝사랑해 온 것이다.

그건 분명히 미화되고 왜곡된, 실재 인물과는 다른 어떤 것이 겠지만, 그렇다 해도 충분히 인상 깊은 감정이었다.

카서스의 말에 시카가 움찔했다. 그녀가 숟가락으로 스튜에 원을 그리며 작게 물었다.

"싫을까요?"

"네?"

"그, 혼자서 오래 좋아했다고 하면 싫을까요?"

그 말에 "아." 하고 카서스가 고개를 저으며 말했다.

"아뇨, 대부분은 좋아할 거예요. 그런 거 다들 좋아하잖아요."

"그런 거?"

"깊은 감정이요."

카서스의 말에 시카는 이제 고개를 들어 빤히 그를 바라보며 물었다.

"그럼 카서스는 싫고요?"

"네."

"왜요?"

"부담스러워서요."

"그렇군요."

시카는 고개를 끄덕였다. 카서스가 손을 저으며 말했다.

"그런 걸 무시하는 건 아니에요. 하지만 전 싫다는 거죠."

"알겠어요."

그녀가 다시 대답하는데, 여관 문이 요란스럽게 열렸다. 그리고 무장한 경비원들이 우르르 밀려들어 와 사람들은 놀라 숨을 죽였다.

맨 앞에 선 사람은 붉은 머리카락을 질끈 묶고 있는 건장한 삼십 대 중후반의 여성이었다. 그녀가 쭉 테이블을 둘러보더니 카서스를 보고 성큼 다가왔다.

"안녕, 틸라."

카서스가 손을 흔들며 인사하는 걸 무시하고 틸라는 탕 하는 큰 소리와 함께 테이블 위에 비수를 올렸다. 시카는 눈을 크게 떴다.

검막 없는 비수는 유선형의 날렵한 모양새를 하고 있었다.

"조잡한 철로 만든, 어디서나 보이는 싸구려 비수네."

카서스가 비수를 바라보며 말하고 틸라를 바라보았다.

"경비대장님께서 원하시는 게 비수에 대한 평가라면 말이야."

"오늘 발견된 시체에서 뽑은 거다."

틸라의 말에 카서스는 윽 하고 말했다.

"그거 꼭 아침 먹는데 가지고 와야 해? 나 비위 약한 거 알면서."

카서스가 웩웩 하며 토하는 시늉을 하자 틸라가 짜증 난 어조로 말했다.

"한 번에 목을 꿰뚫었더군. 너 말고 그런 실력자가 또 있나?"

"날 높이 쳐주는 건 좋은데, 겸손하게 대답하지. 나 말고도 더 있어."

카서스의 말에 틸라는 그를 노려보았다.

"그렇게 뜨거운 눈으로 계속 볼 거야? 알아, 이 도시에서 나만 한 미남을 보기도 힘들지."

오오, 경비대장 앞에서 저렇게 막말하는 담력.

시카는 그렇게 생각하며 열심히 스튜를 먹었다.

"아, 제기랄, 카서스 리안."

틸라가 으르렁거리며 그의 멱살을 잡았다. 카서스는 상체가 쭉 딸려 올라가는 걸 느끼며 그녀의 근력에 감탄했다.

"네가 마스터라고 해서, 그 잘난 방랑자라고 해서 언제까지나 법 위에 있을 수 있을 거라고는 생각하지 마."

"명심하죠, 경비대장님."

카서스가 양손을 들며 하는 말에 틸라가 흥 하고는 그의 멱살을 놓았다. 카서스가 비수를 힐끗 보며 말했다.

"그래서 증거는 잡은 거야?"

"없어. 깔끔하게. 이 비수 말고는."

틸라가 팔짱을 끼며 말했고, 카서스가 피식 웃으며 비수를 손 끝으로 밀어냈다.

"그러면 중요한 증거를 가지고 돌아가시는 게 좋겠네요. 엄한 사람을 협박하시기 전에요."

"너 가져. 똑같은 비수를 수십 개 가지고 있을 테니 하나 더 늘어도 모르겠지."

"이거 날 뭉개져서 못써. 잡철이라 팔아 봐야 푼돈이고."

똑같은 비수를 가지고 있지 않다고는 부정하지 않는 카서스
였다. 틸라가 팔짱을 끼고 물었다.

"그보다 왜 여기까지 기어 올라온 거야?"

"서남부에 일이 좀 생겨서. 도움을 청하러."

그 말에 틸라의 기세가 누그러졌다.

"무슨 일인데?"

"그냥 좀. 마수의 숫자가 늘어서."

카서스가 웃으며 턱을 괴고 하는 말에 틸라가 시카를 돌아보
며 말했다.

"이 녀석과는 연관되지 않는 게 오래 사는 데 좋을 겁니다."

"제 몸은 지킬 수 있으니 걱정하지 않으셔도 돼요."

애 취급에 민감한 시카는 바로 받아쳤다. 그 말에 틸라가 시
카를 위아래로 찬찬히 살펴보았다. 이상하게 생긴 로브와 예쁘
장한 얼굴. 로브 아래의 새하얀 손은 노동하지 않은 손이다.

"어디 귀한 댁 자제분 같으신데ㅡ"

"자제분 아냐."

카서스가 중간에 말을 막으며 말했다. 틸라는 눈을 가늘게 뜨
고 그를 바라보았다.

"만약 이 자식의 달콤한 말에 속고 계신 거라면ㅡ"

"그것도 아냐. 당당한 의뢰인이라고. 서로 돕기로 했어. 마수

전문가야."

카서스의 말에 틸라는 그제야 시카의 로브를 새삼 다시 보았다.

"마법사십니까?"

"네."

"실례했군요. 죄송합니다."

틸라가 정중하게 사과했다. 시카는 그 말에 놀랐다. 설마 사과를 들을 거라고는 생각도 못 했는데.

그동안 시카가 마법을 펼쳤을 때 받았던 반응은 "으아악! 마법사다."이거나 "아아, 세상에, 마법사야."였다.

그러니 마법사인 걸 관리에게 밝혀도 좋은 말이 나올 거라 예상 못 했다. 거기다가 카서스에게 고압적으로 대해서 좋지 않은 사람인가 했는데.

시카는 얼른 고개를 저었다.

"아니에요. 걱정해 주셔서 감사합니다."

정중한 답에 틸라가 가볍게 헛기침을 했다.

마법사라니 가까이하지 않는 편이 더 이로우리라.

정중하게 대하지만 틸라 역시 마법사에 대한 편견을 깨기가 어려웠다.

틸라는 카서스에게 한숨과 함께 충고했다.

"너 진짜 여기저기 코 디밀고 다니지 마. 제명에 못 산다."

"어머, 나 걱정해 주는 거야? 우리 그런 사이 아니잖아."

카서스가 눈을 깜박이며 하는 말에 틸라는 울컥하고 올라오는 걸 느끼며 외쳤다.

"진짜 네 그 성격 좀 어떻게 해 봐라!"

"걱정하지 마, 틸라. 난 어디 가서 나자빠져 죽을 거고, 넌 내가 없어진 것도 모르고 살아갈 테니까."

생글생글 웃으며 하는 말을, 틸라는 냉정하게 잘랐다.

"헛소리 작작해."

이어 그녀는 시카에게 가볍게 까닥 인사하고는 경비대를 끌고 여관을 떠났다. 시카가 그녀의 뒷모습을 바라보며 말했다.

"키가 크신 분이네요."

키가 작은 그녀는 정말로 틸라가 부러웠다. 못해도 175cm는 넘어 보인다. 키에 민감한 시카는 길이를 아주 잘 맞추는 특기가 있었다.

"키도 크고, 마음도 넓고, 좋은 사람이에요."

카서스가 고개를 끄덕였다. 시카가 이어 물었다.

"그런데 왜 그런 식으로 말하세요?"

"뭐가요?"

"관심이 필요 없다고 말하면서 사실은 관심을 원하는 식으로요."

푹 찌르는 말에 카서스는 아무렇게도 않게 대꾸했다.

"제가 얄팍한 인간이라 그렇습니다."

대답하고 카서스는 진지한 얼굴로 덧붙였다.

"하지만 정말로 관심 주지 않는다고 해서 자해하거나 하지는 않아요. 이상한 행동도 하지 않고요."

그 말에 시카는 대답 없이 그를 보다가 고개를 끄덕였다. 카서스가 스튜 그릇을 자신의 앞쪽으로 당기며 한숨을 내쉬었다.

"다 식었네요. 얼른 먹고 나가죠."

"네."

시카는 조용히 대답하고는 숟가락질의 속도를 높였다. 식었다고 해도 딱 먹기 좋은 온도였다.

'얄팍.'

하지만 얄팍한 사람이 자신에게 이득 되는 것도 아닌데 마수 문제를 해결하려고 돌아다닐까?

시카는 눈앞의 남자에게 흥미가 생겼다.

'보면 그냥 경박하고 가벼운 사람 같은데, 또 아닌 것도 같고. 이상한 사람이기는 확실히 이상한 사람인 것 같지만.'

뭐든지 연구 과제로 만들어 버리는 것은 마법사의 좋지 않은 습관인지도 모른다. 하지만 시카는 함께 다니는 동안 그를 자세히 관찰하기로 마음먹었다.

"경비대장분과는 어떻게 아시는 사이세요?"

"틸라랑은 옛날에 같은 싸움에 나간 적 있거든요."

"아."

그제야 그 묘한 친밀감이 이해가 되었다.

"전우시군요."

"으음— 그보다는 원수죠."

"원수요?"

친근한 의미의 '원수'를 말하는 건가, 했는데 카서스가 마지막 숟가락질을 하며 말했다.

"제가 그녀의 남편을 죽였거든요."

시카는 순간 말을 잃었다. 그리고 저도 모르게 되물었다.

"왜요?"

카서스가 재미있다는 얼굴로 그녀를 보고 말했다.

"왜 이유를 물어봐요?"

"틸라는 원수를 가만둘 사람으로는 보이지 않았거든요. 그러니까 카서스는 그렇게 말하지만, 이유가 있었던 게 아닐까요?"

"시카."

"네."

"사람마다 말하고 싶지 않은 게 있는 법이에요. 아까부터 계속 사람을 찌르는 식으로 말하는데, 그러면 대부분 화를 내거나 입을 다물어 버릴 거라고요?"

그 말에 시카의 얼굴이 빨개졌다. 그녀가 미안해서 어쩔 줄 모르며 말했다.

"죄송해요. 그러려는 의도가 아니었어요. 하지만 의도는 상관 없겠죠. 죄송해요. 제가 말하는 방식이 이상하면 바로 말씀해 주세요."

"아뇨, 의도는 중요해요. 그런 의도가 아닌 걸 아니까 참은 거예요. 하지만 다음에는 바로 말하죠."

"네, 꼭 그렇게 해 주세요."

시카가 힘주어 강조했고 카서스가 이어 말했다.

"브랜디가— 그러니까 틸라의 남편이 독에 당해서 죽어 가고 있었거든요. 좀 끔찍한 죽음이었고, 그는 죽기를 원했지만 틸라는 그걸 반대했어요. 그래서 제가 끼어든 거예요."

카서스가 어깨를 으쓱하며 한 말에 시카가 어깨를 늘어트리며 말했다.

"정말로 죄송해요."

말하고 싶지 않을 걸 캐내서 듣다니 정말 최악이다.

시카는 카서스 앞에 넙죽 엎드리고 싶은 기분을 느끼며 다시 사과했다.

"그러면 약점 하나 말해 봐요."

카서스의 말에 시카는 고개를 들었다. 카서스가 빙글빙글 웃으며 말했다.

"나만 내 과거를 말하는 건 치사하니까, 그쪽의 약점도 하나 말해 봐요."

그 말에 시카가 고민하다가 입을 열었다.

"전 태어나자마자 버려졌어요."

카서스의 눈이 크게 떠졌다. 시카가 희미하게 그를 향해 웃고 말했다.

"버려진 저를 늑대가 키웠고요. 그래서 전에 말했었잖아요?

늑대 소녀라고. 그리고 얼음탑으로 가서, 전 인간을 잘 몰라요. 사회화도 좀 덜 되어 있고. 어쩌면, 인간이 아닐지도 모르죠."

시카는 농담처럼 마지막 말을 덧붙였지만, 사실 그게 가장 중요한 말이었다. 그녀가 어깨를 으쓱하고 이어 말했다.

"그래서 인간 사회에 대해서 열심히 공부했지만 어째 여전히 잘 모르겠네요."

"전혀 그렇게는 보이지 않는걸요."

"그래요?"

"네. 그냥 사회성 떨어지는 마법사, 인간으로 보여요."

그 말에 시카가 신음을 흘렸다.

"그거 칭찬인지 아닌지 모르겠는걸요."

그 말에 카서스는 답하지 않고 그저 씩 웃었다.

"다 먹었어요?"

카서스의 질문에 시카는 고개를 끄덕였다. 그가 자리에서 일어나며 말했다.

"그럼 일단 내가 인간에게 호감을 사는 첫 번째 방법을 알려 주죠."

"뭔가요?"

시카가 자리에서 따라 일어나며 묻자 카서스가 자신의 눈을 가리키며 웃었다.

"시각적으로 예쁘면 먹고 들어가죠. 저처럼요. 내면이 괴물이라도, 겉보기에만 괜찮으면 모두가 호감으로 대한답니다."

그가 그녀를 위아래로 훑고 말했다.

"그런 의미에서 그 이상한 옷부터 어떻게 하고 시작합시다."

＊　　＊　　＊

시카는 반짝이는 검은 단추 장식이 달린 부츠의 뒷굽을 가볍게 쳐 보았다. 낡은 신발보다 훨씬 더 따뜻하고 발도 편했다. 미끄러운 거리를 걷는 데에도 문제없었고.

거울 앞에서 한 바퀴 빙그르르 돌아 보이자 카서스가 만족스러운 얼굴을 했다. 시카는 머리끝에서 발끝까지 전부 새 옷을 입고 있었다.

풍성한 모피가 달린 망토는 신기할 정도로 따뜻했다. 양손으로 그 모피를 누르며 시카는 푹신푹신함을 즐겼다.

"좋네요. 그러면—"

카서스는 예비 옷을 몇 벌 더 주문했고, 점원이 부지런히 카서스가 부르는 옷을 앞에다가 가져다 날랐다. 마지막으로 자수가 들어간 가죽 장갑까지 전부 주문하고서 카서스는 주머니에서 루비를 하나 튕겨 올렸다.

반짝하고 붉고 큰 루비가 허공에서 돌자 익숙하게 점원은 그것을 한 손으로 잡아챘다. 그리고 공손하게 말했다.

"잠시만 기다려 주세요."

그가 안으로 들어가자 시카가 놀라 말했다.

"제가 계산할게요. 옷을 사러 같이 와 주신 것만으로도 감사해요."

"아뇨, 내 취향의 옷으로 전부 골랐으니까 내가 사죠. 다음에 당신 취향으로 옷을 고를 때 직접 계산하시고요."

카서스의 말에 시카는 어쩔 줄 모르며 물었다.

"하지만 옷 비싸지 않나요?"

"여기 옷이 비싸기는 하지만 질이 좋아요. 예를 들면 그 망토는 라시마 털로 만든 건데 가볍고 따뜻하죠. 한겨울에도 그거 하나만 있으면 어지간해서는 얼어 죽지 않아요."

그 말에 시카는 망토를 만져 보았다. 금빛 도는 도톰하고 매끄러운 감촉의 망토는 확실히 질이 좋은 것으로 보였다.

잠시 후 점원이 안에서 쟁반을 들고 나왔다. 쟁반 위에는 가죽 주머니가 놓여 있었고, 그 밑에 영수증이 눌려 있었다.

카서스는 가죽 주머니를 집어 들고 영수증은 대충 확인했다.

"그럼 이 옷들을 다 집어넣을 가방도 사야겠네요."

카서스의 말에 시카가 고개를 저으며 얼른 자신의 허리에 찬 가방을 풀었다.

"여기에 넣을 거예요."

"거기에요?"

아무리 봐도 옷 한 벌이 빠듯하게 들어갈 것 같은데?

시카는 가방의 지퍼를 열고 옷을 마구 집어넣기 시작했다. 카서스도, 점원도 눈을 휘둥그레 뜨고 그 광경을 지켜보았다.

옷을 잔뜩 집어넣었는데도 시카의 가방의 부피는 줄지도 늘지도 않았다. 그녀는 얼른 지퍼를 도로 닫고 허리에 가방을 찼다.

"자, 됐어요."

"마법 가방이네요."

"네. 그런 셈이죠."

"그 안에 사람도 넣을 수 있어요?"

"사람을 분해했다가 다시 붙여도 살아 있을 수 있다면요?"

"아."

카서스는 납득해 고개를 끄덕였다. 그는 입을 떡 벌리고 있는 종업원을 보고 집게손가락을 입술에 가져다 대며 "쉿." 하고 우아한 웃음과 함께 속삭였다. 종업원은 얼른 얼굴을 수습하며 고개를 끄덕였다. 종업원의 얼굴에 살짝 홍조가 돌았다.

"그럼 다음 집으로 갈까요."

"어디로요?"

"칼 하나 맞추죠."

"칼이요? 다룰 줄도 모르는데요?"

"걷는 것만 봐도 알아요."

카서스가 문을 열어 주며 말했다. 시카가 문을 나서며 말했다.

"그럼 왜 사야 하는 거예요?"

"다른 사람들은 모르거든요."

"?"

"당신이 검을 못 쓴다는 걸 다른 사람은 모른다고요."

"카서스는 알잖아요."

"그죠? 하지만 제가 아는 건 상관없죠."

"위협용이라는 말인가요?"

시카의 질문에 카서스가 덧붙였다.

"그리고 위장용이요. 아, 저 가게가 적당하겠네요."

카서스는 길가의 대장간을 골랐다. 그는 너무 화려하지도, 너무 싸구려도 아닌 그럭저럭 무게 중심이 맞는 검을 골라 시카에게 던져 주었다. 검을 못 쓴다고 해도 살펴는 보는 법. 시카는 검 손잡이를 잡고 검을 반쯤 뽑아 보았다.

평범한 양날 검이었다. 겨울 햇살이 매끄러운 검날에 미끄러졌다. 시카가 다시 검을 꽂아 넣었다. 카서스가 검집용 끈도 함께 구매해서 그녀의 허리띠 고리에 매 주었다.

"좋군요. 겉모습만은 그럴듯한 모험가네요."

그의 평가에 시카가 자신의 모습을 내려다보았다가 고개를 들며 웃어 보였다.

"고마워요."

"별말씀을. 앞으로 실컷 부려 먹을 예정이거든요. 이거 다 뇌물이랍니다."

"뇌물."

시카가 자신의 옷을 어루만지고 다시 웃었다.

"좋네요. 왜 다들 뇌물을 주고받는지 알겠어요."

"마음에 든다니 다행이네요. 그럼 이제 출발해 볼까요? 해가 중

천에 뜨기 전에 말이죠. 최대한 빨리 이동하고 싶으니 말입니다."

"네."

카서스가 걸음을 옮기다가 힐끗 시카를 보고 물었다. 종종걸음으로 그녀는 그의 곁에 바싹 붙어 쫓아오고 있었다.

"마법으로 이동할 수는 없나요?"

"아, 순간 이동 말이군요."

"네. 그거 당한 적 있는데ー 별로 좋은 꼴은 아니었지만⋯⋯."

"당해요?"

"얌전히 문 앞에서 기다리고 있었는데 날 보자마자 날려 버리더군요. 덕분에 갑자기 발밑이 사라지면서 허공에서 눈밭으로 처박히는 꼴이 됐죠. 진짜 놀랐다고요."

"아르카나가요?!"

시카가 깜짝 놀라 되묻자 카서스가 고개를 끄덕이며 되물었다.

"어떻게 그인 줄 알았죠?"

"주문을 말하지도 않고 보자마자 마법을 썼다고 했으니까요. 그리고 순간 이동은 아르카나의 특기예요. 그는 좌표 없이도 공간을 뛰어넘는다니까요."

마지막 말에 약간의 질시가 묻어 있다는 건 카서스도 알 수 있었다.

"그럼 시카는 못 한다는 건가요?"

"순간 이동은 할 수 있어요. 하지만 좌표를 알지 못하는 상황에서 그렇게 먼 거리는 무리예요."

"그럼 말을 타고 가야겠군요."

카서스의 말에 시카가 "아." 하고 짧게 소리를 냈고 카서스는 금방 알아듣고 웃었다.

"같이 타죠."

"감사합니다."

말을 타 본 적이 없는 그녀였다.

"하지만 승마는 배우시는 게 좋을 겁니다."

"나중에요."

"그래요."

카서스는 자신이 묵는 여관으로 향했다. 여관으로 가는 길은 넓은 대로였다. 그런 길가에 있는 만큼, 카서스의 여관 역시 외관부터 비싸 보였다. 시카는 손때가 탈까 무서울 정도로 새하얀 벽의, 은편자 여관보다 훨씬 좋은 고급 여관을 보고 눈을 깜박였다.

'이런 곳은 얼마나 할까?'

생각해 보니 자신의 옷도 비쌌을 텐데 전부 사 주고.

카서스는 부자인 걸까?

카서스가 말구종에게 말해서 자신의 말을 데려오게 했다. 귀하게 대접받았는지 기분 좋아 보이는 말이 의기양양한 걸음으로 걸어 나왔다.

"크다……."

저도 모르게 중얼거린 말에 카서스가 "크죠?" 하고 말구종에게

서 고삐를 넘겨받았다. 카서스가 말의 등자를 가리키며 말했다.

"밟고 올라타실 수 있겠어요?"

시카는 생각보다 높은 곳에 있는 등자를 바라보았다. 그리고
훨씬 더 높은 말 등을 보았다. 말이란 생물이 이렇게까지 컸었나.

"해 볼게요."

각오를 다지며 말하자 카서스가 손을 저었다.

"하지 말죠."

"네? 그럼 어떻게?"

"실례하겠습니다."

카서스는 시카의 양 허리를 붙잡아 가볍게 들어서 안장 위에
그녀를 올렸다. 말라 보였는데 어마어마한 힘이라 시카는 깜짝
놀랐다. 이어 그가 등자를 밟고 훌쩍 말 위로 올라왔다.

"제가 붙잡고 있으니까 똑바로 앉으세요."

"네, 네."

시카는 끙끙거리며 다리를 넘겨 안장에 똑바로 앉았다. 카서
스는 자신의 턱밑에 오는 시카의 정수리를 바라보았다. 왜인지
그 위에 턱을 올리고 싶다는 장난스러운 충동을 느꼈지만, 그는
꾹 눌러 참았다.

'겉은 십 대지만 속은 이십 대다. 겉은 어려 보여도 속은 아니
다.'

몇 번 속으로 되뇌며 그는 가볍게 말의 옆구리를 찼다.

"추우면 말하세요."

"네."

시카는 생각보다도 훨씬 흔들림이 많은 것에 당황하며 안장 앞쪽을 꼭 잡았다. 성을 나오자 순식간에 사방은 조용해졌다. 겨울철의 여행자는 거의 없으리라.

"이제 어디로 가는 거죠?"

"아라고에 들러서 다시 벨기아로, 거기서부터는 강을 따라 배를 타고 내려갈 거예요."

"강이 얼지 않았나요?"

"네. 남쪽은 눈이 오지 않으니까요."

"그렇군요."

"그러고 보니 얼음탑은 사막에 있죠? 더위에는 익숙하시겠군요."

카서스에 말에 시카가 웃으며 고개를 저었다.

"아니에요. 입구가 사막에 있는 거죠."

그 말에 카서스는 눈을 깜박이고 끙 하는 소리를 내며 말했다.

"그것참, 마법사의 탑답군요. 그럼 거기 날씨는 어떤가요?"

"큰 변화 없이 일 년 내내 온화해요."

"그거 멋지네요."

"멋진가요."

시카는 주변을 둘러보았다. 새하얀 설원이 끝없이 펼쳐져 있고, 뺨을 따끔거리게 하는 찬바람을 삼키면 폐까지 얼어붙는 기분이었지만……

"그래도 이런 광경을 보는 게 더 좋은 것 같아요."

그녀의 말에 카서스는 고개를 들어 쭉 주변을 둘러보고 동의했다.

"회색 돌벽만 보는 것보다는 낫겠죠. 아니, 회색 돌벽도 아니러나요?"

시카가 그 말에 웃고 말했다.

"회색 돌벽은 맞아요."

"야호, 드디어 하나 맞췄군요."

휙휙 휘파람을 불며 카서스가 명랑하게 웃었다. 그 웃음에 끌려 시카도 저도 모르게 웃었다. 말은 둘을 태우고도 문제없이, 경쾌한 걸음으로 길을 달렸다.

시카가 말의 귀 사이를 바라보다가 물었다.

"그런데 말이 둘을 태우고도 괜찮을까요? 무겁지 않을까요?"

"미하스는 크고 튼튼해서 괜찮아요. 대신 빨리는 못 달리지만요."

"말 이름이 미하스예요?"

"네, 귀엽죠?"

카서스가 씩 웃으며 말하자 시카가 "점잖은 이름이네요." 하고 대답했다. 카서스가 "점잖은가요?" 하고 고삐를 고쳐 잡았다.

"좀 달리겠습니다."

"네."

시카가 안장 앞쪽을 꽉 잡았고 카서스는 말의 옆구리를 가볍게 걸어찼다. 곧 말이 속력을 높여 달리기 시작하자 시카는 비명 소리가 나오는 것을 눌렀다.

말이 이렇게 위아래로 흔들리는 생물이었나?

카서스가 그녀의 허리를 잡아 세우며 말했다.

"골반을 딱 붙이고, 허리를 세워요."

"더, 더 흔들리는데요?"

"그럼 그냥 기대요. 힘은 빼고."

시키는 대로 하자 흔들림이 좀 줄어들었다. 카서스가 웃으며 말했다.

"역시 승마 수업은 나중에 하죠."

"네."

시카가 한숨을 내쉬고 고개를 끄덕였다.

말은 그녀의 마음은 아랑곳하지 않고 경쾌하게 달렸다. 푸르릉거리는 소리와 말이 내쉬는 숨이 새하얀 연기처럼 날리는 것을 보는 것은 즐거웠다.

뒤에서 카서스가 입을 열면 마치 듣기라도 하려는 듯 말의 귀는 연신 앞뒤로 쫑긋거렸다.

카서스의 일정은 빡빡했지만, 시카는 별말 없이 잘 따라왔다.

그녀는 마을에 들러서 사람들을 만날 때마다 즐거웠다. 예전에는 수상쩍다는 시선이 먼저였는데 지금은 활짝 웃으며 그녀를 맞아 준다.

'마법사라는 걸 숨겨서 그런 거겠지만.'

그렇게 생각하면 양심이 따끔하기도 하지만, 로브를 다시 입을 생각은 들지 않았다. 처음으로 '귀여운 아가씨', '사랑스러운 아가씨' 하는 칭찬도 들었다.

그런 말을 들을 때마다 어쩔 줄 몰라서 안절부절못했지만, 그래도 기분 좋은 건 사실이었다. 그렇게 두 개의 마을을 지나서 둘은 드디어 항구에 도착했다.

그동안 들렀던 마을 중에서 가장 혼잡한 마을이었다. 시카는 넋이 빠져서 주변을 둘러보았다. 카서스가 그녀의 팔을 잡으며 말했다.

"너무 그렇게 둘러보지 말아요. 소매치기의 표적이 되니까."

"아, 네."

"그리고 계속 좀 붙잡고 있을게요. 괜찮죠?"

"네."

시카는 고개를 끄덕였다. 여기서 카서스를 잃어버리면 마법을 쓰지 않고서는 찾지 못할 것 같았다.

"그럼 먼저 배를 빌리러 갈까요."

"배를요?"

"네."

카서스는 그녀의 손을 잡고 걷기 시작했다. 시카는 종종걸음으로 그를 따라갔다. 힐끗 그녀를 돌아본 카서스의 걸음이 느려졌다. 그제야 시카는 자신의 속도로 걸을 수 있었다. 그녀는 앞서는 그의 뒷모습을 바라보았다.

'손 크다.'

말라 보이지만 키도 크고, 뼈대도 굵다. 자신의 손이 어린애의 손처럼 느껴졌다. 그냥 잡았을 뿐인데도 그의 손아귀에 자신의 손이 전부 들어갔다.

'손가락도 예쁘고.'

슬쩍 그의 뒷모습을 바라보니 올린 포니테일 아래로 목덜미까지 예쁘다.

단정하다는 느낌?

'하긴 얼굴도 예쁘지.'

시카는 고개를 끄덕였다.

'게다가 정말 닮았어…….'

이런 생각을 계속하면 카서스에게 실례인 거겠지.

그런데 잡힌 손이 뜨거워지는 건 왜일까?

"여기예요."

카서스의 말에 시카는 퍼뜩 생각에서 깨어났다. 카서스가 그녀를 보고 "괜찮아요?" 하고 물었고 시카는 고개를 좌우로 흔들며 말했다.

"아뇨, 그게 진짜로 닮았다고 생각해서—"

"첫사랑이랑?"

카서스의 웃음이 묘해졌다. 시카는 숨을 삼키고 손을 저었다.

"죄송합니다. 그게, 비교하려거나 그런 게 아니라—"

"알아요. 들어가죠."

카서스가 선착장 근처에 늘어선 판잣집 중 하나의 문을 열었다.

'기분 상했나 봐.'

시카는 풀이 죽은 상태로 그의 뒤를 따라 들어갔다. 나무로 지어진 집은 알록달록한 겉과 달리 안이 휑했다. 나무로 된 테이블이 하나, 대기하는 손님용인지 모를 긴 의자가 하나. 테이블 뒤에는 뚱뚱한 중년 남성이 앉아 있었다.

낮인데도 술을 마셨는지 얼굴이 벌겋다. 카서스와 시카가 문을 열고 들어왔는데도 모르고 반쯤 졸고 있었다.

"빌! 손님이야!"

카서스가 버럭 외치자 빌은 화들짝 놀라 책상을 더듬으며 눈을 떴다.

"어어— 어서 오십쇼!"

그렇게 외치며 깬 빌은 상대를 보고 팍 인상을 썼다.

"아, 제길! 카서스 리안!"

"오랜만이야, 빌."

"아직도 안 죽고 살아서 어슬렁거리고 다니냐?"

"보시다시피 사지도 멀쩡하지."

카서스가 웃으며 말했다. 빌이 투덜거리며 책상 밑에서 파이프를 꺼내 불을 붙였다. 그가 연기를 푹푹 내뿜으며 말했다.

"그래서 뭔 일이야?"

"무슨 일이긴. 배를 빌리러 왔지."

"너 빌려줄 배는 없어. 꺼져."

"무슨 소리야, 밖에 배가 서 있는 거 봤는데."

"너에게 빌려준 배는 꼭 부서진단 말이야, 꺼져."

"내가 항상 배값 물어 주잖아."

"그래도, 내 딸 같은 배들이야."

빌의 말에 카서스가 픽 웃었다.

"웃기는 소리 하지 마. 진짜 네 배가 딸 같으면 돈 받고 네 딸 위에 올라타게 냅두냐? 헛소리 작작하고 빨리 내놔."

"싫다니까."

손을 내젓던 빌의 눈이 시카를 향했다. 그가 힐끗 시카를 위아래로 훑어보더니 말했다.

"아가씨도 이 자식 따라다니다가는, 제명에 못 살고 뒈질걸. 겉모습 반반하다고 속으면 안 돼."

카서스가 '하.' 하고 짧게 어처구니없다는 웃음을 흘렸다. 시카가 카서스에게 물었다.

"배가 꼭 필요한가요?"

그 말에 카서스는 뭐라고 하려다가 짧게 "네." 하고 대답했다. 시카가 고개를 끄덕이고 망토 안쪽에 손을 넣더니 쑥 지팡이를 꺼냈다.

빌의 입이 쩍 하고 벌어졌고 카서스는 의외의 사태에 놀라 그녀를 보았다. 시카가 지팡이 끝으로 빌을 가리켰고 그는 움찔했다.

"난 마법사예요."

"제길, 카서스 리안, 내 배에 마법사를 태운다고?!"

뱃사람이란 누구보다도 미신을 신봉하는 법이다. 빌이 이를 득득 갈며 카서스에게 욕을 퍼붓는데 시카가 한 걸음 빌 쪽으로 다가가며 지팡이를 쿡 찌르듯 내밀자 빌은 얼른 입을 다물었다.

"배를 내놔요. 안 그러면─ 개구리로 만들어 버리겠어요."

그 말에 빌의 붉은 얼굴이 순식간에 창백하게 변했다. 그의 입에서 파이프가 툭 하고 떨어졌다.

"개…… 개굴……!"

개구리라고 말하려다가 혀라도 깨문 듯했다.

'개굴이라고 했어.'

카서스는 무표정한 얼굴로 그렇게 생각했고, 시카 역시 '개굴이라고 했네.' 하고 생각했다. 빌의 얼굴이 다시 시뻘게졌지만, 현명하게 두 사람 모두 그걸 지적하지 않았다.

여전히 시카의 얼굴에 웃음기는 없었고 그녀는 농담하는 것 같지 않았다.

"대신 배를 내주면, 원하는 배에 축복을 걸어 줄게요."

그녀의 말에 빌의 얼굴이 진지해졌다.

"축복이라고?"

"네."

카서스는 그녀와 빌을 번갈아 바라보았다. 빌이 결국 자리에서 일어나며 말했다.

"알았으니 그 빌어먹을─ 그, 그거 치우시오."

지팡이라는 말조차도 입에 담기 꺼리는 빌이었다. 시카가 "알았어요." 하고 지팡이를 다시 망토 안쪽으로 밀어 넣었다. 그녀의 손에 더 이상 아무것도 없었고 빌이 투덜거리며 벽에 걸린 열쇠를 집어 들었다.

빌이 목도리를 두르고 문을 열었다. 그의 배는 나란히 선착장에 매어져 있었다. 크기는 다들 고만고만했다. 빌은 망설이다가 열쇠 하나를 카서스에게 던지며 말했다.

"카레나를 주지."

"고마워, 빌."

"다시는 네 얼굴을 보지 않았으면 좋겠다."

"필요하면 또 보자고, 친구."

카서스가 주머니에서 보석을 꺼내자 빌이 그 손을 밀어내며 시카를 보았다.

"어이, 아까 말한 거 말이오."

"네. 어떤 배에 걸어 드릴까요?"

"이거에 부탁하오."

빌이 자신의 배 중에서 가장 작은 배를 가리켰다.

"너무 욕심내면 탈 나는 법이지."

그가 작게 중얼거렸다.

시카는 배로 다가가 돌고래 모양의 작은 선수상에 손을 올렸다. 그녀가 뭔가를 작게 중얼거리자 빛이 반짝했다. 빌은 그걸 보고 작게 뱃사람의 주문을 외우며 손을 공손히 모았다.

시카가 싱긋 웃으며 돌아섰다.

"이걸로 됐어요. 그럼 저 배는 가져가도 되는 거죠?"

"물론입니다."

빌이 공손한 어투로 말했고 시카가 카서스를 보았다. 카서스가 정중하게 그녀에게 말했다.

"그러면 가실까요, 마법사님."

"좋아요. 검사님."

시카가 가볍게 카서스에게로 다가갔고 카서스는 얼른 선착장을 벗어났다. 그가 속삭였다.

"왜 그렇게 한 거예요?"

"뭘 말이에요?"

"갑자기 지팡이를 꺼내 들고……."

"그 사람과 해결하려면 좀 오래 걸릴 것 같아서요. 그리고―"

시카가 미간을 찡그렸다.

"카서스에게 그런 식으로 말하는 게 싫었어요."

카서스가 그 말에 가볍게 웃고 말했다.

"그건 상관없어요."

"난 상관있어요. 내 파트너를 그런 식으로 말하는 건 싫어요."

"파트너요?"

"아닌가요? 저, 책은 열심히 읽었거든요. 이것저것 잔뜩 공부했어요. 하지만 책이 꼭 현실은 아니니까, 잘은 모르지만. 이런 관계를 파트너라고 하지 않아요?"

카서스는 '당연히 아니죠.'라고 하려 했다. 평소라면 했을 거다. 하지만 빤히 자신을 바라보는 연보라색 눈동자를 보고 있으려니 거절의 말을 하기가 힘들었다.

"그러네요, 한시적이지만."

그래서 그는 뒷말을 힘주어 덧붙였지만, 시카는 상관없다는 듯 싱긋 웃었다. 아니 오히려 한시적이라는 건 그녀 쪽에서 환영할 일이었다.

"카서스, 만약 우리가 적이 되어도 파트너였던 옛정을 봐서 한 번은 봐줄게요."

시카의 말에 카서스는 웃고 말했다.

"책을 너무 많이 본 거 아닙니까?"

"들켜 버렸군요."

시카가 눈을 일부러 휘둥그레 뜨고 어깨를 으쓱했다. 카서스는 피식 웃고 그녀의 어깨를 가볍게 밀며 말했다.

"자, 그럼 얼른 배를 채우러 가죠."

"우리 배요? 아니면 카레나요?"

"둘 다요."

"좋아요."

시카는 고개를 끄덕였다.

선착장 주변 마을이어서 생선 요리가 자랑거리였지만 시카는 한두 입 먹고 포크를 내려놓았다. 카서스가 물었다.

"이상해요?"

"네, 그— 음식을 가리는 편은 아니라고 생각했는데."

"안 먹던 음식이면 향에 예민해지니까요. 생선은 처음인 거죠?"

"네."

시카가 고개를 끄덕였다.

"해산물로 시작할 걸 그랬네요."

"해산물은 괜찮아요?"

"좀 덜하죠."

카서스가 고개를 끄덕이자 시카는 끙 하고 억지로 생선 완자를 입 안에 집어넣었다. 오랫동안 입 안에 넣고 있는 쪽이 더 끔찍해서 그녀는 단숨에 꿀떡 완자를 삼켰다. 카서스가 그녀 몫의 그릇을 자기 쪽으로 당기며 말했다.

"다른 거 시키죠. 여기!"

"아니에요."

시카가 다시 접시를 당기자 카서스가 고개를 젓고 종업원에게 평범한 파스타를 주문했다. 카서스가 시카에게 말했다.

"그렇게 먹고 속 이상해져서 배를 탔다가 멀미라도 하면 더 큰 일이에요."

그 말에 시카는 순순히 접시를 놓았다. 솔직히 말하면 고마웠다.

"고마워요."

"별말씀을. 전 좋아하거든요."

카서스가 완자를 입 안으로 던져 넣으며 말했고 시카는 웃었다. 그녀가 음식이 나오기를 기다리며 말했다.

"그래서, 좀 더 이야기해 봐요."

"뭘 말이에요?"

"마수에 대해서요. 수가 늘었다는 게 무슨 말이죠? 항상 마수의 숫자를 세는 것도 아니잖아요."

"수가 늘었다, 라기보다는 마을에 나타나는 마수가 늘었다고 해야겠지요."

카서스의 얼굴이 어두워졌다.

"사람을 해치는 수가 말입니다."

"숲에서 나온 건가요?"

"나오는 건지, 아니면 나타나는 건지, 아니면 누가 조종하는 건지 말이죠."

"그렇군요……. 전체적인 숫자가 늘었다면, 장막에 문제가 생긴 걸까요…….

"장막?"

카서스의 질문에 시카가 "아." 하고 자신의 물컵을 가리키며 물었다.

"물과 공기의 경계는 뭐라고 부르죠?"

카서스가 그 말에 눈을 찡그리며 "그런 말이 있어요?" 하고 되물었고 시카가 쿡쿡 웃으며 말했다.

"없죠. 음, 우리가 있는 세계랑 마수가 있는 세계도 비슷해요. 물과 공기처럼 서로 맞닿아 있다는 게 정설이죠. 그래서 그 경계를 표현하기 위해서 만들어 낸 용어가 장막이에요."

"이해했어요. 그럼 마수는 다른 세계에서 온 동물들이란 말인
가요?"

"그렇죠."

"그쪽에서 어떻게 여기로 오는 거죠?"

"장막이 약해지면요. 그럼 넘어오는 거예요. 그리고 우리 쪽에
서 넘어가기도 하죠."

"우리 쪽에서요?"

"네, 실종되는 사람들이 있잖아요."

그 말에 카서스는 말을 잃었다. 파스타가 나와서 시카는 얼른
포크를 들며 말했다.

"전 오히려 그쪽이 더 신기해요. 마수와 항상 싸우면서 그들
이 어디서 왔나, 어떻게 왔나 궁금하지 않았나요?"

"이유보다야 당장 생사 문제고, 그냥 항상 마수는 있었잖아
요? 그래서 그런 생물이 있나 보다 했죠. 다른 세계의 생물이라
니……."

카서스는 신음을 흘렸다.

"그럼 장막을 튼튼하게 하면 더는 넘어오지 않는 건가요?"

카서스의 말에 시카가 고개를 저었다.

"아직 그런 방법은 없어요. 뭐랄까요, 억지로 폭풍이 오지 않
게 할 수는 없잖아요?"

"아쉽군요."

카서스의 말에 시카 역시 쓰게 웃으며 말했다.

"저도 그렇게 생각해요."

카서스는 그 말에 좀 다른 것을 느꼈다. 단순한 아쉬움이 아니라 뭔가가…….

정말로 절박하게 그러지 않았으면 하는 느낌의…….

하지만 그로서는 그게 뭔지 알 수 없었다.

"시카?"

"네."

카서스는 아무 말도 하지 않고 그녀를 바라보았다. 시카가 고개를 갸웃하자 카서스는 고개를 흔들었다.

누군가가 깊이 들어오게 하는 것도, 누군가에게 깊게 들어가는 것도 취향이 아니다.

"아뇨, 아닙니다."

시카는 그 말에 별말 없이 고개를 끄덕이고 마저 식사를 시작했다. 식사를 끝내고 배에 물품을 실은 뒤 두 사람은 출발했다.

배는 그렇게 크지 않았지만 둘이 있기에는 넉넉했고, 카서스가 혼자 배를 돌보는 데에는 딱 괜찮은 크기였다.

카서스의 걱정과 달리 시카에게 뱃멀미는 없었고, 그녀는 쾌적한 여행을 즐겼다.

호수에서 폭풍이 불기 전에는 말이다.

"어, 어째서 호수에도 폭풍이 부는 거죠?!"

시카가 비명처럼 고함을 질렀다.

"호수도 대자연의 일부니까요!"

카서스가 엄숙하게 고함을 치고 키를 단단히 붙잡았다.

"안으로 들어가 있어요! 호수를 잠재울 게 아니면요!"

시카는 자꾸 눈으로 들어오는 쏟아지는 빗물을 훔쳐내며 말했다.

"잠재울 수는 있어요! 하지만—"

호수에 우리 배만 있는 게 아니다. 저쪽에 작은 어선들 역시 폭풍우에 휘말려서 거대한 파도와 바람에 이리저리 흔들리는 게 보였다. 카서스가 그 말에 시카를 돌아보았다.

"할 수 있으면 해요!"

"하지만 그러면 저 사람들이 무서워하지 않을까요?!"

"빠져 죽는 걸 더 무서워할걸요!"

그 말에 시카는 할 말이 없어졌다. 순간 파도가 확 하고 올라오면서 배가 기울었고 시카는 넘어졌다.

"꺄악?!"

카서스는 한달음에 달려와 미끄러지는 시카를 일으켜 세웠다. 그녀의 허리를 잡고 다시 본래의 자리로 돌아가 키를 붙잡은 카서스가 말했다.

"해요!"

시카는 카서스를 보았다가 지팡이를 꺼내 들었다. 그녀의 입에서 천천히 주문이 흘러나왔다. 번개와 천둥, 우박이 떨어지는 듯한 빗소리 사이에서도 그녀의 목소리는 선명하게 들려왔다.

천천히 그녀의 지팡이가 빛나면서 금빛 마법진이 생겨났다.

한 겹, 두 겹, 세 겹, 네 겹.

점점 쌓이며 빙글빙글 도는 금색 마법진은 그 자체로도 황홀하게 아름다웠다.

"일루비 에르타―라 쉐나스 아세나스 아세라."

마법진이 순식간에 부피를 불렸다.

배를 감싸고 천천히 도는 마법진을 본 다른 배의 어부들은 경악으로 소리 질렀다. 하지만 폭풍우에 묻혀 그 소리는 전혀 들리지 않았다.

"카타!"

마지막 소리를 내지르며 시카가 지팡이를 휘둘렀다. 그러자 쾅―! 하는 경쾌한 소리와 함께 마법진이 순식간에 넓어지며 동시에 파도와 구름을 밀어내기 시작했다.

"오―"

카서스는 자신의 머리 위에서 작고 동그란 파란 하늘이 곧 호수 전체로 확장되는 것을 바라보았다. 호수 전체를 감싼 마법진은 스르륵 사라졌다.

호수 위의 둥근 파란 하늘만이 마법의 흔적이었다. 시카는 숨을 토해 내며 휘청했고 카서스가 그녀를 추어올렸다.

"시카?!"

"힘을 너무 썼어요."

그녀의 얼굴은 창백했다. 축축하게 젖은 옷이 이제 얼음장처럼 차갑고 무겁게 느껴졌다. 시카가 무거워지는 눈꺼풀을 들어 호수를 보았다.

어부들의 배가 가까워지고 있었다. 다급하게 시카가 카서스에게 말했다.

"저 사람들이 오고 있어요. 도망가야 하지 않을까요?"

"왜요? 목숨을 구해 줬는데요. 그보다 마을에 들르는 게 좋겠어요. 너무 차가워요."

"하지만, 하지만—"

이런 거대한 마법을 썼으니, 저 사람들이 자신들을 죽이려고 할지도 모른다. 악마라고 부르면서⋯⋯. 면서⋯⋯.

의식이 가물가물해졌다.

심장이 쿵쿵쿵 빠른 속도로 뛴다.

"시카? 시카!"

카서스의 그 부름을 들으며 시카는 빠른 속도로 잠에 빠져들었다.

어둠 속에 자신이 서 있다.

　　—저것은 괴물입니다.

　　—나는 숲의 악령을 보았습니다.

　　—검은 것에서 붉은 안광이 번득였어요.

　　—너무 끔찍한 모습이었습니다.

―그 빨간 눈이……!

시카는 자신에 관한 이야기를 들으며 얌전히 서 있었다. 슬쩍 내려다본 손은 인간의 것, 발도 인간의 것, 하지만 난 인간이 아닌 건가요?

―내 배 속에, 이건 괴물이에요! 괴물이 들어 있어! 죽여! 죽여! 배 속에서 꺼내 줘요!

어머니의 목소리에 시카는 눈을 감았다. 배 속에 있을 때부터의 기억이 있다는 건 자신이 역시 괴물이라는 증거일까?

―시카는 귀여워. 예뻐. 세상에서 가장 사랑스러워.

명랑한 목소리가 반짝이며 들려왔다.

―괴물 같은 거 아니야. 사랑해, 시카.

달콤하고 상냥한 목소리. 웃음소리. 만져 주는 다정한 손길.

―우리는 다시 만날 거야. 그럼 그때에는…….

시카는 눈을 떴다.

'그럼 그때에는, 그다음이 뭐였지?'

기억이 나지 않는다.

멍하니 천장을 보고 있는데 "아, 깼구나." 하는 목소리에 그녀는 고개를 돌렸다. 검사님이 침대가에 앉아 있었다. 한참 그를 보자 그가 "시카?" 하고 걱정스러운 목소리로 물었다.

"검사님?"

"카서스 리안입니다."

시카의 물음에 카서스는 정정했고 시카는 그제야 기억이 돌아와 상체를 벌떡 일으켰다.

"어떻게 된 거예요? 여긴 어디예요? 괜찮아요?"

"괜찮아요? 라는 건 내가 시카에게 물어야 할 것 같은데요. 괜찮아요?"

그 말에 시카는 마나를 점검해 보았다. 심장을 중심으로 돌고 있는 서클에 문제는 없었다. 마법사들은 심장의 주변으로 마력을 모아서 순환시키는데 그걸 하트 오브 서클. 그냥 줄여서 흔히 서클이라고 불렀다.

여기에 문제가 생기면 심장이 타격을 입어 죽지만, 그 정도는 아니었다.

"갑자기 마력을 너무 써서 그랬나 봐요."

시카가 어깨를 으쓱하며 말했다. 그녀가 주변을 둘러보았다. 작고 낡은 방이었다.

"여기가 어디예요? 그 어부들은요?"

"그 어부들이 우리를 여기로 데려왔고, 여기는 촌장 집에서 가장 좋은 방이랍니다."

카서스가 싱긋 웃으며 자리에서 일어나 시카의 뺨에 손을 댔다.

"음, 체온도 정상으로 돌아왔네요. 차가워져서 놀랐어요."

"여기가 어부의 거처라고요? 감금된 건가요?"

시카가 중얼거리자 카서스가 웃었다. 그가 장난스럽게 그녀의 뺨을 당기고 말했다.

"어째서 그렇게 비관적이에요? 일어설 수 있어요?"

"네."

시카는 침대에서 내려왔다. 옷도 갈아 입혀져 있었다. 처음 보는 옷이었다. 시카가 옷을 매만지고 있으니 카서스가 말했다.

"내가 갈아입힌 거 아니에요. 그 시카의 가방이 열리지 않아서, 할 수 없이 여기 사는 부인분이 자신의 옷으로 갈아입혀 주신 거예요."

"아."

마법으로 본인이 아니면 열 수 없게 해 놔서 그렇다. 카서스가 그녀의 팔을 잡아끌고 방을 나섰다.

"카서스?"

"여기, 본인이 깨어났어요!"

카서스가 외치자 거실에 모여 있던 사람들이 거의 동시에 시카를 바라보았다.

'히익—'

이제 화형이라도 당하는 건가! 하는데 모두가 환호성을 질렀다.

"마법사님이 깨어나셨다!"

"깨어나셨군요!"

"감사합니다, 마법사님!"

"덕분에 풍어예요!"

쏟아지는 환성에 시카는 얼떨떨한 기분이 되어 카서스를 돌아보았고, 카서스는 씩 웃어 보였다. 그녀는 가장 상석으로 모셔져서 공양이라도 되는 듯이 접시, 접시에 정갈하게 올려진 음식을 받았다.

신선한 과일, 견과류, 버터와 흰 빵 등등.

호숫가 마을에서 볼 수 있는 흔한 생선은 올라와 있지 않았다. 카서스가 귀띔이라도 해 준 걸까? 모두 어촌에서는 귀한 음식들이었다. 시카는 천천히 붉은 보석 같은 산딸기를 집어 들어 입에 넣었다.

상큼하고 달콤한 맛이 입안에 퍼졌다.

그러자 갑자기 식욕이 확 당겨서 그녀는 적극적으로 식사를 시작했다. 그녀의 옆에 카서스가 앉았다.

"어때요? 먹을 만해요?"

"네, 맛있어요."

"다들 좋아하고 있는데 어때요?"

"너무 의외예요. 그동안 마법을 쓸 때마다 그렇게 좋은 말은 못 들었거든요."

그 말에 카서스가 웃고 속닥였다.

"제가 맞춰 볼까요. 별거 아닌 마법을 썼었죠."

그 말에 시카는 눈을 크게 떴다.

그랬다. 사람들이 무서워할까 봐 자잘한 마법만 썼다.

"네, 어떻게 알았어요?"

"크고 대단한 마법을 쓰면 사람들은 더 호의적일 거예요."

그 말에 시카는 생각에 잠겼다가 말했다.

"한 명을 죽이면 살인마지만 만 명을 죽이면 영웅이다. 같은 이야기인가요."

"하하, 비슷하네요."

시카는 피식 웃었다. 그녀가 머뭇거리다가 말했다.

"고마워요. 그래도 기분 좋은데요. 이렇게 좋아하는 걸 보니까요."

"그죠? 너무 소극적이 되지 말아요."

시카는 "그러게요." 하고 중얼거렸다. 그녀라고 소극적이 되고 싶은 건 아니었다. 하지만 종종 그런 생각이 드는 것이다.

이렇게 좋아해 주는 사람도 내 정체를 알면 도망가겠지.

'카서스 말대로 너무 비관적인 걸까.'

시카는 한숨을 내쉬었다. 그때 한 여자가 다가왔다. 카서스가 경계하듯 시카의 앞을 살짝 가렸다. 하지만 여자는 눈치채지 못하고 품 안의 갓난아이를 내밀며 말했다.

"마법사님의 축복을 받고 싶어요."

"네?!"

시카는 놀라 움찔했고 카서스는 그제야 옆으로 슬쩍 비켰다.

"축복이라니―"

"왜요? 전에 해 줬었잖아요."

카서스는 히죽히죽 웃으며 말했고 시카는 어쩔 줄 모르다가 갓난아기의 이마에 손을 얹었다. 아이는 작고 따뜻하고 보드라웠다.

저절로 미소가 나오는 그런 감촉이었다.

시카는 작게 주문을 외웠고 그녀의 손바닥이 반짝하자 모두가 눈을 동그랗게 떴다. 시카가 손을 떼자 여자가 머리를 땅에 닿게 조아렸다.

"감사합니다."

"아뇨, 그러실 필요 없어요. 일어나세요!"

시카가 당황해 의자에서 내려와 그녀를 일으켜 세웠다.

"제, 제 아이도 부탁드립니다!"

얼른 다른 여자가 이번에는 대여섯 살쯤 된 남자아이를 앞으로 내밀었다. 그걸 시작으로 모두가 앞다투어 시카에게 축복을 구했다. 시카는 '어어어.' 하면서도 밀어내지 않고 한 명씩 모두에게 마법을 시전해 주었다.

그녀가 휴 하고 한숨을 내쉬자 카서스가 물었다.

"괜찮아? 또 마력 뚝 떨어지는 건 아니야?"

"아뇨, 이 정도는—"

별거 아닌 마법이라서 괜찮아요, 라는 말을 자신이 방금 마법을 걸어 준 사람들 앞에서 해도 되나 싶어 시카는 말끝을 흐렸다. 하지만 카서스는 알아들은 듯 고개를 끄덕였다.

그때 나이 든 남자, 그러니까 촌장이 모자를 벗고 헛기침을 했다.

"번거롭게 해 드려서 죄송합니다, 마법사님."

"아닙니다. 저야말로 신세를 지게 되었네요."

시카가 손을 저었다. 늙수그레한 촌장은 다시 어색하게 헛기침을 하며 모자를 만지작거렸다. 시카가 의아해져서 물었다.

"뭔가 이야기하실 거라도?"

"저, 저에게도 그, 축복을 걸어 주실 수 있는가 하고."

"네?"

놀란 시카가 되묻자 촌장은 어이쿠 하며 허허 웃었다.

"역시 늙은이가 주책없었습니다. 네, 네. 살날도 얼마 남지 않았는데, 어험, 어험."

"아, 아뇨 원하신다면 해 드리겠습니다만……."

시카의 말이 끝나기가 무섭게 촌장은 그녀의 앞에 털썩 무릎을 꿇었고 깜짝 놀란 시카는 자리에서 일어났다. 촌장은 공손히 손을 모으며 고개를 숙였다. 마치 신관 앞에 선 신앙심 좋은 신도 같은 자세였다.

시카는 당황해 어쩔 줄 모르면서도 하여간 손을 뻗어 작게 마법을 걸었다. 그러자 촌장은 다시 깊게 고개를 숙여 보이고는 자리에서 일어나 뒷걸음질로 물러났다. 카서스는 속으로 작게 휘파람을 불었다. 만약 시카가 긴 법의라도 걸치고 있었으면 옷자락에 키스했을 기세였다.

'하긴.'

자신이 봐도 그건 기적에 가까웠다.

폭풍을 단숨에 평온하게 바꾸는 능력이라니.

사람이 가진 능력이라고는 생각되지 않는다.

"그, 그럼 저도!"

"저도 부탁드립니다, 마법사님!"

우락부락한 어부들이 앞다투어 자리에서 일어나 손을 들었다. 몇몇은 술 냄새를 지우려고 찬물을 들이켜기도 했다. 최대한 경건한 모습으로 줄을 늘어서는 걸 보고 시카는 기가 막혔다.

하지만 그걸 거절할 만큼의 성격은 되지 못하고, 또 거절할 명분도 없어서 시카는 어부들에게 모두 마법을 걸어 주고서 방으로 퇴각하듯이 돌아왔다.

카서스가 따라 들어오며 웃었다.

"이제 기다리면 그럴듯한 소문이 퍼질걸요. '폭풍을 잠재우는 자, 시카.'라든가—"

그 말에 시카의 얼굴이 빨개졌다.

"그, 그런—"

"왜 맞잖아요? 마법사에 대해서 안 좋은 이야기가 돈다고 소극적으로 나갈 필요는 없어요. 이렇게 적극적인 게 더 반응이 좋잖습니까?"

그 말에 시카는 한숨을 내쉬었다.

"카서스 말이 맞는 것 같네요."

사실 좀 즐거웠다. 아니, 아니. 좀이 아니라 상당히 즐거웠다.

커다란 마법을 쓰는 것도— 자신의 능력을 마음껏 펼치는 것도 즐겁지만, 그걸로 사람들이 기뻐해 주는 것도, 칭송받는 것도 매우 즐거웠다.

"다 카서스 덕분이에요."

시카가 활짝 웃으며 말했다.

그 사심 없는, 무방비한 미소에 카서스는 순간 시선을 빼앗겼다.

아, 정말로.

"걱정되네요."

카서스의 중얼거림에 시카가 "뭐가요?" 하고 되물었고 카서스가 웃으며 말했다.

"그렇게 큰 힘을 가진 사람이, 이렇게 순진하다는 게요."

"그다지 힘을 휘두를 생각은 없으니까 괜찮아요."

"그 정도의 힘이 있으면 주변에서 가만두지를 않죠."

그 말에 시카가 묘하게 웃었다.

"진짜로, 괜찮아요."

카서스는 자신이 그녀의 기분을 상하게 했나, 했는데 그건 아닌 것 같았다.

'어떻게 괜찮을 수가 있어?'

그는 그렇게 생각했지만, 그보다 그녀의, 아까보다 좀 더 희게 질린 듯한 얼굴이 눈에 들어왔다. 카서스가 시카의 팔을 잡아당겨 침대 쪽으로 밀어내며 말했다.

"얼른 씻고 자요. 또 잔뜩 마력을 써 버렸으니까."

"알았어요."

고개를 끄덕이고 시카가 다시 한 번 그에게 말했다.

"고마워요, 카서스."

"별말씀을."

카서스는 가볍게 윙크하고 방을 나갔다.

촌장 부인이 곧 시카에게 씻을 물을 가져다주어 씻고서 시카는 기절하듯이 잠들었다.

꿈도 꾸지 않는 깊은 잠이었다.

다음 날 시카는 온갖 감사의 인사를 받으면서 배를 출발시켰다. 그사이 잘 얻어먹은 미하스도 기분 좋아져 있었다. 배에 태우려고 하자 처음에는 폭풍의 경험 때문인지 몇 번 투레질했지만, 시카가 나지막이 뭐라고 속삭이자 곧 배에 올라탔다.

배는 항해에 필요한 물건들로 꽉꽉 채워져 있었고 떠나는 배를 사람들은 손수건을 흔들며 열렬히 배웅했다.

시카는 그들이 보이지 않을 때까지 팔을 흔들어 화답했다. 카서스가 킥킥거리며 말했다.

"팔 빠지겠어요. 이제 그만 흔들어요."

시카는 그 말에 휴 하고 한숨을 내쉬고는 팔을 내렸다. 안 그래도 아프던 참이다. 시카가 자신의 손을 내려다보다가 고개를 들어 카서스에게 물었다.

"생각해 보니 마스터들에게 이런 건 흔한 일이겠죠?"

제국에서 마스터의 인기는 하늘을 찌른다.

검사에 관한 이야기라면 제국민들은 밤새워서라도 이야기를 꺼내 놓을 수 있을 것이다.

제국민들은 검사를 숭배하다시피 했다. 그중에서도 마스터는 황족과 비슷한 인기를 누렸다. 어느 검사가 강한가 하는 이야기가 나오면 그 끝은 주먹질 싸움이 될 정도로 말이다.

카서스가 그 말에 "그렇게 흔하지는 않아요. 마법사만큼 능력은 없어서." 하고 웃었다.

"에이―"

시카는 "거짓말은 나빠요." 하고 덧붙였고 카서스는 그저 웃었다. 그 뒤의 항해는 순조롭게 이루어졌다.

남쪽으로 내려갈수록 날은 점점 더 따뜻해져서 배가 목적지에 도착했을 때 그녀는 망토를 벗어서 가방에 넣었다.

카서스는 미하스의 털옷도 벗겨 냈다. 가벼워진 것이 기분 좋은지 미하스는 몇 번이나 푸르릉거렸다. 시카는 기꺼이 말에게 솔질해 주는 걸 즐겼다.

"미하스는 솔질을 좋아하네요. 덩치는 크지만 얌전하고 착하네. 그래, 그래."

시카의 말에 카서스는 웃음이 터지려는 것을 참고 진지하게 고개를 끄덕였다.

"네, 솔질을 싫어하는 말은 없죠."

카서스는 배를 선착장에 대고 배를 맡겼다. 그가 말 위로 그녀를 올리며 말했다.

"고생하셨습니다. 이제 거의 다 왔어요. 딱 하루만 더 가면 목적지랍니다."

"아니에요. 덕분에 편하게 온걸요. 처음 해 보는 경험도 하고 즐거웠어요."

"하지만 이제부터는 고생시킬 거예요."

그 말에 시카가 피식 웃었다.

"그거 기대되는군요."

"기대해도 좋습니다."

카서스는 그렇게 말하며 말에 올라탔다.

붉은 숲

우툴루 미하스는 우울했다.

광전사 우툴루.

그렇게 불리며 제국의 마스터 중 하나로 손꼽히는 그이지만 자신이 해결하지 못하는 문제는 항상 생겼다. 예를 들자면 마수에게 아이를 잃은 부모의 울부짖음 같은 것 말이다.

'마수 사냥을 나가야 하나.'

부하들을 이끌고 순찰하는 횟수를 늘리고 있지만 소용없었다.

똑똑.

노크와 동시에 문이 열렸다. 부하의 표정이 심상찮아서 우툴루는 자리에서 벌떡 일어났다.

"무슨 일이지?"

"그, 방랑자가 왔습니다."

그 말에 우툴루의 미간에 깊은 주름이 졌다.

"카서스가?"

"네, 그것도 마법사와 함께요."

우툴루는 한숨을 삼키고 방을 가로질러 문을 나섰다. 아래층으로 내려가니 언제나처럼 뻔뻔한, 계집애 같은 낯짝을 한 카서스가 소파에 앉아 있었다. 그리고 그의 옆에 분홍색 머리카락을 가진, 눈이 번쩍 뜨이는 미소녀가 함께 앉아 있었다.

'저게 마법사인가?'

우툴루는 겉모습에 속지 않기로 마음먹었다. 카서스가 그를 보고 웃으며 손을 흔들었다.

"안녕, 자기. 오늘 기분은 어때?"

"그 자기란 말을 한 번만 더 하면 네 혓바닥을—"

말하다가 우툴루는 눈이 둥그레진 소녀를 보고 말을 멈췄다. 대신 그는 다른 식으로 으르렁거렸다.

"널 가만두지 않겠다고 했을 텐데."

"아이, 무서워라."

카서스가 몸을 꼬았고 시카는 그의 행동에 입을 벌렸다. 그야 좀 가벼운 사람이라고는 생각하긴 했다.

하지만 성벽이 그쪽이었을 줄이야.

'아냐. 이런 건 편견이지.'

시카가 침착하게 입을 열었다.

"두 분이 연인 사이셨군요, 전 몰랐―"

"아닙니다."

"아니에요."

시카의 말에 우툴루와 카서스가 동시에 대답했다. 대답하고서 우툴루는 놀라 카서스를 보았다. 평소라면 '꺅― 네, 맞아요.'라고 대답할 놈이?

카서스가 웃음과 함께 한숨을 흘리며 말했다.

"그냥 장난이에요."

"상대방이 싫어하는 장난은 하는 게 아니에요."

시카의 정론에 카서스는 묘하게 웃었다. 그래서 시카는 그가 알고 있다는 걸 알았다.

그렇게 농담하는 걸 저 기사가 싫어한다는 것을.

그래서 일부러 한다는 걸.

'대체 왜?'

처음에 이상한 사람이라고 생각했던 게 미안할 정도로 그동안 지켜본 카서스는 괜찮은 사람이었다. 하지만 바로 다른 사람을 만나자마자 저런 모습이다.

시카가 의아해하고 있을 때 우툴루가 헛기침하고 말했다.

"위로 올라가서 이야기하지. 그쪽도 정식으로 소개받고."

카서스가 자리에서 일어나서 시카도 따라 일어났다. 그러며 그녀가 걱정을 덧붙였다.

"저기 죄송한데 미하스를 잘 돌봐 주실 수 있나요?"

우툴루 미하스는 순간 말을 잃었다.

부하들도 눈을 껌벅거렸다. 시카가 아랑곳하지 않고 이어 말했다.

"미하스가 덩치는 크지만, 겁이 좀 많거든요. 낯선 곳에 와서 불안해하는 것 같더라고요."

카서스는 부들부들 떨며 웃음을 참았다. 그런 그를 곁눈으로 보고 시카는 무언가 이상하다는 걸 깨달았다. 우툴루가 천천히 물었다.

"미하스요?"

"네, 저희가 타고 온 말 이름이에요."

"말 이름이란 말이군요."

"네에……."

분위기가 이상해서 시카는 말꼬리를 어색하게 늘리며 대답했다. 뭔가 부족한가 싶어, 그녀는 설명을 덧붙였다.

"오래 함께해서 정이 들었거든요. 이런 부탁하는 게 좀 이상하겠지만, 미하스가 의외로 겁이 많아서……. 덩치는 큰데 그렇게 섬세하다는 건 귀여운 면이지만요."

말이 점점 횡설수설이 되고 있다고 생각하는데 우툴루가 입을 열었다.

"제 소개를 하죠. 우툴루 미하스라고 합니다."

"푸하하하하하."

카서스가 웃음을 터트렸다. 시카의 얼굴이 빨개졌다.

"카서스 리안!"

그녀가 비명처럼 그의 이름을 부르고 우툴루에게 고개를 숙였다.

"죄, 죄송합니다."

"아뇨, 사과하지 않으셔도 됩니다. 원흉을 알고 있으니까요."

우툴루는 대답하고 시카를 지나쳐서 카서스에게 다가갔다. 키가 2m에 가깝고 몸무게가 세 자릿수인 그가 옆에 서자 카서스가 상대적으로 작고 가늘어 보였다. 우툴루는 웃고 있는 카서스의 복부에 주먹을 한 방 먹였고 카서스는 숨을 삼키고 바닥을 굴렀다.

그런 소란이 있고 난 뒤 셋은 위층의 우툴루 방으로 자리를 옮겼다.

우툴루가 방문을 닫자 시카가 다시 한 번 사과했다.

"죄송합니다."

"아닙니다. 사과하실 일이 아니지요."

우툴루 역시 정중하게 말했다. 카서스가 고개를 끄덕였다.

"맞아. 나쁜 짓 한 것도 아닌데요, 뭐. 그냥 말 이름이랑 사람 이름이랑 겹친 것뿐이잖아요?"

"넌 반성을 좀 해라."

우툴루가 짜증 섞인 목소리로 말했다. 카서스가 픽 웃고 답했다.

"잘못한 게 있어야 하지. 미하스는 너 가지고, 난 다른 말이나 내줘."

"네?"

놀란 시카가 그를 돌아보았다. 카서스가 그녀를 보고 웃었다.

"원래 우리 자기─아니, 우툴루 주려고 데려온 말이었어요. 보다시피 이 녀석 덩치가 이래서 어지간한 말은 불쌍하단 말이죠."

"필요 없어."

"보면 마음이 달라질걸."

카서스의 말에 우툴루는 입을 다물었다. 확실히 그를 태울 말을 만나는 건 어려운 일이니까. 그사이 말과 정이 든 시카는 아쉬움을 느꼈다.

우툴루가 시카를 보고 물었다.

"마법사시라고요?"

"네. 시카 울프라고 합니다."

"우툴루 미하스라고 합니다."

"미하스 경."

"그냥 우툴루라고 부르십시오. 안 그러면 그렇게 부를 때마다 말을 부르는 것 같으실 테니까요."

우툴루의 말에 시카는 웃으며 "그러죠." 하고 답했다. 그녀가 이어 말했다.

"저도 그냥 시카라고 불러 주세요."

"알겠습니다. 그럼. 이쪽으로."

우툴루가 자리를 권해서 시카는 자리에 앉았다. 카서스는 그녀의 옆에 앉지 않았다. 그는 호위 기사처럼 그녀의 옆에 그냥 서 있었다. 시카는 그를 한 번 보았다가 우툴루를 보았다. 우툴루 역시 카서스에게 뭐라고 하지 않고 맞은편 자리에 앉았다.

"마법사까지 데리고, 여기까지 무슨 일이지?"

"무슨 일이긴, 서남부 일 때문이지. 네가 고용만 해 준다면."

카서스의 말에 우툴루는 한숨을 내쉬었다. 시카가 의아한 얼굴로 물었다.

"고용이요?"

"음, 이래 봬도 용병이니까요. 보수와 의뢰가 없으면 안 되죠."

시카는 의아해졌다. 이미 일하기로 되어 있는 것 아닌가? 그렇지 않으면 자신을 굳이 찾아올 필요가 없지 않은가?

"고용하지."

"감사합니다, 고객님."

싱긋 카서스가 웃었다. 우툴루는 그런 그를 못마땅하게 바라보았다. 마법사까지 끌고 내려왔으면서 굳이 자신과 비즈니스 관계를 고집한다.

"너란 놈은 정말이지……."

우툴루가 자리에서 일어나며 말했다.

"내일부터 같이하지. 시종에게 말해서 방을 내줄 테니까. 후작님께 이야기도 해야 하고."

"피엔샤 후작님은 날 어릿광대 정도로 생각하고 계시는 거 아냐?"

카서스의 말에 우툴루는 눈썹을 슥 올렸다가 내리며 말했다.

"그래도 마스터라는 걸 잊지는 않으시지."

"앞부분은 부정하지 않는군."

카서스는 어깨를 늘어뜨렸다. 우툴루가 종을 당겨 시종을 부르며 말했다.

"그럼 일단 방으로 안내하라고 하지."

"그 전에 잠시만 이야기할 수 있을까요?"

시카가 한 걸음 앞으로 나오며 말했다. 그녀가 카서스를 보았다가 다시 우툴루를 보며 힘주어 덧붙였다.

"둘이서만요."

카서스의 얼굴이 살짝 굳었다가 곧 웃음이 덧칠되었다. 그가 우아하게 인사하며 말했다.

"그러면 전 밖에서 기다리고 있지요."

"고마워요."

카서스가 밖으로 나가자 문이 닫히는 걸 보고 시카가 우툴루를 돌아보았다. 우툴루는 약간 긴장하며 검집을 두들겼다.

그는 마법사를 실제로 본 적이 있었다.

그리고 그 만남은 결코 호의적이지 않았다. 눈앞에 있는 여자아이의 목을 꺾는 게 지푸라기 꺾듯이 쉬워 보일지라도 절대 그렇지 않다는 걸 그는 잘 알았다.

시카 역시 그의 덩치에 주의하며 거리를 유지했다.

"하고 싶으신 이야기가 뭡니까?"

우툴루의 짙은 갈색 눈동자가 시카를 내려다보았다.

'정말 크다.'

시카는 '까치발을 하고 손을 뻗으면 그의 머리 위에 손을 얹을 수 있을까?' 하는 생각을 잠깐 했다가 말했다.

"마수가 어디에 중점적으로 나타나죠? 다발적으로? 아니면 한 곳에 집중되어서?"

의외의 질문에 우툴루의 어깨 힘이 빠졌다.

"붉은 숲이라고 아십니까?"

"네, 오면서 들었어요."

"그쪽 경계에서 집중적으로 나타납니다."

"동시다발적은 아니라는 거군요. 혹시 나타난 마수 중에 인간과 비슷한 마수도 있었나요?"

인간.

그 단어에 우툴루는 일종의 섬뜩함을 느꼈다.

마수는 말 그대로 동물의 형상을 하고 있었다. 물론 그걸 동물이라고 부를 수 있냐고 한다면 미묘하지만 말이다.

하지만 인간?

사람의 모습을 한 마수는 단 한 번도 본 적이 없었다. 생각도 하지 않았다.

"아뇨, 없습니다."

대답하고 우툴루가 낮게 물었다.

"그렇다면 우리처럼 지능이 있는, 인간과 같은 마수도 있는 겁니까? 그게 마수를 부리고 있을 가능성도 있나요?"

인간이 지배하고 있는 세상에서, 미지의 힘을 가진 또 다른 지적 생명체의 존재는 결코 달가운 것이 아니었다.

시카가 고개를 저었다.

"아뇨, 단 한 번도 그런 것은 본 적이 없습니다. 그냥 제가 궁금해서 여쭤 본 거예요."

싱긋 웃으며 그녀가 하는 말에 우툴루는 안도했다.

"무서운 걸 물어보시는군요."

그의 희미한 불평이 묻어나는 말에 시카가 "무섭나요?" 하고 되물었고 우툴루는 움찔했다가 대답했다.

"결코, 달가운 일은 아니지요."

눈앞의 작은 소녀에게 무섭다고 말하기에는 자존심이 상하는 그였다.

"그렇군요."

시카는 고개를 끄덕였다. 그리고 그녀는 덧붙였다.

"아, 참고로 저는 스물다섯 살입니다."

"스물……?"

우툴루는 입을 벌리고 시카를 바라보았다가 얼른 입을 다물었다.

그녀가 일부러 자신의 나이를 이야기한 것은, 자신의 태도가 소녀를 대하는 것 같아서였을 거고, 그 태도가 마음에 들지 않았기 때문일 터였다.

그러니 나이가 그렇게나 많다고요? 하는 얼굴을 굳이 보일 필요는 없지 않은가.

대신 그는 별것 아니라는 어조로 대답했다.

"그러시군요."

"제 외향 때문에 다들 오해하는 일이 많아서 미리 말해 두는 게 좋을 것 같았어요."

"네, 명심하겠습니다."

"그럼 제 질문은 끝났어요. 혹시 저에게 물어볼 게 있으신가요?"

그 말에 우틀루는 궁금한 점을 기탄없이 물었다.

"마법사시라고요."

"네."

"카서스와 어떻게 만나셨죠?"

"그가 절 찾아왔어요."

"그랬군요."

우틀루는 턱을 문질렀다. 그는 미심쩍음을 담은 눈으로 그녀를 보다가 물었다.

"무엇을 해 주실 수 있습니까?"

"마수의 움직임이 인위적인 것인지 아닌 건지를 판별해 드릴 수 있지요."

그 말에 우틀루의 얼굴이 밝아졌다. 시카가 어깨를 으쓱하며 이어 말했다.

"카서스는 그게 붉은 숲의 주술사 짓이 아닌가 걱정하고 있던데요."

우툴루의 얼굴에 어두운 기색이 스쳤다. 그 역시도 그것을 걱정하고 있었다. 우툴루는 팔짱을 꼈다. 시카는 그 팔뚝이 자신의 허벅지 굵기만 할 거라고 장담할 수 있었다.

"그 녀석은 사건 냄새를 맡는 게 빠르죠."

우툴루의 말에 시카가 물었다.

"카서스와는 어떻게 아는 사이신가요?"

"어렸을 때 전투에서 같이 싸운 적이 있습니다. 그 뒤로 몇 번 더 만났죠. 저 녀석은 용병이고, 용병의 일은 마수 처리가 대부분이니까요."

그리고 마수는 서부에서 가장 많이 등장한다. 필연적으로 마주칠 수밖에 없는 사이인 것이다.

"마스터면서 용병 일이나 하며 돌아다니는 놈은 그 자식밖에 없으니까 말입니다."

"사이가 좋지 않으신가 봐요."

저도 모르게 내뱉고 시카는 입을 가렸다.

정말로 이 사회성 부족은 어떻게 해야 하지 않을까?

그래도 말하고 나서 이제 부적절하다는 걸 깨달아서 다행이라고 해야 할지.

"죄송합니다. 이건 옳지 않은 질문이죠."

하지만 우툴루는 별로 기분 상한 기색 없이 대답했다.

"자기를 좋아하지 말라고 외치는 놈을 좋아해 줄 만큼 넉살 좋지 못해서."

"하지만 그러면서도 싫어하지 말라고 외치잖아요."

시카의 말에 우툴루의 얼굴에는 미소 비슷한 게 지나갔다.

"그게 짜증 나는 점이죠. 본인이 그 점을 잘 알고 있다는 것을 포함해서도 말입니다."

그의 말에 시카는 놀랐다. 우툴루가 거기까지 보고 있을 거라고는 생각하지 못했다. 덩치가 곰같이 커서 왜인지 둔할 거라는 인상이 있었던 것이다.

'나야말로 얄팍한 인간이야. 시카, 시카. 반성하자. 생각해 보면 곰이야말로 영리하고 빠르지.'

속으로 깊게 자신을 반성한 후 시카가 말했다.

"그럼 더 물어보고 싶으신 건 없으신 건가요?"

"네. 그쪽은?"

"저도요. 그럼 나가 보겠습니다."

우툴루는 말없이 한발 앞서가 문을 열어 주었다. 문 앞에 대기하고 있던 카서스가 싱긋 웃으며 나오는 시카를 맞이했다.

"얘기는 잘 하셨나요?"

"네. 고마워요, 우툴루."

"별말씀을."

우툴루는 어깨를 으쓱했다. 카서스가 재미있다는 얼굴로 우툴루에게 말했다.

"너 왜 이렇게 예의가 발라졌냐?"

"뭐?"

"여자라면 항상 깔보더니만?"

"카서스, 언젠가 너는 그 헛바닥 때문에 죽을 거다."

우툴루가 낮게 말했고 카서스가 가슴에 손을 얹으며 "걱정해줘서 고마워." 하고 대답했다. 우툴루는 그의 목을 조르고 싶다는 충동을 느끼며 말했다.

"여자라도 제 몫을 한다는 걸 알았으니까."

"아."

카서스가 그 말에 작게 소리를 내고 웃었다.

"은기사랑 같이 일했었지. 대련도 했어?"

"졌다."

우툴루의 말에 카서스가 고개를 끄덕이며 "나도." 하고 덧붙였다. 우툴루는 그 말에 놀란 듯 그를 보고 물었다.

"시그— 아니, 앙케르트나 백작과 만난 건가?"

"마법사를 찾으려면, 마법사를 만나러 가야 하고, 공식적으로 거처가 정해져 있는 마법사는 그 백작가의 마법사밖에 없으니까."

"두 사람은 잘 지내던가?"

우툴루의 말은 앞뒤가 없었지만, 카서스는 무슨 말인지 알아들었다. 앙케르트나 백작은 드물게도 여백작이었다. 그녀의 남편인 흑기사 베라무드 루나틸은 자신들의 전우이기도 했다.

"아~주 행복해 보이더라."

"그렇군."

우툴루는 희미하게 웃었다. 카서스가 그에게 말했다.

"너도 한번 찾아가 봐. 환대받을걸. 나는 좀, 그 은기사님의 속을 긁어 둬서 다시는 못 갈 것 같기는 하지만."

우툴루가 그 말에 뚱하니 카서스를 보고 말했다.

"비뚤어진 자식."

"베라무드랑 똑같은 소리를."

카서스는 그렇게 말하고 시카의 손을 잡았다.

"그럼 우리는 방으로 올라갈까요?"

"네? 네."

좀 더 두 사람이 이야기하는 것을 파악하고 싶었지만, 시카는 그냥 고개를 끄덕였다. 시카가 우툴루에게 인사하는 것을 카서스가 끌어당겨 빠른 걸음으로 멀어지게 하며 물었다.

"무슨 얘기했어요?"

"그걸 말하면 둘만 이야기한 보람이 없는 거 아닌가요?"

시카의 말에 카서스는 "그거야 그렇지만." 하고 그녀를 돌아보았다. 시카는 싱글 웃었다.

그녀는 좋은 사람이다.

카서스는 그걸 알았다. 그리고 자신은 좋은 사람과 그렇게 가까워지지 않는다. 왜냐면 자신도 좋은 사람은 금방 좋아지니까.

그리고 그렇게 관계가 구축되면 자유롭기가 어렵다.

카서스는 어디든 깊게 얽히는 건 질색이었다.

이런 식의 집착이 이상하다는 것도 알고, 자신이 정상이 아니라는 것 정도야 카서스도 알고 있었다. 하지만 이상하니까 고치자, 해서 고칠 수 있다면 세상에 실패하는 사람은 아무도 없을 것이다.

'마치 새벽에 일어나는 생활이 좋다는 걸 알지만 그걸 못 하는 것과 같지.'

생각하고 카서스는 한숨을 삼켰다.

잡은 손이 어딘지 따뜻하다. 아니, 따뜻한 건 당연하지만…….

손을 잡아도 시카는 별말 없이 그를 따랐다. 그녀의 손은 아이 손처럼 작고 자신의 손안에 쏙 들어와서 자신과 그녀의 차이를 여실히 알려 주었다.

게다가 그 얼굴.

자신을 첫사랑이라고 착각했을 때의 그런 얼굴을 그는 본 적 없었다. 아마 앞으로도 볼 일이 없겠지.

왜 자신은 그게 싫은 걸까.

카서스는 이유를 찾고 있는 자신의 상념을 재빠르게 멀리 밀어 버렸다. 대신 그는 삐진 듯 입을 열었다.

"우리는 파트너잖아요?"

"그냥 마수에 대해서 좀 물어본 것뿐이에요."

시카가 달래듯 부드러운 어조로 말했다.

"그거라면 우툴루보다 제가 더 잘 알려 줄 수 있는걸요."

마수라면 용병인 제가 더 전문가라고요.

카서스의 말에 시카는 그저 웃을 뿐이었다.

카서스에게 그 질문을 던지면 그는 금방 눈치챌 것 같아서 무서웠다. 만약에 그가 '그 사실'을 알게 되면 어떻게 될까?

배신감을 느낄까? 아니면 바로 자신의 목을 벨까?

시카는 눈을 감았다.

  —넌 괴물이 아니야.

그 다정한 목소리가 그리웠다.

"시카?"

카서스의 목소리에 시카는 웃어 버렸다. 그래, 저 목소리.

어쩐지 기억 속 목소리도 카서스의 목소리와 비슷한 것 같다. 하지만 카서스 본인일 리는 없고…….

"카서스."

"네. 물어볼 게 생각났어요?"

"아버지와 많이 닮았나요?"

시카의 물음에 카서스의 얼굴이 순식간에 굳었다. 시카는 놀라 움찔했다. 그녀의 표정을 본 카서스가 얼굴을 풀고 웃으며 말했다.

"몰라요. 아버지 얼굴을 본 적이 없거든요."

"그랬군요. 미안해요."

"아니에요. 근데 갑자기 그건 왜요?"

"그게⋯⋯."

시카는 말끝을 흐렸지만, 카서스는 금방 이유를 알 수 있었다.

"시카의 첫사랑이 내 아버지일까, 하고요?"

말투는 평소와 다를 바가 없었지만, 시카는 그의 기분이 저조하다는 걸 알 수 있었다. 아니라고 거짓말을 해야 할까— 하지만 거짓말을 한다 해도 그는 금방 눈치챌 거다.

"어쩌면, 하고요."

그녀는 긍정의 대답을 했고 카서스는 아무 말도 하지 않았다. 나선형의 계단을 올라와 카서스는 세 번째 방문 앞에 섰다.

"여기가 시카의 방이에요. 서부의 성치고 이 성은 그래도 창문이 크답니다. 아마 남쪽이라서 그렇겠죠."

그가 문을 열어 주며 말했다. 돌로 된 바닥에는 그나마 밝은 빛의 카펫이 깔려 있었고 모든 게 깔끔하게 정돈되어 있었다.

"저는 옆방에서 자니까, 무슨 일 있으면 바로 불러요. 내일부터는 숲을 수색할 테니까 오늘은 푹 쉬어 두세요."

말하고 그가 휙 돌아서서 시카는 저도 모르게 손을 뻗어 카서스의 긴 머리카락을 붙들었다.

"시카?!"

머리를 붙잡힌 그가 놀라 돌아서자 시카가 양손을 번쩍 들며 말했다.

"미안해요, 그게 딱 붙잡기 좋은 모양이라⋯⋯. 그런데 카서스, 머릿결 좋네요."

잠깐 붙잡았는데도 매끄러운 감촉을 느낄 수 있었다. 그 말에 카서스는 저도 모르게 웃고 말했다.

"그래서 왜 잡은 거예요?"

시카가 자신의 허리 가방에 손을 넣어서 반짝이는 금색 포장지에 쌓인 캐러멜을 하나 꺼내 내밀었다. 의아한 얼굴로 카서스는 그걸 받았다. 시카가 걱정스럽게 물었다.

"우리 계속 파트너죠?"

"헤어질 때까지는요."

카서스의 말에 시카는 고개를 끄덕이고 활짝 웃었다.

"네."

카서스는 캐러멜을 들어 보이며 "그럼 잘 먹을게요." 하고 문을 닫고 나왔다. 손안에서 반짝이는 캐러멜을 돌려 보며 카서스는 픽 웃었다.

그는 시카가 기분 상할 때마다 하나씩 이 캐러멜을 꺼내 먹으며 마음을 달랠 거라고 쉽게 추측할 수 있었다. 그는 포장지 양쪽을 잡아당겨 포장을 풀었다. 갈색의 삐뚤빼뚤한 캐러멜은 수제로 만든 것 같았다.

'마법사 탑에서 직접 만든 건가?'

그는 입안으로 캐러멜을 던져 넣었다. 달콤한 맛이 혀 위에 가득 퍼졌다. 정말로 기분이 좀 나아지는 것 같았다.

'이건 어떻게 만든 걸까?'

반짝이는 네모난 포장지를 이리저리 돌려 보다가 카서스는 차곡차곡 접어서 주머니에 찔러 넣었다. 머리카락을 잡아당겨 놀라기는 했지만, 이상하게 불쾌하지는 않았다.

'어차피 곧 헤어질 테니까.'

헤어지고 나면 아마 다시는 만날 일이 없을 거다. 그러니까 지금은 이렇게 가까워도 괜찮아.

스스로를 합리화하며 카서스는 자신의 방으로 들어갔다.

* * *

다음 날 일찍 가벼운 식사 후 수색팀이 꾸려졌다.

우툴루의 걱정—혹시나 마법사라고 다들 꺼리면 어쩌나—과는 달리 모두가 시카에게 친절했다.

'하긴.'

겉모습만은 나무랄 곳 없는 미소녀다.

서부 전방에서는 보기 힘든 존재이니 다들 자신의 남성성과 친절함을 과시하기에 바빴다.

우툴루 자신처럼 직접 마법사를 목격한 것도 아니고 말이다.

'하지만 좀 우습군.'

덩치 큰 남자들이 우르르 여자애 하나를 둘러싸고 있는 모습이 꼭 꼬리 날개를 활짝 편 수컷 공작들이 몰려서 꽥꽥거리는 것처럼 보였다.

"저기, 내 파트너에게 숨 쉴 공간을 좀 마련해 주지 않겠어?"

카서스가 무기를 챙겨 나오다가 그 광경을 보고 손을 내저었다. 시카가 그를 보고 반가운 얼굴을 했다.

"카서스."

병사들은 대놓고 카서스에게 불만 어린 얼굴을 해 보이며 물러났다. 카서스가 시카의 옷차림을 바라보았다.

그녀는 딱 붙는 바지에 무릎 위까지 올라오는 부츠를 신고, 셔츠와 조끼를 입고 있었다. 머리는 하나로 땋아 내렸는데 손수건을 넓게 접어 머리띠처럼 두르고 있었다. 옆구리에는 검이 잘 고정되어 있었다.

"망토는요?"

"가방 안에 있어요."

시카가 자신의 작은 가방을 툭툭 치며 말하자 카서스는 고개를 끄덕였다.

"그 가방 안에 전부 들어 있겠죠."

"넵."

"좋군요."

카서스도 하나 탐이 나는 가방이었다. 저런 마법 가방은 가치를 매길 수 없을 것이다. 우툴루가 두 사람에게 가까이 오라고 손짓했다.

"이 사람들과 같이 움직일 겁니다."

우툴루가 십여 명 정도 되는 병사들을 가리켰다. 카서스가 물었다.

"너도 같이 가는 거야?"

"그래."

"마스터인 네가 본진을 비워도 괜찮을까."

"메튜가 있어."

또 다른 마스터의 이름에 카서스는 고개를 끄덕였다.

"그렇다면야."

우툴루가 병사 한 명을 가리키며 말했다. 갈색 머리에 주근깨가 가득한 얼굴을 하고 있었다.

"레피의 옆에 딱 붙어 있으십시오."

"잘 부탁드립니다."

시카가 인사하자 레피가 씩 웃었다. 이제 갓 스무 살 초반일까? 장난기가 넘치는 얼굴이었다.

"저도 잘 부탁드려요, 마법사님."

"그냥 시카라고 부르시면 됩니다."

"그럼 저도 레피라고 부르세요."

"나도 옆에 있을 테니까 걱정하지 마세요."

카서스의 말에 우툴루가 "아니." 하고 가장 후미를 가리키며 말했다.

"넌 맨 마지막이다."

"에이~"

"에이가 아니겠지."

우툴루가 단호하게 말하자 카서스가 홀쩍이는 시늉을 하며 시카에게 말했다.

"고용주의 말을 거역할 수 없으니 전 맨 뒤로 갈게요. 절대로 가운데를 벗어나지 말아요. 알았죠?"

"네."

시카는 진중하게 고개를 끄덕였다. 가장 앞과 뒤, 양쪽 다 중요한 자리다. 늑대들과 함께 이동할 때도 이런 식이었다.

선두에는 나이 많은 길잡이가 서고, 그 바로 뒤에는 강한 자들이, 후미에는 알파 늑대가 따라온다.

시카가 손을 들고 우툴루에게 물었다.

"괜찮다면 지팡이를 꺼내 들고 있어도 될까요?"

우툴루는 망설이다가 고개를 끄덕였다. 그가 물었다.

"내가 알아 둬야 할 사항이 있습니까? 공격 마법이라든가?"

"공격용 마법은 익히고 있는 게 없어요. 하지만 다리를 묶는다든가 눈을 멀게 하는 건 가능해요."

시카는 이런 질문을 예상했다는 듯이 술술 대답했다.

"알겠습니다."

대답하면서도 우툴루는 그게 공격용 마법이 아니면 뭔가, 하는 작은 의문을 가졌다. 병사들 역시 시카를 새삼스럽게 보았다. 하지만 그녀가 공격 마법을 익히지 않았다는 말은 안도감을 주었다.

카서스는 시카의 말에 '그럴 리가?' 하고 한 소리 하려 했지만, 병사들의 분위기를 보고 그만두었다.

시카는 가방에서 지팡이를 꺼내 들었고 모두가 그 모습을 보고 입을 벌렸다. 눈동자들이 이리저리 굴러 작은 가방과 긴 지팡이를 번갈아 바라보았다.

'아니, 저기서 저 길이의 지팡이가 나올 리가 없는데?'

하는 것과 동시에,

'진짜 마법사구나.'

하는 실감이 나는 얼굴들이었다.

카서스는 그 모습을 히죽거리며 보았다.

이유는 모르겠지만, 그는 묘한 우월감을 느꼈다.

우툴루만이 곧 침착함을 되찾았다.

"그럼 출발하도록 하지."

그 말에 병사들은 얼른 입을 다물고 일사불란하게 대열을 만들었다. 다이아몬드 모양의 대형이었는데 레피가 시카를 대형의 가운데에 밀어 넣었다. 그리고 익숙하게 수색대는 숲 안으로 전진했다. 숲 안으로 들어선 지 얼마 안 되어, 시카는 이 숲의 이름이 왜 붉은 숲인지 알았다.

토양이 검붉은 빛을 띠고 있었다. 철 성분이 많기 때문일까? 토양 표본을 가져가서 조사해 보고 싶었지만, 시카는 참았다.

오늘은 그걸 하러 온 것이 아니니까.

그때 카서스가 뒤에서 물었다. 그렇게 넓게 펼쳐진 대열이 아니라 목소리를 키우지 않아도 전원에게 들렸다.

"어디로 갈 거야?"

"첫 번째 현장으로."

우툴루의 목소리는 무거웠고 카서스는 "그렇군." 하고 입을 다물었다. 시카는 묻지 않아도 '현장'이 어디를 말하는지 알 수 있었다.

아마 마수가 나타나서 피해를 본 곳이겠지.

그 피해는 물론 인간이 입었을 터였다.

초반에는 가볍게 잡담도 하는 분위기였지만 숲 안쪽으로 들어갈수록 말소리는 점점 줄어들었다. 겨울이라 가지만 남은 나무들이 마치 창을 든 병사처럼 사방에 빽빽하게 서 있었다. 잎이 없는 숲인데도, 안으로 들어갈 때마다 어두워지는 것 같았다.

오래된 나무들은 그 자체로 위압감을 주었다. 병사들의 발걸음이 느려졌다. 시카 역시 보조를 맞춰 걸음을 늦추며 주변을 둘러보았다.

'아.'

부러진 나무와 확연하게 새겨진 발톱 자국이 보였다. 저 높이에, 저 크기의 발톱 자국을 새기려면 상당히 큰 동물이어야 하리라.

자연적인 동물이 저 크기라고는 생각할 수 없었다.

우툴루가 허공에서 가볍게 주먹을 쥐어 보이는 것으로 일행을 멈추게 했다. 그가 시카를 돌아보며 물었다.

"흔적을 찾을 수 있습니까?"

"해 볼게요."

시카는 발톱 자국 근처로 걸음을 옮겼다.

"앗."

발이 푹 빠져 내려다보니 깊은 발자국이었다. 몸이 얼마나 커야 이 정도의 발 크기가 나오는 걸까?

시카는 숨을 삼켰다.

"괜찮아요?"

뒤에 있던 카서스가 재빠르게 그녀의 옆에 붙어 서며 물었다. 시카는 그를 향해 웃어 보였고 카서스 역시 미소를 돌려주었다. 그것만으로도 긴장이 풀렸다. 시카는 지팡이의 황수정 부분을 나무에 가져다 댔다.

수정 안쪽에서 희미한 빛이 반짝이기 시작했다. 병사들은 침을 삼키다가 침 삼키는 소리에 스스로 움찔하며 시카의 지팡이를 바라보았다.

반딧불 꽁지가 빛나듯 희미하게 빛나던 빛이 점점 더 강해졌다.

"루—레카."

그녀가 주문을 외우자 수정안의 빛이 팟 하고 사라졌다. 순간 주변이 어두워진 것처럼 느껴졌다. 다음 순간 강렬한 황금색 빛과 함께 지팡이를 중심으로 두 겹, 세 겹 마법진이 그려지더니 훅하고 넓이를 넓혀 확장했다.

병사들이 움찔거리며 창을 쥔 손을 앞으로 내밀고 몸통은 뒤로 뺐다.

카서스는 자신의 주변을 돌고 있는 마법진을 바라보았다. 손으로 건들면 어떨까? 하는 호기심이 생겼지만, 그는 얌전히 손을 검 위에 올려 두었다.

시카는 기척을 더듬었다.

장막이 근처에 있나? 찢어졌나? 균열이 있어? 누가 건드렸나?

하지만 마법진에 걸리는 것은 아무것도 없었다.

예전에 흔적이 있었더라도 오래되어 사라진 것이 틀림없었다. 시카는 지팡이를 나무에서 뗐고 빛과 마법진은 사라졌다.

카서스가 물었다.

"어때요?"

"아뇨, 아무런 흔적이 없어요. 내 생각에는 여기가 오래돼서, 흔적이 남지 않은 것 같아요."

시카의 말에 카서스가 우툴루를 보고 말했다.

"그럼 차라리 가장 최근 현장으로 가지. 언제가 가장 마지막 이야?"

"이틀 전."

"그럼 거기로 가자."

카서스의 말에 우툴루는 고개를 끄덕였다. 시카가 어깨를 늘 어트리고 말했다.

"죄송해요. 제가 미리 이런 상황을 예상했어야 하는데."

"아뇨, 시간은 추적의 기본인데 우리야말로 깜박한 거죠."

카서스가 시카의 어깨를 두들겼다. 시카는 카서스를 올려다 보았다가 힐끔 뒤를 돌아보았다.

아무런 흔적도 없다.

흔적이 없는데…….

'뭔가가 마음에 걸려.'

뭘까?

시카는 천천히 새끼손가락에 낀 반지를 돌렸다. 생각할 때면 나오는 버릇이다.

"방금 그 마법으로 누가 이런 짓을 했는지 찾아낼 수 있는 건가요?"

갑자기 레피가 말을 걸어 시카는 생각에서 깨어나 그를 돌아보았다. 시카가 고개를 끄덕였다.

"만약 인위적으로 그랬다면 말이에요."

"야만인 놈들이 틀림없어요."

레피의 어조에 분노가 묻어났다.

"그 새끼들이 아니면 누가 이런 짓을 하겠어요? 마수를 부려서 인간을 죽이는 끔찍한 짓을—! 숲에 불을 질러서라도 싹 다 치워야 하는데, 후작 각하는 무슨 생각으로—"

"레피."

우툴루가 이름을 부르자 레피는 움찔했다. 그가 시카를 보고 어색하게 웃어 보였다.

"말이 좀 과격해졌네요, 죄송합니다."

"아니에요."

시카는 작게 고개를 흔들었다. 말로 꺼낸 것이 레피일 뿐, 다른 병사들 역시 비슷하게 생각하고 있다는 걸 알 수 있었다.

만약 여기서 자신이 야만인의 짓이 아니라고 말한다면, 이들은 그걸 믿을까?

아니면 날 무능력자로 취급할까.

갑자기 시카는 자신의 편이 하나도 없는 가운데에 자신이 서 있다는 것을 깨달았다. 시카는 지팡이를 쥔 손에 힘을 주었다.

'아냐.'

자신에게는 카서스가 있다.

이유 없는 믿음이라고 할지도 모르지만, 시카는 그를 믿었다. 저도 모르게 뒤를 돌아보자 카서스와 눈이 마주쳤다.

카서스는 고개를 갸웃하며 그녀를 보았다. 입으로 말을 꺼낸 것이 아닌데도 시카는 그게 '괜찮아요?' 하는 물음이라는 걸 알 수 있었다.

시카는 대답하듯 희미하게 고개를 끄덕였고 카서스는 알겠다고 고개를 끄덕했다. 시카는 작게 한숨을 내쉬고 정면을 보았다.

두 번째 장소는 호숫가였다. 아직 흙에 스며든 핏자국이 고스란히 남아 있었다. 시카는 핏자국을 밟지 않으려 조심하며 지팡이를 들었다.

아까와 똑같은 마법이었다.

마력이 사방으로 뻗어 나가며 주변을 탐색했다. 마치 얇디얇은 모슬린 커튼이 주변을 쓸며 퍼지는 것처럼, 시카를 중심으로 동심원을 그리며 기척을 더듬는다. 심장이 한 번 뛸 때마다 마력

또한 함께 박동하며 물결을 그리듯 뻗어 나갔다.

'있어.'

뭔가가 있다.

장막, 균열, 흐려짐, 인위적인 찢김.

시카는 눈을 크게 떴다.

그 뒤에 희미하게 익숙한 기척이―

"크아아앙!"

커다란 울부짖음과 함께 마수가 튀어나왔다. 마치 공중에서 나타난 것처럼 말이다. 카서스는 시카를 덮치며 땅에 쓰러졌다.

"우툴루!"

카서스는 소리쳤고, 우툴루는 검을 빼 들며 달려 나갔다. 초록색 오러가 그의 대검을 감쌌다. 다른 병사들 역시 정신을 차리고 창을 앞으로 내밀어 마수가 다른 곳으로 가지 못하도록 위협했다.

"괘, 괜찮아요?"

시카가 헐떡이며 묻자 카서스가 재빠르게 몸을 일으키며 말했다.

"그건 내가 물어야 할 말 같은데요."

"전 괜찮아요."

뒤쪽에서 전투가 벌어지는데도 카서스는 태연했다. 그는 툭툭 시카의 옷에 묻은 흙까지 털어 주었다. 그리고 그녀를 전투 현장에서 떨어뜨렸다. 너무 멀지도 않지만, 그렇다고 가깝지도 않을 정도로.

그제야 시카는 마수를 자세히 볼 수 있었다.

그녀는 입을 벌렸다. 목구멍이 바싹 말라 왔다. 말을 꺼내고 싶은데 말이 나오지 않았다. 마수에 대한 삽화는 잔뜩 보았다. 누구보다도 잘 안다고 생각했다.

하지만 그것은 그냥 책상물림일 뿐이라는 걸 시카는 깨달았다.

우툴루와 싸우고 있는 마수의 몸뚱이는 커다란 도마뱀처럼 생겨 있었다. 다리가 길고 여섯 개라는 점만 빼면 말이다.

긴 꼬리에는 뾰족뾰족한 가시가 달려 그걸로 주변의 병사들을 후려치고 있었다.

"아악―!"

굵은 꼬리의 힘은 어마어마했고 거기에 맞은 병사들은 힘없이 날아갔다. 가시에 맞으면 그대로 관통당해 죽을 것을, 노련한 병사들은 용케 피하고 있었다.

그리고 머리는 조금도 도마뱀과 닮지 않았다. 마치 불가사리를 오므려 둔 것처럼 생겨 있었다. 그리고 그 입이 다섯 개로 쫙 벌어지면서 안에서 푸른색의 연기가 뿜어져 나왔다.

"다들 숨을 멈춰!"

우툴루가 소리쳤다. 카서스가 으르렁거렸다.

"접촉하면 안 돼! 다들 물러서!"

카서스가 시카의 어깨를 붙잡고 "여기서 기다려요." 하고 말한 뒤 검을 뽑은 후 달려갔다. 그의 검을 곧 금빛의 오러가 감쌌다. 달려간 카서스는 가볍게 뛰어 근처 나무를 한 번 발로 밟고 도약했다.

날개가 달린 것 같다고 시카는 생각했다.

한 바퀴 빙글 돌아 마수의 등에 떨어진 그는 마수의 비늘이 기름칠한 듯 미끄럽다는 걸 깨달았다. 카서스는 바로 마수의 등에 검을 꽂아 넣었다. 보통의 검이라면 튕겨 냈겠지만, 오러 앞에서는 튼튼한 비늘이 소용없었다.

"꾸에엑―!"

기묘한 소리를 내며 마수가 몸을 뒤틀었다. 사방으로 푸른빛이 도는 연기가 토해져 나오며 묽은 액체가 튀었다.

"아아악―!"

연기에 닿은 병사들은 바닥을 뒹굴었다.

"토블!"

시카의 외침과 함께 강한 바람이 휘몰아쳐서 연기를 밀어냈다. 시카는 떨리는 손으로 지팡이를 앞으로 내밀고 있었다. 마수가 그녀 쪽으로 고개를 돌렸다.

시카는 힉 하고 숨을 삼켰다.

그때 화살이 마수를 향해 쏘아졌다.

피슝― 피슝―

하지만 날아온 화살은 힘없이 비늘에 퉁겨져 날아갔다. 마수의 단단한 비늘에 화살은 소용없었다. 카서스가 소리쳤다.

"쏘지 마, 내가 맞겠다! 얼간아!"

하지만 화살은 몇 번 더 날아왔고 카서스는 혀를 차며 오러를 두른 팔로 화살을 쳐냈다.

"으아압!"

기합을 내지르며 우툴루는 마수에게로 달려갔다. 카서스에 정신이 팔린 마수는 우툴루가 오는 것을 눈치채지 못했다. 우툴루의 거대한 대검이 단숨에 마수의 목을 날려 버렸다. 목이 허공을 날아 땅으로 떨어졌다.

시카는 흠칫하며 자신의 지팡이를 꽉 쥐었다.

하지만 마수의 움직임은 멈추지 않았다. 목이 없는 채로 움직이는 몸뚱어리는 목이 달린 것보다 몇 배나 더 끔찍했다.

"후리스—아란!"

시카의 두 번째 외침에 마수는 마치 네 다리가 빙판 위에 있는 것처럼 균형을 잡지 못하고 푹 쓰러졌다.

"잘했어!"

카서스는 소리치고 몇 번이나 검막이 닿을 정도로 깊게 마수의 등을 쑤셨고 우툴루는 옆구리를 길게 베어 넘겼다. 그리고 나서야 마수의 움직임이 멈췄다.

카서스가 마수의 등에서 뛰어내리자, 시카는 발에 용수철이 달린 것처럼 그에게로 쏘아져 달려갔다.

"카서스!"

비명처럼 자신의 이름을 부르며 달려온 시카를 보고 카서스가 물러나며 양손을 들었다.

"잠깐, 잠깐, 아직 검 들고 있어요. 그리고 피도 묻었는데, 이거 좋지 않아요. 우툴루, 괜찮아?"

"그럭저럭."

우툴루가 눈물이 줄줄 흐르는 눈을 손으로 누르며 말했다. 전신에 오러를 둘렀지만 아무래도 눈은 취약하다.

연기를 쐰 모양이었다.

"부상자를 모아! 무사한 사람 있나? 점호!"

우툴루가 소리치자 병사들은 여기저기서 자신의 이름과 번호를 대기 시작했다. 시카의 어깨가 희미하게 떨렸다. 카서스가 그걸 보고 조심스럽게 물었다.

"괜찮아요?"

"네, 괜찮아요."

시카는 의아하다는 얼굴로 그를 보며 말했다. 그녀가 우툴루에게 돌아섰다.

"잠깐 상처 좀 보여 주시겠어요?"

우툴루는 말없이 손을 내렸다. 눈을 뜨려고 했지만 뜨면 고통이 더 심했다. 시카가 눈을 억지로 뜨지 말라는 의미로 손을 저으려 하다가 자신의 손이 떨리는 것을 그제야 발견했다. 주먹을 쥐었다가 펴며 시카가 말했다.

"아뇨, 눈은 그대로 감고 계셔도 돼요."

그녀가 지팡이를 붙잡고, 다른 손을 뻗어 우툴루의 눈 위에 올렸다.

그 손이 여전히 떨려 우툴루가 뭐라고 하려는데 시카가 먼저 입을 열었다.

"피톨."

우툴루는 움찔했다. 순간 얼음을 댄 듯한 차가운 기운이 눈알을 훑고 지나가더니 통증이 사그라들었다.

"어떠세요?"

걱정스러운 목소리에 우툴루는 눈을 떴다. 약간 따끔거림이 남아 있기는 했지만, 몇 번 눈물을 흘려보내자 사라졌다.

"괜찮아졌습니다. 내 부하들도 좀 봐줄 수 있겠습니까?"

시카에게 괜찮냐고 물어야겠지만, 그에게는 부하가 우선이었다.

"네."

시카는 고개를 끄덕였다. 그녀는 안도의 한숨을 삼켰다.

마법으로 모든 독을 정화할 수 있는 것은 아니다. 그래서 시카는 최대한 많은 종류의, 보편적인 독을 정화할 수 있는 마법을 개발했다.

이 마법이 먹히지 않는 독도 있을 것이다.

하지만 다행히도, 이 마수의 독에는 먹혔다.

그녀는 독을 전부 정화했다. 이어 가방에서 유리병을 꺼냈다. 포도주 병만 한 유리병이 작은 가방에서 튀어나왔지만 아무도 거기에 관심을 기울이지 않았다.

단지 그것의 효용에만 관심이 있었다.

안에는 찰랑거리는 푸른색 액체가 차 있었는데 시카는 그걸로 붕대를 적셔서 환부에 대 감게 했다. 내상을 입은 병사에게는 또 다른 병을 꺼내서 분홍색 액체를 한 숟갈씩 마시게 했다.

"통증은 좀 나아지겠지만 나은 건 아니에요. 빨리 옮기는 게 좋아요."

시카의 말에 우툴루는 고개를 끄덕였다. 많이 다치지 않은 병사들이 들것을 만들어 부상병을 실었다.

지켜보던 카서스가 다가와 시카의 손을 슬그머니 감쌌다. 아직도 차가워진 손끝이 떨리고 있었다. 시카가 웃으며 말했다.

"이상하네요, 괜찮은데……. 왜 떨리는 걸까요."

"안 괜찮으니까요. 성에 갈 때까지만 참아요."

그 말에 시카는 떨리는 한숨 같은 웃음을 토해 냈다. 그녀가 카서스의 손을 마주 잡고 그의 팔에 자신의 이마를 기댔다. 그의 체온에 떨림이 조금 멎는 것 같았다.

"카서스는 괜찮아요? 다친 곳은 없나요? 연기가 닿은 곳이나?"

"멀쩡해요."

카서스의 대답에 시카는 다시 한숨을 내쉬었다. 카서스가 그런 그녀를 보다가 손을 놓았다. 허전해진 시카가 그를 올려다보는데 카서스가 그녀를 번쩍 안아 들었다.

"카서스?"

시카는 놀라 카서스의 어깨를 붙잡았다.

"얼른 여기서 빠져나가죠. 우툴루."

카서스의 부름에 우툴루는 말없이 고개를 끄덕이고 앞장서서 걷기 시작했다. 그 뒤를 일행이 따랐다. 그리고 후미는 카서스와 시카였다. 카서스는 양해를 구한 다음 시카를 한쪽 팔로 안아 들고, 다른 손에는 검을 들었다. 부상병이 있는 것치고는 상당히 빠른 퇴각이었다. 카서스는 이들의 숙달된 모습에 혀를 내둘렀다.

"카서스."

시카가 작게 그를 불렀다. 카서스는 그녀가 내려 달라는 말을 하려나 하고 그녀를 바라보았다.

"고마워요."

대신 돌아온 건 감사 인사라 그는 희미하게 웃었다.

"괜찮습니다. 이것도 제 일이죠."

시카가 힐끗 앞쪽을 보고 말했다.

"다들 괜찮을까요?"

"시카의 조치가 훌륭해서 다들 괜찮을 것 같은데요. 그거 대체 무슨 약이에요?"

"상처 치유를 돕고 통증을 낮추고 감염을 막는 거예요. 마법으로 정제해서 성분을 뽑아낸 거라, 그냥 약초를 바르거나 하는 것보다 훨씬 효과가 좋죠."

"몸은 괜찮아요?"

카서스의 물음에 시카가 "보시다시피." 하고 대답해 그가 고개를 저었다.

"아뇨. 음, 오러는 한계가 있죠. 오러를 전부 다 쓰게 되면 탈력감과 함께 오러 코어에 금이 가기도 하는 초유의 사태가 벌어지고요. 마력 역시 무한한 건 아닐 테죠. 전에 쓰러진 적도 있잖아요?"

카서스의 말에 시카는 설명했다.

"마력은 심장을 둘러싸고 모여 있어요. 우리는 그걸 서클 오브 하트(circle of heart)라고 불러요. 줄여서 그냥 서클이라고도 하고요. 맞아요, 마력에는 한계가 있어요."

마력은 무한하지 않다.

마력 역시 심각하게 소모하면 서클에 무리가 오고, 서클이 무너지면 심장 역시 무사하지 못한다. 하지만 거기까지 이야기는 하지 않고 시카는 말을 돌렸다.

"하지만 지금은 괜찮아요. 그렇게 많이 소비하지 않았어요. 그리고……."

그녀가 말꼬리를 흐려 카서스가 재촉했다.

"그리고요?"

"좀 바보 같아요."

"뭐가 말입니까?"

"아까 너무 놀라서 굳어 버린 거나……. 지금 이렇게 떠는 거나……."

그 말에 카서스는 어처구니없다는 표정을 지었다.

"비명을 지르면서 도망을 가지 않은 것만으로도 훌륭한데요.

마수를 처음 본 신병은 그 자리에서 아무것도 못 하거나, 헛짓거리하거나, 비명을 지르거나, 도망을 가거나 오줌을 싼다고요."

"그 첫 번째 경우가 저 아닌가요?"

"아니죠. 제가 이끄는 대로 멀리 떨어져서 얌전히 서 있었잖아요. 굳으면 그 자리에서 꼼짝도 하지 않아서 질질 끌어내야 하거든요. 그리고 끌어내려고 하면 발버둥 치죠. 골치 아파요. 게다가 훌륭하게 마법도 썼잖아요?"

카서스가 그녀를 가볍게 추어올리며 말했다.

"독을 날려 보내지 않았다면 피해는 더 컸을 거예요. 나중에 넘어트린 것도 훌륭했고요. 첫 만남으로는 매우 잘한 거예요. 정말로요."

"그럼 다행이고요."

"그리고 마수가 죽고 나서도 잘 행동했고요."

카서스의 칭찬에 시카의 기분이 나아졌다. 적어도 폐가 되지는 않은 모양이었다. 카서스가 앞에 가는 병사들을 보았다가 낮게 물었다.

"그래서 뭔가 발견했나요?"

시카는 움찔하고 고개를 작게 끄덕였다. 카서스가 혀를 찼다. 원하지 않는 일은 어째서 항상 이루어지는 것일까?

그는 주머니를 어루만졌다. 아까 화살이 날아올 때는 우리 편이 쏘는 거로 생각했는데, 나중에 보니 아니었다. 현장에서 화살 촉을 챙겼는데 제국의 것이 아니다.

'골치 아파지겠군.'

카서스는 신음을 삼켰다. 시카가 걱정스러운 얼굴로 손을 뻗어 그의 뺨을 만졌다.

"괜찮으세요?"

"그 질문 벌써 몇 번째인지 알아요?"

카서스가 웃으며 대꾸하자 시카가 눈을 살짝 찌푸리며 답했다.

"안 괜찮은 것 같으니까 하는 말이죠."

"안 괜찮아 보여요?"

"네."

"사실 그쪽도 그래요."

카서스의 말에 시카는 깃털을 날리듯 가볍게, 힘없이 웃었다.

"사실 좀 무서웠나 봐요."

마수가 무서운 것이 아니었다.

마수가 그런 '괴물'이라는 것이 무서웠다.

그렇다면 마수의 피가 흐르는 자신 역시, 저런 괴물이다.

그 점이 전신이 떨리도록 무서웠다.

카서스가 그런 그녀에게 작게 말했다.

"저도 처음에는 무서웠어요."

"정말요?"

"그럼요."

그건 다른 이야기였지만, 그래도 약간의 위로는 되었다.

혹시 중간에 다른 습격을 받으려나? 하는 걱정과 달리 일행은 무사히 숲을 빠져나와 숲 밖에서 기다리고 있던 다른 일행을 만났다.

성으로 돌아와서야 카서스는 시카를 내려 주었다. 시카는 지팡이를 가방 안에 잘 집어넣었다. 우툴루가 두 사람에게 말했다.

"위로 올라가지."

시카와 카서스는 고개를 끄덕였다.

집무실에 우툴루가 마지막으로 들어서며 문을 닫았다. 그가 망토를 벗어 걸었다. 아직 무장을 벗지도, 씻지도 않은 채였지만 이야기를 듣는 쪽이 더 중요했다.

카서스 역시 몸에 마수의 피가 튀어 있었지만 별말 하지 않았다. 셋 중에서 가장 멀쩡한 모습을 하고 있는 건 시카였다.

우툴루가 그녀에게 자리를 권하고 물을 한 잔 따르며 물었다.

"물이라도 한잔하시겠습니까?"

"전 괜찮아요."

"난 한 잔 줘."

우툴루는 한 잔 더 따라서 카서스에게 건넸다. 단숨에 물을 비우고 카서스는 숨을 내쉬었다. 그가 주머니에서 화살촉을 꺼내 우툴루에게 던졌다.

"아까 화살 날아온 거."

우툴루가 화살촉을 손안에서 굴려 보고 욕설을 내뱉었다.

"그 미친놈들이― 시카는 뭔가 발견했습니까?"

"인위적으로 장막을 약하게 해서 찢었더군요. 사람의 손이 닿은 게 맞아요."

우툴루가 이를 갈았다.

카서스가 팔짱을 끼며 물었다.

"요즘 잠잠한 거 아니었어? 그래도 서로 사이가 악화되지 않았다고 생각했는데."

야만족과 국경을 맞대고 있는 서부는 대대로 여러 정책을 써 왔다. 그중에는 혼인 정책 같은 우호적인 정책도 있었고, 지금은 꽤 안정적인 상태라고 들었다.

눈앞의 우툴루 미하스도 제국인과 야만족의 혼혈이었다. 그 래서 그의 이름이 독특한 것이다.

"그렇게 생각했지. 오늘 이런 일이 생기기 전에는 말이지."

"어떻게 할 거야?"

"잡아야지."

"그러니까 어떻게?"

카서스의 말에 우툴루는 화살촉을 바라보며 말했다.

"부족마다 화살촉 만드는 방법이 달라. 이 화살촉은 소투스 부족의 것이니, 족장을 만나 봐야겠지."

"같이 가요."

시카의 말에 우툴루가 놀라 시카를 보았다. 카서스 역시 마찬 가지였다.

"시카?"

당황한 그가 그녀의 어깨를 붙잡았지만, 시카는 아랑곳하지 않고 말했다.

"주술사가 무슨 짓을 할지 모르는데, 우툴루 혼자 보낼 수는 없어요."

우툴루는 시카를 보았다. 그녀는 똑바로 우툴루를 보고 있었고, 빈말이라던가, 허세의 흔적은 없었다.

"제안을 고맙게 받아들이겠습니다."

"우툴루 미하스!"

카서스가 목소리를 높였다. 우툴루는 왜? 뭐? 하는 얼굴로 그를 바라보았고 카서스는 기가 찼다. 마수를 보고 벌벌 떠는 사람을 야만족들 한가운데로 데려가겠다고?

"저기―"

시카가 카서스를 돌아보고 말했다.

"카서스는 같이 가지 않아도 괜찮아요. 괜히 위험한 곳에 갈 필요도 없고―"

카서스는 용병이니까 돈을 받는 대로 일할 테니 굳이 끌어들이고 싶지 않았다.

그녀의 말에 카서스의 얼굴이 살짝 굳었다.

"저 자식도 같이 갈 겁니다."

우툴루의 말에 시카가 "하지만……." 하고 그를 돌아보자 우툴루가 말했다.

"제가 고용했으니까요."

"아."

그 말에 시카는 고개를 끄덕였다. 그러고 보니 우툴루가 카서스를 고용했었지. 카서스는 끙 하고 한숨을 내쉬고는 머리를 쓸어 올렸다.

"알았어. 같이 가죠. 그럼 본격적으로 얘기하기 전에 나 좀 씻어도 되냐?"

우툴루는 고개를 끄덕했고 카서스가 시카에게 말했다.

"방까지 모셔다 드리죠."

괜찮다고 말하려던 시카는 카서스의 표정을 보고 고개를 끄덕였다. 우툴루는 저녁 식사 전에 사람을 보내겠다고 말했다.

"부상자를 돕지 않아도 될까요?"

시카의 질문에 우툴루가 고개를 저었다.

"괜찮습니다. 그런 일까지 하게 하실 수는 없죠."

시카는 "하지만." 하고 입을 열었다가 고개를 끄덕였다. 어차피 마법으로 낫게 해 줄 게 아니면 자신이 하는 일이나 치료사가 하는 일이나 똑같다.

카서스는 말없이 시카를 그녀의 방까지 바래다주었다. 카서스가 문을 열어 주고 돌아서는데 시카가 양손으로 카서스의 팔을 덥석 잡았다. 이번에는 머리카락을 잡지 않았으니 온건하다고 할 수 있었다.

"시카?"

"역시 어디 안 좋은 거죠?!"

시카가 발꿈치를 들며 바싹 카서스에게 얼굴을 들이밀었다.

"연기를 쐬거나, 어디 다쳤거나 한 거잖아요? 상처 보여 줘요."

카서스는 슬그머니 시카를 밀어내며 말했다.

"괜찮아요."

"정말로요?"

"네."

시카는 카서스가 거짓말을 하는지 아닌지 파악하겠다는 듯이 그의 눈을 뚫어져라 보았고 카서스는 정직한 표정을 유지했다. 결국, 시카가 그의 팔을 놓으며 제자리로 돌아갔다.

"그런데 왜 그래요?"

힘없는 목소리에 카서스는 저도 모르게 말했다.

"좀 화나서요."

"왜요?"

"파트너라고 한 건 그쪽이잖아요."

"네."

대답하고서 시카는 "앗." 하고 작게 소리를 내며 당황하다가 다시 카서스의 팔을 양손으로 꼭 잡았다.

"그게, 같이 안 가도 된다는 건 그런 의미가 아니었어요. 하지만, 카서스는 깊게 관계되고 싶어 하지 않으니까, 그래서, 위험하기도 하고—"

"내가 밀어내는 건 괜찮지만, 시카가 밀어내는 건 싫어요."

카서스의 말에 시카는 입을 딱 벌리고 그를 보았다.

아니 뭐 이딴 사람이 다 있어?

"그거 진짜 이기적인 소리잖아요!"

애도 아니고?

그 말에 카서스가 태평하게 대답했다.

"네, 전 좋은 인간이 아니거든요."

"그거랑 그건 다르죠!"

"다른가요?"

"달라요."

시카가 힘주어 말했다.

'정말, 이상한 사람이다…….'

새삼 다시 그렇게 생각하는 시카였다. 이 사람과 기사님이 닮았다고 생각했던 게 후회될 정도였다.

'아니 그런데 얼굴은 진짜 닮았잖아?'

어째서 얼굴이 닮은 걸까.

원망스러운 생각마저 드는데 시카의 대답에 카서스가 "다를까요." 하고 웃고는 말했다.

"하여간 위험한 곳을 자처해서 들어가고, 좋지 않아요. 시카. 적어도 다음에는 그런 결정을 할 때 나에게 한 번 물어봐 줘요. 파트너라면서요. 그렇게 사람이 좋아서는 오래 못 산다고요?"

"좋은 사람 아니에요."

시카가 눈을 찌푸리고 대답해 카서스가 피식 웃었다. 그 웃음에 시카가 다시 말했다.

"정말로요. 좋은 사람이 되려고 하는 거지, 좋은 사람이 아니라고요."

"좋은 사람이 되려고 노력하는 것부터가 좋은 사람이라는 증거 아닌가요?"

"난 인간은 다 악하다고 생각하거든요."

시카의 말에 카서스는 멈칫했다. 그건 정말로 의외였다.

그녀라면 모든 인간의 본질은 선하다고 외칠 것처럼 보였는데?

"그러니까 좋은 사람이 되려고 하지 않으면, 금방 쉬운 길을 선택해 버려요."

"왜 그렇게 생각해요? 성악설 지지자일 줄은 몰랐는데요."

"다 선하게 태어난다면, 착한 일을 한다고 칭찬받을 리가 없죠."

시카가 흥 하고 콧방귀를 뀌며 웃었다. 비꼬는 기색이 역력한 냉소였다.

그녀의 전혀 다른 면모를 본 것 같아 카서스는 잠시 말을 잃었다.

'뜻밖에 냉소적인 타입이었나?'

시카가 그의 팔을 놓아주며 말했다.

"으음, 하여간 알았어요. 다음부터는 카서스와 의논할게요. 파트너답게."

"알았어요."

"그리고 카서스도."

시카의 말에 카서스가 갸웃했고 그녀가 다리를 딱 벌리고 버텨 서며 말했다.

"카서스도 나와 의논하는 거예요. 파트너답게. 알았죠?"

"알았어요."

그는 고개를 끄덕였고 시카는 "약속한 거예요?" 하고 다시 다짐을 받았다. 거듭 약속을 하고서야 카서스는 방을 나올 수 있었다.

'곤란하네.'

카서스는 한숨을 내쉬며 머리끈을 잡아당겼다. 긴 머리가 스르륵 풀어지며 흘러내렸다. 그는 자신의 방문을 밀고 들어가 방문에 기대섰다.

벽난로에서 장작불이 타는 소리가 작게 들려왔다. 시종이 돌아올 때를 생각해서 미리 불을 피워 놓은 모양이었다. 카서스는 멍하니 그 불꽃이 흔들리는 것을 바라보다가 스르륵 문을 타고 내려와 쭈그려 앉았다. 양손에 얼굴을 묻고 그는 고개를 숙였다. 짙푸른 머리카락이 베일처럼 드리워졌다.

자신이 왜 이러는지 카서스는 잘 알았다.

'욕심이 나는 거지.'

그녀가 보여 준 그 애정이 탐나는 거다.

그 상냥하고 다정한, 경박한 자신과는 전혀 다른 기사님을 향한 애정 말이다.

'어쩔 수 없잖아.'

카서스는 자신에게 변명을 늘어놓았다.

자신이 애정에 굶주려 있다는 건 사실 아닌가? 그런데 그렇게 부스러기만 맛보여 주고 눈앞에서 흔들어 대면 탐이 나지.

하지만 안 돼.

좋은 사람과는 얽히면 안 돼.

어차피 그 애정은 자신의 것도 아니다. 자신과 똑 닮은 누군가의 것이지.

생각하니 헛웃음이 나와 카서스는 머리를 쓸어 넘기며 자리에서 일어났다. 난롯가 의자에 털썩 앉아 그는 보호구를 벗어 던졌다. 가죽 장갑, 브레이슬릿, 위에 걸친 가죽 갑옷, 셔츠— 한기가 몰려왔다. 마지막으로 부츠를 벗고 카서스는 축 늘어졌다.

'하지만 어차피 상관없잖아.'

어차피 헤어질 사이고, 다른 사람과 달리 다시 볼 일은 없을 테니까.

했던 생각을 또 한다.

가까워져도 괜찮겠지.

시카가 자기에게 신경 쓰거나 호의적인 이유는 자신이 그 첫사랑인지 뭔지를 닮아서 그런 것일 터. 어차피 허상인데 좀 즐기면 어떠랴.

'어차피, 어차피, 어차피투성이군. 논리적이지도 않고. 잘한다, 카서스 리안. 이게 다 베라무드 그 자식 때문이야.'

그는 자신의 전우를 떠올렸다.

그가 결혼해서 행복하게 잘 사는 모습은 기뻤다. 그 아내는 어디서 그런 사람을 구했나 싶을 정도로 좋은 사람이고.

하지만 자신은 절대로 가지지 못할 걸 안다. 그래서 그 광경을 보는 건 상당히 뼈아픈 일이었다.

'그러니까 잠깐, 잠깐만.'

의식적으로 거리를 유지하려고 노력하지 말고 그냥 마음 가는 대로 행동하자.

지금처럼.

결정하고 카서스는 자리에서 일어나 종을 흔들어 씻을 물을 준비하게 했다.

*   *   *

"정말로 사람이 그랬다고?"

"응, 장막을 건든 흔적을 느꼈어."

시카가 한숨을 내쉬며 말했다. 둥근 원반 저편에서 침묵이 감돌았다. 잠시 후 그가 물었다.

"낙오자일까? 아니면 주술사가?"

낙오자는, 얼음탑의 가르침을 버린 마법사를 이르는 말이었다. 얼마 전에 낙오자 무리가 반란을 꿈꾸다 전원 살해당한 일이 있어서 제국민들은 마법사를 더더욱 꺼리게 되었다.

혹시나 그 남은 잔당의 짓일까 걱정하는 아르카나의 말에 시카는 원반을 만지작거리며 말했다.

"아직은 모르겠어. 하지만 낙오자가 그런 짓을 해서 뭘 얻겠어? 혼란? 마법사에 대한 더한 두려움?"

"마법사들 다 망해라?"

아르카나의 말에 시카는 피식 웃었다가 그의 말이 농담이 아니라는 것을 깨닫고는 흠칫했다. 그녀가 목소리를 가다듬고 낮게 말했다.

"설마. 그건 아닐 거라고 생각해."

"그렇다면 다행이고. 주술사의 소행이라면 그것도 골치 아프군. 일단은 탑에 알려 두지."

"응."

"어떤 방식으로 장막을 약하게 했는지는 알겠어?"

"오늘은 거의 조사를 못해서, 한 번 더 가 봐야 할 것 같아."

"그래, 조심하고."

"알았어. 아르카나는 잘 지내지?"

"나야 항상 똑같지."

시카가 가볍게 웃었다.

마법사들은 소속이 없다. 그들은 오로지 탑에 소속되어 있다. 하지만 딱 한 사람.

아르카나만은 예외였다.

그는 앙케르트나 백작가를, 아니 앙케르트나 백작을 자신이 소속되어야 할 곳으로 정했고, 탑을 나와서 살고 있었다. 대마법사 칭호를 받을 거라고 탑 내에서도 소문이 자자하던 사람이라 원로원의 충격은 컸다. 그러나 곧 마법사답게 실용적으로 생각해 그를 바깥세상과의 교두보로 이용하고 있었다. 앙케르트나 백작가는 자신들의 수석 마법사인 아르카나의 손님으로 오는 마법사들을 환대했고, 융숭하게 대접해서 노잣돈까지 쥐어 보냈다.

시카가 받은 돈 역시 백작에게 받은 돈이었다.

"아르카나가 잘 지낸다면 다행이고."

시카가 고개를 끄덕이는데 가볍게 노크 소리가 났다. 그녀가 문을 보았다가 원반을 향해 말했다.

"아, 저녁 먹으라고 사람 왔나 봐. 나중에 보자."

"그래."

통화를 종료하고 시카는 문을 열었다. 아까 봤던 병사 중 한 명이었다.

"안녕하세요."

시카가 인사하자 그가 인사를 무시하며 말했다.

"아까 그 약 말입니다."

"네?"

"저도 좀 얻을 수 있을까요?"

"누구 더 다친 사람이 있나요?"

시카의 물음에 병사가 고개를 저으며 말했다.

"아뇨, 그게 아니라 제 어머니가 아프셔서……."

"외상인가요? 아니면―"

"그냥 그 약 좀 나눠 주시면 안 될까요?"

시카가 질문하자 그가 말을 가로막으며 다급하게 물어왔다. 이쯤 되자 그녀도 이상하다는 걸 눈치챘다. 하지만 그녀는 털끝 하나 표정을 변화시키지 않은 채로 되물었다.

"하지만 그 약으로 병은 고칠 수 없어요. 게다가 상태를 제가 봐야 어떤 약을 처방할지도 알 수 있고요."

"아뇨, 그냥 그 약만 있으면 된다고요."

병사가 초조한 듯 목소리를 높였다. 그의 눈동자가 사방을 이리저리 살폈다. 그의 이마에 식은땀이 맺히는 것이 보였다. 그가 다시 말했다.

"그냥 약만 필요하다고요."

시카는 천천히 손을 움직였다. 이 남자가 눈치 못 채길 바라면서, 알아채지 못할 정도로 느리게. 수인(手印) 마법은 익숙지 않지만 해 보는 수밖에 없었다.

시카가 뒤로 물러나며 말했다.

"그러면 들어가서 가지고 나올게요."

그녀가 문을 닫으려고 하자 병사가 탕 문을 잡고 밀었다. 그가 단검을 꺼내 그녀에게 들이밀었고 시카는 놀라 숨을 삼켰다.

쾅—!

그는 말을 마저 하지 못했다. 카서스가 그의 머리를 잡아 문틀에 사정없이 찧어 버린 덕분이었다. 병사는 비명도 지르지 못하고 그대로 바닥으로 쓰러졌다.

"괜찮아요?"

카서스가 묻자 시카는 눈을 휘둥그레 뜬 상태로 고개를 끄덕였다. 카서스의 머리카락에서 물이 똑똑 떨어지고 있었다. 상의도 벗은 채에다가 바지 역시 대충 걸친 상태라 카서스는 "실례." 하고 그제야 돌아서서 바지 단추를 잠갔다.

시카는 돌아선 카서스의 젖은 긴 머리 사이로 문신을 볼 수 있었다. 그리고—

'오러 코어.'

역삼각형 모양의 오러 코어가 그의 날개뼈 사이에서 반짝 빛났다. 그 오러 코어를 중심으로 날개를 불꽃으로 형상화한 듯한 문신이 새겨져 있었다.

머리카락의 물기를 대충 짜내며 카서스가 돌아섰다. 그가 발로 병사를 밀어 치우자 시카가 물었다.

"살아 있나요?"

"음, 그러네요. 불행인지 다행인지. 이 자식이 무슨 짓 했어요?"

"저에게 약을 달라고 하더라고요."

"아하."

카서스는 고개를 끄덕였다. 시카가 쭈뼛거리며 그에게 다가가서 물었다.

"제가 머리 말려 드릴까요?"

그 말에 카서스는 놀라 그녀를 보고는 피식 웃었다.

"지금 그런 친밀한 관계를 형성할 때는 아닌 것 같은데요."

"아뇨, 그런 거 아닌데요."

단호한 말과 달리 시카는 조심스럽게 손을 뻗어 그의 머리카락을 붙잡았다. 그러자 순식간에 그의 머리카락에서 물기가 날아가 버렸다.

카서스는 "오." 하고 감탄하며 자신의 마른 머리카락을 몇 번 만지다가 주머니에서 끈을 꺼내 올려 묶었다.

"편리하네요."

"저도 머리가 기니까요. 말리는 게 불편해서 직접 개발했죠."

의기양양한 말에 카서스는 고개를 끄덕였다. 시카는 머리에서 피를 줄줄 흘리며 바닥에 엎어져 있는 병사를 보고 물었다.

"이제 어떻게 하죠? 치료해야 하지 않을까요?"

"이 녀석은 제가 우툴루에게 가져갈 거고, 그럼 그 녀석이 알아서 하겠죠. 뭐."

데려가는 게 아니라 가져간다는 말에서 이미 카서스가 그를 사람 취급하지 않는다는 걸, 시카는 쉽게 읽을 수 있었다.

"왜 그랬을까요?"

"진짜 몰라서 물어요?"

카서스의 물음에 시카는 약간 당황해서 그를 보며 말했다.

"약이 탐날 수도 있겠지만……."

그녀는 도중에 말끝을 흐렸다. 카서스가 물었다.

"그 약, 얼마든지 만들어 내고 나눠 줄 수 있는 건가요?"

"아니에요."

시카가 고개를 저었다. 카서스가 쓰러진 병사를 감자 포대처럼 어깨에 들춰 메고 말했다.

"마법사가 만든 만병통치약이라니, 아마 당신의 그 약은 같은 무게의 금보다 더 비쌀걸요. 그리고 돈이 얼마나 쉽게 사람을 악으로 끌고 가는지는 말하지 않아도 알겠죠."

"만병통치약 같은 게 아니에요. 그냥 기존에 있던 약 효능을 더 좋게 한 것뿐인데."

"뿐이지만, 그렇게 보여요."

카서스의 말에 시카는 입을 다물었다. 카서스가 말했다.

"난 이 녀석을 주고 올 테니까, 문 닫고 들어가서 쉬어요."

시카는 고개를 작게 끄덕이면서 "그래도 머리가 너무 흔들리게 하지 말아요." 하고 덧붙였고 카서스는 별말 없이 알았다는 듯 손을 흔들며 돌아섰다.

카서스가 계단으로 내려가는 것까지 고개를 빼 보고서 시카는 얼른 문을 닫았다. 한숨이 저절로 흘러나왔다.

'방심하고 있었어.'

카서스와 함께 있은 후로는 마법사라는 것 때문에 고생하지 않아서 방심했다. 게다가 우툴루는 좋은 사람이었고, 성의 사람들도 좋아 보여서 더더욱.

'약은 괜찮다고 생각했는데.'

치료 마법이 존재하지 않을 리가 없다. 마법을 쓰면 약에 의존하지 않아도 되었다. 잘린 팔다리를 붙이고, 소생 불가능한 상처를 순식간에 봉합한다.

하지만 외부에서는 거의 사용하지 않았다.

알려져 봐야 좋을 것이 없다는 게 얼음탑의 의견이었다.

'하지만 어설프게 알려지는 것보다는 제대로 알려지는 게 차라리 나을지도 모르는데.'

마법으로는 병을 고칠 수 없다, 라든가.

순식간에 고쳐지는 상처는 외상뿐이라든가.

처음에는 병자들이 몰려들기도 하겠고, 온갖 원망을 들을지도 모르지만 제대로 된 정보가 알려지면 그 뒤로는 괜찮을 것이다.

'너무 순진한 생각인가.'

하지만 오러 사용자에게 그 오러를 이용해서 꽃을 피우라고 하거나, 사람을 살리라고 하지는 않잖아?

마법사에 대해서 잘 알게 된다면, 사람들도 받아들일 수 있을 것이다. 무지가 두려움을 부른다. 만약 사람들이 마법을 오러처럼 받아들인다면 마스터와 마법사는 비슷한 위상을 가지게 될 것이다.

제국에서 오러 사용자의 인기는 하늘을 찌르는데, 마법사라고 그렇게 되지 말라는 법이 있나.

소박한 희망을 품으며 시카는 벽난로 근처 의자에 앉았다.

'배고프다.'

오늘은 어쩐지 되는 일이 없다. 타오르는 벽난로 불길을 보다가 시카는 장작을 몇 개 더 집어넣었다. 그리고 부지깽이로 공기가 잘 통하도록 이리저리 장작을 옮긴 다음 다시 의자로 와서 웅크려 앉았다.

혼들리는 불꽃을 보며 반쯤 꾸벅꾸벅 졸고 있는데 노크 소리
가 들렸다.

"네, 누구세요?"

이번에는 나가지 않고 시카가 물었다.

"카서스예요."

그의 대답에 시카는 얼른 달려가 문을 열었다. 그가 쟁반을
들고 있었다. 확 맛있는 냄새가 끼쳐 와서 저도 모르게 시카는
침을 꼴깍 삼켰다. 그녀가 옆으로 비켜서자 카서스가 들어오며
말했다.

"배고프죠? 먹을 것 좀 가지고 왔어요."

문을 닫고 시카는 졸졸 카서스를 쫓아갔다. 아니 굳이 말하자
면 냄새를 쫓아갔다고 해야겠지만. 테이블 위에 쟁반을 내려두
고 카서스가 앉으라고 손짓했다.

시카는 얼른 자리에 앉아서 포크를 집어 들었다.

아직 김이 올라오고 있는 크림수프와 흰 빵, 그리고 달걀 샐러
드와 구운 고기 한 토막이 맛있는 냄새를 풀풀 풍기고 있었다.

"황제가 바뀌고 나서 서부 식단도 좀 나아졌더군요."

"카서스는 먹었어요?"

"대충이요."

"같이 먹어요. 어차피 혼자서 다 못 먹는걸요."

팔뚝만 한 흰 빵을 반으로 나누어 건네자 카서스는 별말 없이

받아 들고 잼을 발랐다. 시카는 수프에 빵을 푹 찍었다.

'저녁 먹으러 내려오라고 했었는데.'

아마 아까 그 남자 때문에 일정이 바뀐 모양이지. 아니면 카서스가 배려해 준 것일 수도 있고.

후자일 가능성이 있어 보이기는 했지만—

'음, 과연 그럴 사람일까.'

시카는 미심쩍은 눈초리로 카서스를 바라보았다. 카서스가 그 시선에 "왜요?" 하고 묻자 그녀는 말을 돌렸다.

"셔츠 입었군요."

시카의 말에 카서스가 씩 웃었다. 그가 턱을 괴며 말했다.

"계속 벗고 있기를 바랐어요? 하지만 겨울이라 춥고— 아쉬운 건 알지만 참아 줘요."

그 말에 시카의 얼굴이 발그레해졌다.

"그, 그런 뜻이 아니라요. 그러니까, 음, 오러 코어를 봤어요."

"아."

카서스가 고개를 끄덕였다.

"예쁘더라고요."

"가지고 싶어요?"

카서스의 질문에 시카는 눈을 크게 떴다. 그녀는 멍하니 그의 얼굴을 응시하다가 눈을 찡그리며 수프 그릇을 바라보았다.

"전 그런 사람 아니에요."

그 목소리가 억눌린 것 같아 카서스는 당황했다.

"그냥, 농담이었는데—"

"그렇게 보였나요?"

시카가 고개를 들어 카서스를 보았다. 그녀의 입술이 떨리는 듯해서 카서스는 고개를 저었다.

"아니에요. 진짜, 정말. 그냥 농담이었어요. 시카가 내 코어를 탐낼 거라고는 생각하지 않아요."

"농담."

속삭이듯 중얼거리고 시카는 한숨을 내쉬며 웃었다.

"농담이라니 다행이네요."

카서스가 그런 시카를 빤히 보다가 물었다.

"볼래요?"

"네?"

"내 오러 코어 말이에요. 아까 그냥 힐끗 봤죠?"

그 말에 시카는 고민했다. 사실 궁금했다.

오러 코어에 대해 궁금하지 않은 마법사가 어디 있으랴?

하지만 정말로 봐도 되는 걸까?

실례인 것이 아닐까?

하지만 본인이 보여 준다고 하는데!

"네. 볼래요."

목소리는 침착하게 냈지만, 눈이 반짝이는 건 막을 수가 없다. 카서스는 피식 웃고 셔츠 단추를 풀기 시작했다. 시카는 그가 단추 푸는 모습을 빤히 바라보다가 점점 시선을 돌렸다. 그러다가 다시 슬쩍 시선을 원래대로 고정한다.

"침 떨어지겠네요."

카서스가 히죽 웃으며 말하고 셔츠를 벗었다. 시카는 "안 흘렸어요." 하고 주장했지만, 뺨이 홧홧하게 타오르는 건 막을 수가 없었다.

아, 진짜 그런 거 아닌데 왜 얼굴이 빨개지는 거야?!

시카는 얼굴이 달아오르지 않게 할 수 있다면 뭐든 할 것 같았다. 의식하니 오히려 얼굴에 더 피가 몰리는 게 느껴졌다.

그걸 본 카서스는 "벗는 건 난데 왜 그쪽이 얼굴을 붉혀요?" 하고 놀리고는 머리카락을 앞으로 끌어 내리며 뒤로 돌았다.

역삼각형의 코어는 영롱한 금색으로 빛나고 있었다. 시카가 가지고 있는 황수정과 비슷했지만, 그보다 더 밝은 빛이었다. 그리고 그 안에서 오러가 흔들리는 것이 보였다.

시카가 저도 모르게 테이블 너머로 손가락을 뻗어 그의 코어 주변을 어루만졌다. 카서스가 흠칫하고 몸을 떨어 그녀는 얼른 손을 뗐다.

"죄송해요."

오러 코어는 보석처럼 딱딱해 보이지만, 매우 민감한 곳이다. 코어를 직접 만진 건 아니더라도 충분히 실례라 시카는 연신 사과했다. 카서스가 손을 저었다.

"괜찮아요. 그래서 마음에 들어요?"

그의 질문에 시카는 고개를 끄덕였다.

"엄청, 엄청 예뻐요."

그녀는 힘주어 대답했다. 카서스가 웃으며 대꾸했다.

"등에 붙어 있어서 난 못 보니까 말이죠."

"네, 그리고 문신도 마음에 들고요. 무슨 뜻이 있나요?"

"글쎄. 남부 야만족의 문양이니까, 뭔가 뜻이 있기는 하겠죠."

어깨를 으쓱하고 카서스는 돌아섰다. 시카가 웃으며 말했다.

"실제로 문신은 처음 봤어요."

"제국인들은 문신 같은 거 하지 않죠."

카서스가 고개를 끄덕였다. 문신은 야만족의 전유물이었다. 제국인들이 보기에 문신은 비문명적이며 미개한 행위였다. 카서스처럼 길게 머리를 기르지도 않는다.

사람들 사이에 어떤 평균점이 존재한다면, 카서스는 그걸 획 뛰어넘는 존재였다. 그는 다시 셔츠를 걸쳤다.

시카는 어쩐지 자신 역시 뭔가를 공개해야 할 것 같았다. 뭐라고 해야 하나, 신뢰의 교환?

그녀는 얼른 자리에서 일어나 가방에서 지팡이를 꺼내 들고 돌아왔다.

"여기요."

지팡이를 내밀자 카서스는 의아한 얼굴로 지팡이를 받아 들었다.

"천천히 보셔도 돼요."

그녀의 말에 카서스는 웃음을 터트리고 지팡이를 바라보았다. 그의 키보다는 좀 작았지만, 새하얀 지팡이는 확실히 컸다. 게다가 아름다운 머리 장식과 그 가운데에 있는 투명한 황수정은 최상 등급의 물건이었다.

"지팡이가 꼭 있어야 마법을 쓰는 건 아니라고 했었죠?"

"네. 음, 그러니까 마법사들은 다들 주전자를 가지고 있어요."

"주전자 말이군요."

마법사들이 주전자를 들고 나란히 서 있는 모습을 상상하며 카서스는 귀여운 비유라고 생각했다.

"네, 그 안에 물이—마력이 차 있는 거예요. 그리고 다들 일정하게 물로 그림을 그려서 마법을 만들어 내죠. 하지만 전 대야를 가지고 있어요."

그 말에 카서스가 지팡이에서 시선을 떼고 시카를 바라보았다.

"그렇다면 시카는 다른 사람보다 마력량이 많다는 건가요?"

시카는 고개를 끄덕이고 이어 말했다.

"그래서 지팡이를 물부리 대신 쓰는 거예요. 일정하게 마력을 뽑아내게 도와주거든요."

"마법은 마력을 꽤 섬세하게 써야 하나 보네요."

카서스의 말에 시카가 웃으며 말했다.

"아무래도 그렇죠. 집중하면 지팡이 없이도 쓸 수 있지만, 마력이 많이 들어가면 범위가 넓어지죠. 예를 들면 저는 이 수프 그릇 하나만 이동시키고 싶었는데 테이블 전체가 이동해 버리는 결과가 생길 수도 있고요."

그러니 지팡이가 있는 편이 훨씬 더 효율적으로 빠르게 마법을 쓸 수 있다.

"아, 그런 의미였군요."

카서스는 고개를 끄덕이고 지팡이를 시카에게 돌려주었다. 시카가 지팡이를 받아 들고 빙글 돌리자 지팡이가 사라졌다.

"그래서 이렇게 손에 익은 마법은 괜찮아요. 그냥 쉽게 부릴 수 있거든요. 하지만 익숙하지 않은 마법을 쓸 때는 조심해야죠."

대답하고 시카가 다시 저녁 식사를 시작했다. 음식을 전부 먹고 나서야 시카는 궁금했던 질문을 던졌다.

"아까 그 병사는 어떻게 됐나요?"

"머리 좀 다친 것만 빼고는 멀쩡해요. 기억상실도 아니고, 침도 흘리지 않고, 대신 성에서는 쫓겨나겠죠. 감옥에 보낼지 말지는 우툴루가 정할 거고요."

"그래요."

그래도 무사하다니 안심이 되었다.

"그런 얼굴 하지 말아요. 한 번 그런 짓 하는 놈이 두 번은 안할 것 같아요?"

"그건 그렇지만, 그래도 자기가 저지른 짓 이상으로 당하는 건좀 찝찝하잖아요."

"그런가요?"

"아닌가요?"

"음— 전 아닌 것 같아요."

"뭐, 사람마다 다르겠죠."

시카는 순순히 고개를 끄덕이며 카서스의 의견을 인정했다.

그래서 카서스는 좀 더 어리광을 부렸다.

"난 그냥, 그런 규칙들이 싫은 것 같아요."

"규칙이요?"

"네. 충성이나, 모성이나, 명예나, 우정 같은 것들이요. 물론 명문화된 규칙도 그렇지만, 그런 보이지도 않는 개념들이 날 억 누르는 것 같아요."

그 말에 시카는 '그 무슨 사춘기 애새끼 같은 말이에요?'라고 답하지 않았다.

카서스는 나름대로 진지한 것 같고.

다른 사람들은 비웃을 만한 말이라도, 그 사람에게는 무엇보 다 진지할 수 있는 것이다.

잠시 고민하다가 그녀는 물었다.

"카서스는 인간이고 싶지 않은가요?"

그 말에 카서스는 흠칫하며 시카를 보았다. 시카의 연보라색 눈이 묘하게 빛나는 것 같았다.

"인간에게 인정을 받으려면, 그런 규범들을 따르는 게 가장 편 하죠. 하지만 그런 게 싫다면, 카서스는 인간이 아니고 싶은 건 가요?"

"난ㅡ"

카서스는 갑자기 입안이 바싹 말라 왔다.

시카의 질문은 자신의 생각을 뛰어넘는 것이었고, 동시에 어쩌면 정곡을 찌르는 질문이기도 했다.

"하지만 그렇게 될 수는 없어요."

카서스가 대답을 내놓기 전에 시카가 먼저 말했다. 카서스는 우울하게 웃었다.

"그렇죠."

"그리고 정말로 그게 싫은 사람은 이런 일도 하지 않는다고 생각해요. 산속에 처박혀 있겠죠."

굳이 이렇게 골치 아픈 일에 휘말려 들 필요가 없다. 사실 이런 일이야말로 가장 많은 사람과 가장 많이 얽히는 일 아닌가?

"뼈아픈 일격인데요."

"그러니까—"

시카는 말을 망설였고 카서스는 말해 보라는 듯 고개를 기울였다. 시카는 숨을 가볍게 들이마시고 말했다.

"카서스는 무리하고 있다고 생각해요. 모든 규칙에서 벗어나야 한다는 규칙에 오히려 얽매여 있는 거 아닌가요?"

카서스는 턱을 괴고 눈을 크게 뜬 채로 굳었다. 침묵이 흘렀다. 시카 쪽이 오히려 안절부절못하게 되어 손가락을 꼼지락거렸다.

역시 말을 너무 심하게 했나?

이런 식의 이야기는 친해진 다음에 해야 하지 않을까?

하지만 친해질 의지가 전혀 없잖아? 이 사람은!

아무리 그래도 앞으로도 계속 갈 인연인데 이걸로 끝나는 건가?

아냐, 그래도 파트너라고 했잖아. 헤어질 때까지는!

아니면 완전히 헛다리 짚은 거 아닐까? 혼자서 중얼중얼 심각하고 뜬금없는 이야기를 늘어놓는 사람이라니 진짜 싫다.

침묵이 길어져서 점점 참을 수가 없었다.

시카는 당장 어떻게 사과를 해야 할까, 뭐라고 말을 꺼내야 할까, 열심히 고민했다.

'좋아, 사과하자.'

고개를 번쩍 들고 시카는 주먹을 꽉 쥐었다. 손바닥은 이미 끈적할 정도로 땀이 차 있었다. 입안이 말라 그녀는 입술을 축였다.

입술을 벌리는데 카서스가 자세를 바꿔 그녀는 얼른 도로 입을 다물었다.

카서스가 희미하게 웃고 말했다.

"그러네. 좀 지쳤을지도 모르겠네요."

그의 말에 시카는 자리에서 벌떡 일어났다. 그리고 빠른 걸음으로 테이블을 돌아와 그를 꼭 끌어안았다.

"시카?"

놀란 카서스가 그녀의 이름을 부르자 시카가 진지하게 말했다.

"포옹은 사람의 마음을 안정시키고 위로해 주는 효과가 있다고 해요."

그녀의 품 안에서 카서스는 피식 웃었다.

'푹신푹신.'

접촉을 꺼리는 것 같다가도 이렇게 느닷없이 경계를 뛰어넘는 건 분명히 사람을 만나지 않고, 사회생활을 책으로 배운 덕이겠지.

하지만 그녀는 관계를 겁내지 않는다. 오히려 겁내는 건 자신 쪽이지.

관계를 겁내면서도 사랑받고 싶다, 라니.

'좀 우습네.'

"음, 그리고 카서스. 나랑은 친해져도 돼요."

"뭐예요? 갑자기 왜 장담하는데요?"

"가까워지는 것도 다시 볼 수 있을 때야 관계가 형성되는 거잖아요?"

"그렇죠……?"

그래서 그녀와 다시 만나지 않는다는 걸 핑계로 지금 이렇게 가까워져 있지 않은가?

"전 이번 여행이 끝나면 탑으로 돌아가서 평생 나오지 않을 거예요."

그 말에 카서스는 놀라 시카를 올려다보았다. 그녀는 싱긋 미소를 되돌려 주었다. 저도 모르게 그는 되물었다.

"평생이요?"

"네, 죽을 때까지."

시카의 미소도 목소리도 흔들림이 없었다.

"그러니까 이용당하는 일도 없어요."

"아."

그래서 전에 그렇게 장담했구나.

다시 그녀와 만나지 않는다.

그건 자신이 바란 일일 터였다. 그런데도 어째서 이렇게 갑자기 답답해지는 걸까?

카서스는 시카의 팔을 붙잡았다.

"왜요?"

"이것저것 연구도 하고, 책도 읽고— 다들 그렇게 살아요."

마법사라면 당연하다는 듯이 시카는 말했다. 하지만 카서스가 느끼기에는 아니었다. 아까 그 말투는 유폐를 명하는 말투였다.

영원히 탑에 갇히는 형벌을 자기 자신에게 내리는 듯한.

'하지만—'

캐물어 봐야 답은 나오지 않을 거다. 카서스는 웃었다.

"그럼 마음껏 가까워져 볼까?"

"어? 네?"

"말도 편하게 하고, 괜찮지?"

"그, 그야……."

상관없습니다만.

"시카도 편하게 해~"

"네? 그, 저는, 아직."

"파트너인데?"

"그렇지만 여러 가지—"

말하는데 카서스의 팔이 자신을 끌어안는다.

힉?!

와, 와, 와, 이거 뭐야.

방금까지 분명히 자신이 카서스를 끌어안고 있었는데, 이제는 카서스가 자신을 안고 있다. 누구에게 안겨 보는 건 처음이었다. 순간 카서스가 팔을 뻗어 그녀를 번쩍 안아 들어서 자신의 다리 위에 앉혔다.

"꺅?!"

짧게 소리를 질렀지만, 순식간에 일어난 일이라 뭘 어떻게 할 시간도 없었다.

"그래서, 기분 좋아?"

"네? 네?"

"포옹하면 기분 좋아진다며."

"아니, 기분 좋아지는 건 아니고, 안정되고 위로되는 거라고 그랬어요."

"그러면 안정되고 위로가 돼?"

그가 꼭 시카를 끌어안으며 물었다. 시카는 심장이 미친 듯이 두근거리는 걸 느끼며 허둥지둥 말했다.

"그, 그, 잘 모르겠네요. 그 이론이 틀렸나 봐요."

"그래? 난 좋은데."

"그런가요?"

"응."

씩 웃으며 카서스가 말하자 시카는 '도움이 된다면야.' 하고는 얌전히 안겨 있었다. 하지만 여전히 심장은 요동을 쳤다.

'왜 이 사람은 이렇게 잘생겨서! 그리고 왜 내 첫사랑을 닮아서!'

올려다보니 특유의 금빛 도는 녹색 눈동자가 자신을 내려다본다. 시선을 마주치고 있을 수가 없어서 얼른 시카는 다시 시선을 자신의 무릎으로 내렸다. 그리고 다시 올려다본다.

카서스는 자신을 힐끔힐끔 바라보는 시카를 보다가 웃어 버렸다.

그가 그녀를 안고 일어났다가, 그녀를 의자에 내려 주고 말했다.

"그럼 다 먹은 거지? 쟁반은 치울게."

"도와드릴게요."

"괜찮아. 오늘은 푹 쉬어. 내일부터 우툴루 따라다니려면 체력이 필요하니까."

"아. 네."

시카는 얌전히 고개를 끄덕였다. 카서스는 쟁반을 챙겨서 나갔고 그가 나간 뒤 시카는 문단속을 했다.

'이게 뭐람.'

뭔가 폭풍이 지나간 것 같다. 시작은 이게 아니었던 것 같은데.

'이건 카서스가 내 검사님을 닮았기 때문이야.'

결론을 내리고 시카는 침대를 바라보았다.

'오늘은 일단 쉬자.'

*　　*　　*

우툴루는 이 시간에 자신의 방에서 당당히 술을 마시고 있을 사람이 딱 한 사람뿐이라는 걸 알고 있었다.

"카서스 리안."

"어라, 자기 왔어? 자기도 한잔할래?"

그놈의 자기 소리가 지긋지긋했지만 아무도 없고, 거기에 일일이 화내는 것도 지쳐서 우툴루는 힐끗 술병을 보고 말했다.

"혼자 그만큼 비운 건가?"

"아, 이런. 미안. 새 병으로 꺼내야겠네."

바닥만 남은 술병을 흔들어 보이고 카서스는 한숨을 내쉬었다. 그가 자리에서 일어나 당당히 유리 진열장으로 가더니 술을 한 병 더 꺼냈다.

'분명히 열쇠를 걸어 놓았을 텐데.'

우툴루의 마음을 읽은 듯 카서스가 새 병을 따며 말했다.

"자물쇠는 그냥 따지더라. 보안을 위한다면 좀 더 제대로 된 자물쇠를 다는 게 좋을걸."

"자물쇠를 따고 술을 훔칠 정도의 술꾼은 없어서."

우툴루의 말에 카서스는 피식 웃었다. 그가 잔까지 하나 더 꺼내 들어 술을 따랐다. 우툴루는 말없이 다가가 의자에 앉았다. 그의 거구에 의자가 힘겨운 소리를 냈다. 카서스가 잔을 그에게 건넸다.

우툴루는 단숨에 잔을 비웠다.

어차피 고급술도 아니고, 도수가 높기만 한 술이었다. 마시는 순간 목 안쪽에서 화끈한 느낌과 동시에 알코올이 확 올라왔다. 안주 생각이 났다.

카서스는 그의 잔을 채워 주며 물었다.

"우툴루는 마음대로 살고 싶어지면 어떻게 해?"

"마음대로 사는 네 녀석이 나에게 그런 걸 묻다니."

"그렇게 마음대로 살고 있지 않다고 생각하는데요."

카서스가 피식 웃으며 말하자 우툴루는 진심으로 짜증을 담아 말했다.

"네놈이나 루나틸이나, 겉으로는 멀쩡하게 구는 놈들이 속은 다 문드러져서 그러는 거 보고 있으면 대꾸하기도 싫어진다."

"더는 루나틸이 아니라, 앙케르트나지. 게다가 요즘은 행복해 보이는걸."

"......그런가?"

우툴루는 잠시 멈칫했다가 고개를 끄덕였다. 그는 한 잔 더 비웠다. 카서스가 자신의 잔을 비우고 넘칠 만큼 다시 채운 다음 우툴루의 잔을 반쯤 덜 되게 채워 주었다.

"왜 내 술인데 나에게 적게 따라 주는 거지?"

우툴루가 눈을 찌푸리며 묻자 카서스가 "주량에 따라서?" 하고 웃으며 조심스럽게 자신의 잔을 들어 반쯤 비웠다.

"아, 이거 진짜 독한데. 훅 가겠다."

어질어질한 느낌에 카서스는 가볍게 숨을 내쉬었다.

"마음대로 살고 싶다면 마음대로 살면 되지 않나?"

우툴루의 느닷없는 말에 카서스는 눈을 크게 떴다가 그게 대답이라는 걸 알고 작게 웃었다.

"그런가?"

"그래. 인간은 다들 마음대로 살고 있다."

"그럴까? 다들 이런저런 눈치를 보면서 살고 있지 않나?"

"그 눈치를 보는 것 역시 자신의 선택이지."

"엄격하네."

"사실을 말하는 것뿐이야."

우툴루가 유리잔을 기울였다. 약간의 금빛을 띤 희미한 액체가 안에서 함께 기울어졌다. 어두운 촛불 아래서 그것은 희미하게 빛나는 것처럼 보였다.

"뭐, 어릴 때야 어쩔 수 없다고 해도 성인이 되어서는 더더욱."

우툴루의 말에 카서스는 "그럴지도." 하고 웃었다. 그가 털썩 의자에 앉으며 말했다.

"안 그래도 오늘 무리하고 있는 거 아니냐고 한 소리 들어서 말이야."

"시카에게?"

"응. 어떻게 알았어?"

"네게 그런 말을 할 사람은 마법사밖에 없겠지."

"그런가아— 그러네—"

"그러니 마음대로 살지. 어차피 지금까지 그렇게 살아왔으면서."

카서스가 하하 웃었다.

"어릴 때 받은 상처를 질질 끌어서 지금까지도 관계에 다 영향을 끼치면서 말이지."

"네가 어릴 때 무슨 상처를 받았는지 모르지만, 그걸로 지금까지 질질 끌고 왔다면 좀 놓아주지 그래?"

"그게 쉬우냐."

우툴루가 코웃음을 쳤다.

"이미 무리하고 있다면서."

"우아, 우툴루에게 정곡을 찔리다니! 광전사에게! 곰에게! 내 섬세한 마음을 알지도 못하는 인간에게— 우우우—"

"술에 취하니 헛소리도 느는군."

우툴루가 카서스의 손에서 술병을 빼앗아서 자작하기 시작했다.

카서스가 테이블 위에 털썩 엎드렸다. 그리고 잠잠하기에 우툴루는 '죽었나?' 하고 술을 홀짝였다. 역시 안주가 당긴다.

슬슬 이 자식을 테이블에서 끌어내 복도에 던져두고 잠을 청할까 하는데 카서스가 입을 열었다.

"내일 숲에서 야만족들 만날 거지?"

"그래. 소투스 부족을 먼저 만나 봐야겠지."

"정말로 그들이 그런 거라면, 왜 그런 걸까."

"그야 모르지."

"부족을 토벌하게 되면 넌 나서지 마."

"국경을 지키고 있는 나에게는 그게 의무다."

"응, 그러니까 날 고용했잖아."

카서스가 배시시 웃으며 몸을 일으켰다.

소투스 부족은 우툴루와 혈연관계니까, 싸우게 하고 싶지 않다. 그 마음을 우툴루도 모르는 것은 아니었다. 하지만 우툴루가 "의무니까."라는 말을 꺼내기 전에, 카서스는 마지막 잔을 비우고 자리에서 일어났다.

"하여간 상담해 줘서 고맙다."

우툴루의 눈썹이 꿈틀했다. 카서스에게 이런 말을 듣게 될 줄이야?

'그러고 보니 평소보다 얌전하군.'

보통이라면 자신에게 몇 번은 얻어맞을 짓을 저질러야 할 텐데 얌전하다.

'그 마법사 때문인가.'

마법사 앞에서 자신의 그런 모습을 보이기 싫어하는 게 아닐까?

관계란 본래 제삼자의 시선에서 봐야 잘 보이는 법이다.

하지만 더는 충고도 귀찮아 그가 자리에서 일어나며 물었다.

"상태를 보아하니 데려다주는 게 낫지 않을까?"

"아앗— 그리고 예쁘고 청순하고 가련한 나를 덮치려고! 이 짐승 같은— 커흑."

카서스는 뒤통수를 붙잡고 몸을 숙였다. 눈물이 찔끔 났다.

"왜 매를 버는 건지."

우툴루는 한숨을 내쉬고 그의 목덜미를 붙잡아서 방 밖으로 던지듯이 밀었다.

쾅!

눈앞에서 문이 닫히자 카서스는 눈물을 글썽이며 '아파라.' 하고 자신의 뒷머리를 문지르며 자신의 방으로 향했다.

3장

인간이 아닌 자

다음 날 우툴루, 카서스, 시카 세 사람만이 여장을 꾸렸다.

우툴루 대신 성을 맡게 된 메튜는 불안한 얼굴을 감추며 셋을 배웅했다. 우툴루가 그에게 이런저런 지시를 내리고 돌아섰다.

다시 가게 된 붉은 숲은 두 번째라서 그런지 처음만큼 무섭지 않았다.

카서스가 시카의 머리를 가볍게 잡아당기고 웃었다.

"오늘은 양 갈래네?"

"이상한가요?"

"아니, 귀여워."

"카서스보다 더요?"

시카가 짓궂게 물어와 카서스는 고민에 잠겼다.

"으음, 나보다라. 으음— 내가 세계 제일 귀엽지만. 으음—"

시카는 '맞아, 이런 인간이지.' 하고 한숨을 삼켰고 우툴루가 한심하다는 어조로 말했다.

"쓸데없는 고민을."

심각해야 할 텐데도, 이 두 사람 덕분인지 생각보다 마음이 가벼웠다.

"함께 와 주셔서 감사합니다."

우툴루의 말에 시카가 웃으며 대답했다.

"아니에요. 그리고 제 파트너의 친구분이신걸요."

"어? 뭐야? 그런 거였어?"

카서스가 어랏? 하고 말해서 시카가 "이유 중에는 그런 것도 있지요." 하고 대답했다. 카서스가 흐흐 웃으며 우툴루에게 "너 내 덕인 거 알지?" 하고 말했지만, 우툴루는 대꾸도 하지 않았다.

시카가 지팡이를 꼭 붙들고 말했다.

"두 분 다 위기에 처하시면 절 불러 주세요. 날아가겠습니다."

그 말에 우툴루는 피식 웃었고 카서스는 경쾌하게 웃었다.

"진짜인데요."

두 사람 다 진지하게 받아들이지 않는 느낌이라 시카는 힘주어 말했고 우툴루가 그녀를 돌아보며 말했다.

"위기에 처하게 되면 무조건 먼저 자신을 보호하십시오. 보호 마법 같은 것이 있다고 들었습니다."

"네, 있어요."

시카가 고개를 끄덕이자 우틀루가 "좋습니다." 하고 다시금 강조했다. 카서스가 느긋한 목소리로 덧붙였다.

"마스터가 둘이니까 뭐 싸움까지 번질 거라고는 생각하지 않지만, 그래도 주의는 해 두는 게 좋겠지."

아무리 야만족이라고 해도, 마스터의 무서움을 모르는 것은 아니다. 오러로 베지 못 하는 것은 없다. 판금 갑옷조차도 종잇장처럼 갈라지니 말이다.

그런 인간을 상대하는 것은 누구라도 싫을 것이다.

시카는 점점 더 길이 좁아지는 것을 느꼈다. 어제 갔던 길과는 완전히 다른 길이다.

'점점 길이 아닌 곳으로 걷는 것 같은데.'

겨울이지만 마른 풀들이 가득했다. 잘못 밟으면 푹 꺼져서 조심해야 했다. 그런 길이 아니면 진창이었다.

발밑이 쩍쩍 달라붙어 체력이 두 배는 더 소모됐다. 게다가 미끄럽기까지 해서 시카는 몇 번 넘어질 뻔했다.

더 이상 손에 든 지팡이가 마법용이 아니라 진짜 지팡이의 기능을 할 때쯤 다시 길이 나왔다.

'살았다!'

시카는 속으로 만세를 불렀다.

'길이라는 건 굉장히 소중한 것이구나.'

"괜찮아?"

길에 감사하고 있는데 카서스가 물어왔다. 시카는 고개를 끄덕였다.

"아직 괜찮아요."

그래도 그동안의 여행으로 체력이 붙었는지 아직 걸을 만했다.

"힘들어지면 말씀해 주십시오."

우틀루의 말에 시카는 고개를 끄덕였다. 하지만 말한다고 어쩌겠는가? 말도 없고, 나귀도 없다. 쉬었다가 갈 수도 있겠지만 그렇게 발목을 잡고 싶지는 않았다.

부츠 바닥에 붙은 진흙을 돌길에 몇 번 비벼 떨어내고 시카는 얼른 두 사람을 따라갔다.

"히리리리리리ㅡ!"

갑자기 들려온 소리에 시카는 깜짝 놀라 멈춰 섰다. 우틀루와 카서스 역시 마찬가지였다. 하지만 두 사람은 놀라서 멈춘 게 아니었다.

"벌써 나올 줄이야?"

"오는 걸 알고 있었겠지."

카서스의 중얼거림에 우틀루가 느리게 대답했다. 우틀루는 다시 앞으로 걷기 시작했고 카서스가 시카에게 손짓해서 그녀를 자신의 앞에 걷게 했다.

우틀루ㅡ시카ㅡ카서스 이렇게 일자로 걷게 된 것이다.

'괜찮은 건가?'

시카는 지팡이를 단단히 붙잡았다. 여기저기에서 조금 전의 그 소리가 났다. 그리고 곧 소리가 사라지고 나무 위에서 날듯이 사람이 뛰어내려 길 가운데에 턱 섰다.

"라리카 라도!"

우툴루와 비슷한 나이의 젊은 남자였다. 얼굴의 반을 차지하고 있는 문신과 옷차림이 그가 야만족이라는 걸 말해 줬다. 우툴루가 남자에게 대꾸했다.

"미나로 다쿤."

'못 알아듣겠어!'

시카는 당황했다.

'하긴 생각해 보니 야만족들이 제국어로 말할 리가 없는데, 왜인지 제국어가 통할 거라고 생각했어.'

이 얼마나 제국 중심적인 사상인가. 시카는 반성했다.

우툴루의 말에 남자는 창으로 바닥을 탁 치고 말했다.

"데레레 사디맛. 도케, 도케."

"미나로 다쿤."

하지만 우툴루는 같은 말을 반복했고 남자의 얼굴이 일그러졌다. 그러자 카서스가 손을 저으며 말했다.

"디 마타나 세세락 쿠라미도라 루."

"세세락?"

남자가 되묻자 카서스가 시카를 가리키며 말했다.

"세세락."

"아? 네, 저기, 안녕하세요."

시카가 당황해 남자에게 저도 모르게 인사했다.

'대체 무슨 말을 하는 거야? 세세락은 또 뭐고?'

시카는 자신이 당황했다는 것을 들키지 않기를 바라며 남자에게 애써 미소를 지어 보였다. 남자는 시카와 그녀의 지팡이를 유심히 보더니 말했다.

"미 디로 다쿤라. 다쿤 마드트, 유라."

"시."

카서스의 대답에 남자는 획 하고 다시 사라졌다. 그가 사라지자 시카가 화급히 물었다.

"뭐라고 한 거예요? 어떻게 된 거예요?"

"다쿤―그러니까 족장을 보러 왔다고 했고. 저쪽에서 더러운 핏줄은 꺼져, 라고 말했고. 그래서 우리 쪽 세세락― 그러니까 무녀가 할 말이 있다고 했지."

카서스의 말에 시카는 입을 떡 벌렸다.

"무녀요? 전 그냥 마법사라고요!"

"저들에게는 똑같아."

카서스가 어깨를 으쓱하고 이어 말했다.

"덕분에 하여간 다쿤에게 이야기는 해 본다고 했으니까. 그가 만나겠다고 허락하면 만나게 해 주겠대. 얼굴도 못 보고 쫓겨나는 것보다야 낫지."

"그거야 그렇지만……."

시카는 한숨을 내쉬었다. 그녀가 말했다.

"그나저나 두 분 다 언어를 잘하시네요. 전 하나도 못 알아듣겠어요."

"우툴루는 어머니가 소투스족이거든. 난 남부에서 야만족이랑 몇 번 같이 일했고."

"네 말은 억양이 너무 거칠어."

우툴루의 말에 카서스가 어깨를 으쓱했다.

"어쩔 수 없잖아. 그렇게 배웠는데."

두 사람이 이야기하는 것을 보다가 시카는 우툴루를 바라보았다.

'어머니가 소투스족이라고 했지. 그러면 이게 야만족의 짓이라고 밝혀지면 외가 쪽 친척들과 싸우게 되는 건가.'

그런 일이 일어나지 않았으면 좋겠다고 바라면서 시카는 입술을 꾹 다물었다.

"데레레, 다쿤 슈파삿."

잠시 기다리고 있자 아까 그 남자가 돌아와 손짓했다. 카서스가 투덜거렸다.

"그 데레레 소리 좀 안 하면 안 되나."

"그건 상관없어."

우툴루의 말에 카서스가 "섬세한 나는 상관있어." 하고 눈을 찡그렸다.

제국인과 야만인의 혼인 정책은 나쁘지 않은 선택이었지만, 양쪽 모두에게 받아들여져서 둘 사이를 이어야 할 자녀들은 정작 양쪽 모두에게 배척당했다.

"하여간 다쿤이 만나 준다니 가자고."

카서스가 어깨를 으쓱해 보였고 시카가 고개를 끄덕였다. 묻지 않아도 데레레가 무슨 뜻인지 알 수 있었다.

'아까 더러운 핏줄이라고 그랬었지.'

혼혈을 내리까는 말이겠지.

기분이 확 나빠져서 시카는 뚱한 얼굴을 했다. 눈앞의 저 남자가 결코 호의적이지 않다는 건 알겠다. 하지만 출신을 모독하다니, 꽤나 더러운 짓거리가 아닌가.

시카는 불쾌감을 삼키고 걸음을 재촉했다.

얼마 더 가지 않아 마을이 모습을 드러냈다.

모두가 경계가 가득한 눈으로 일행을 바라보았다. 시카는 그들을 바라보지 않으려고 노력하며 고개를 치켜들었다.

남자는 마을 한가운데로 일행을 안내했다. 이미 이야기가 되어 있어서인지, 마을 가운데에는 노년의 남성과 전사 한 무리가 나와 있었다.

남자가 손을 내밀며 말했다.

"루까, 디나."

"검과 지팡이를 달라고 하네."

카서스가 통역해 주고 자신의 검을 풀어서 남자에게 건넸다. 우툴루도 등에 메고 있던 대검을 건네주었다. 그것만으로도 남자는 상당히 빠듯해 보였다. 저 검만 해도 자신의 몸무게와 맞먹을 거라고 시카는 생각했다. 하지만 다른 한 손을 시카에게 내밀었고 시카는 순순히 지팡이를 넘겨주었다.

어차피 부르면 자신에게 돌아올 테니까.

무기를 넘겨주고 셋은 다쿤의 앞으로 향했다. 60대 중후반으로 보이는 남성은 머리에 화려한 깃털 장식을 달고 있어서 한눈에 그가 족장이라는 걸 알 수 있었다. 셋이 다가가자 전사들이 우르르 원을 그리며 일행을 둘러쌌다.

뾰쪽한 창끝이 이쪽을 향해서 시카는 흠칫했다. 카서스가 괜찮다는 듯 그녀의 어깨를 가볍게 두들겨 주었다.

"우툴루, 오랜만이구나."

나온 것은 유창한 제국어라 시카는 깜짝 놀랐다.

"오랜만입니다. 다쿤."

우툴루가 정중하게 인사하자 그가 희미하게 미소 지으며 말했다.

"그냥 외할아버지라고 부르지 그러느냐."

'어?'

시카는 두 번째로 놀랐다. 저도 모르게 엇 소리가 튀어나오려는 걸 간신히 억눌렀다. 그의 시선이 시카에게 향했다.

"세세락이라고 했나?"

"네, 시카 울프라고 합니다. 만나서 반갑습니다."

"난 브락이라고 하네. 그리고— 네놈 낯짝을 또 볼 줄이야."

카서스가 히죽 웃으며 정중하게 제국식 인사를 했다.

"오랜만입니다. 다쿤."

브락은 못마땅한 얼굴로 카서스를 보았다가 다시 시카를 보고 물었다.

"그래서. 우리에게 할 말이 있다고 했지?"

시카는 저도 모르게 카서스를 보았고 그는 고개를 끄덕했다. 시카가 다시 브락에게 시선을 돌리고 말했다.

"요즈음 마수의 수가 늘지 않았나요?"

그 말에 브락의 얼굴이 어두워졌다. 시카가 이어 말했다.

"그게 사람의 손을 탄 일이라는 것도 알고 계십니까?"

"아니, 모르는 일이다."

브락이 단호하게 말했다. 시카는 어깨에서 힘이 쭉 빠졌다.

"하지만 그럼 누가 그런 짓을 했단 말입니까?"

우툴루가 물음을 던져 브락이 그를 보고 말했다.

"우리에게는 오랫동안 세세락이 없지만, 라차에게 새로운 세세락이 나왔다고 하더군."

"라차에게?"

"라차?"

작게 시카가 카서스에게 속삭이자 카서스가 낮게 대답했다.

"붉은 숲의 또 다른 부족이야."

우툴루가 고개를 끄덕이고 말했다.

"도움을 주셔서 감사합니다. 그럼 이만 저희는 가 보도록 하겠습니다."

"벌써? 식사 정도는 하고 가지 그러냐?"

브락의 말에 우틀루는 고개를 저었다.

"아뇨, 바로 라차를 찾아가 볼 생각입니다."

"몸조심하거라."

"네."

대답하고 우틀루는 "할아버님." 하고 덧붙였고 브락은 웃으며 손짓했다. 전사들이 셋이 나갈 길을 열어 주어 셋은 그 원을 빠져나왔다.

아까 무기를 거둬 갔던 남자가 무기를 돌려주었다.

마을을 빠져나오자 시카는 그제야 긴장이 풀렸다. 그녀가 푹 한숨을 내쉬자 카서스가 물었다.

"괜찮아?"

"네. 그래도 다행이에요. 그, 우틀루의 외할아버님이 아니라서요."

우틀루는 짧게 고개를 끄덕였다. 카서스가 턱을 어루만지며 말했다.

"그나저나 라차라. 걔네가 여기서 가장 호전적이지 않냐."

"그렇지."

"찾아가기도 전에 활 맞는 거 아냐?"

"그럴지도."

"뭐 그래도 가 보는 수밖에 없겠지. 그나저나 세세락이라니⋯⋯. 신탁이라도 받았나?"

"마수를 풀라는 신탁?"

우툴루가 말도 안 된다는 어투로 말했다. 카서스는 "그야 그렇지만." 하고 말끝을 흐렸다. 시카가 물었다.

"세세락이 신탁도 받나요?"

"예전에는 그랬다고 하는데, 지금은 오랫동안 나타나지 않아서."

카서스가 어깨를 으쓱했고 그 말에 시카가 잠시 생각하다가 떠오른 생각을 말했다.

"잠깐만요, 그러면 세세락과 마법사는 완전히 다르잖아요!"

"같은 의미로 쓴다니까, 대체할 다른 말이 그쪽 언어에는 없으니까."

"하지만—"

마법사는 한계를 가진 인간이고, 무녀처럼 신의 뜻을 받드는 것도 아니다.

'완전히 다른데.'

시카는 한숨을 삼켰다.

속인 것 같아서 기분이 찜찜했다. 하지만 이제 와서 어떻게 할 수도 없으니.

셋은 부지런히 걸었다. 점점 더 숲 안으로 들어가는 것 같아서 시카는 해가 지기 전에 성으로 돌아갈 수 있을까 걱정이 되었다.

'물소리.'

근처에 강이나 계곡이 있는지 제법 큰 물소리가 들려왔다.

카서스가 말했다.

"우툴루, 쉬었다가 가지. 식사도 하고."

우툴루는 좀 더 가자고 말하려다가 시카의 반색한 얼굴을 보고 고개를 끄덕였다.

'여유가 없었군.'

시카의 체력을 생각하지 못하다니.

생각보다 더 중압감을 받고 있었던 모양이었다. 소투스 부족이 일으키지 않았다고 해도, 제국이 보기에 야만인은 다 뭉뚱그려서 야만인이다.

이 부족, 저 부족 나누지 않는 것이다.

그러니 라차족이 움직였다 해도 엉뚱하게 소투스까지 불똥이 튈 가능성이 있었다.

그래서 저절로 발이 빨라졌던 거다.

'시야를 넓게 가져야지.'

우툴루는 그렇게 생각하며 배낭을 내려놓았다.

두 사람은 짐을 풀었다. 보통이라면 건량이겠지만 이번에는 그냥 샌드위치와 우유였다. 오랫동안 숲 속에 머무르지 않을 거라는 예상 때문이었다.

시카는 끙 소리를 내며 근처 바위에 앉았다. 지팡이는 가방에 다시 넣었다. 다리가 욱신거렸다. 카서스가 그녀에게 샌드위치를 건네주었다. 시카는 얼른 포장을 벗기고 한 입 덥석 물었다.

배에서 꼬르륵 소리가 나기 직전이었다.

"천천히 먹어."

카서스가 웃으며 그녀에게 우유 역시 건네주었다. 시카는 얼굴을 붉히며 고개를 끄덕였다.

반쯤 샌드위치를 먹었을까 카서스와 우툴루는 동시에 검을 빼 들었다. 시카만이 멀뚱히 굳어서 둘이 하는 것을 보았다.

땅—! 따당!

둘이 검을 휘두르자 뭔가 퉁겨지는 소리가 연속으로 들렸다. 팍하고 그것이 발치에 박혀 시카는 놀라 자리에서 일어났다.

"화살?!"

그녀는 얼른 샌드위치를 버리고 지팡이를 꺼내 들었다.

"미르타!"

그러자 푸르스름한 둥근 막이 일행의 주변에 생겨났다. 화살은 그 막에 부딪혀 힘없이 땅으로 떨어졌다. 카서스가 소리쳤다.

"누구냐!"

"메다 로로아루, 다다네! 도케!"

"도케!"

"도케!"

여기저기서 고함이 들려왔다. 칫 하고 카서스가 혀를 찼다. 그가 다시 소리쳤다.

"미 데라브루 라차? 세세락 후아 다—로운?"

우툴루가 대신 시카에게 통역해 주었다.

"라차 부족인가? 세세락이 이러라고 시켰나?"

하지만 대답은 돌아오지 않았다. 대신 가지를 흔드는 듯한 소리가 나다가 사라졌다. 카서스가 "제길." 하고 머리를 쓸어 넘겼다.

"이제 방어막을 푸셔도 됩니다."

우틀루의 말에 시카는 주춤거리면서 주변을 살피고 방어막을 풀었다.

그녀가 작게 물었다.

"이제 어쩌죠?"

카서스는 그 말에 우틀루를 바라보았다. 우틀루는 생각에 잠겨 숲 안을 쏘아보다가 말했다.

"가능하면 계속 가고 싶습니다만. 괜찮으시겠습니까?"

시카가 침을 삼키고 비장하게 대답했다.

"네, 괜찮아요."

"정말로 괜찮아? 목숨 위협받고 그러는데."

카서스가 불쑥 얼굴을 들이밀며 물어왔다. 시카가 흠칫하고 얼굴을 붉히며 그의 얼굴을 밀어내고 말했다.

"괘, 괜찮다니까요. 그보다 그렇게 가까이 오지 말아 주세요."

"아— 너무 잘생겨서 두근거렸어?"

"네, 얼굴만은 정말 제 취향이니까 들이밀지 말아 주세요."

시카가 진지하게 말했다.

이 사람에게 이렇게 가슴이 두근거리는 건 순전히 첫사랑과 닮았기 때문이다. 그러니 저 얼굴만 어떻게 하면 어제처럼 두근거리는 일이 없지 않을까.

"왜 지금 전면적으로 긍정 받았는데, 동시에 부정당한 기분이지?"

카서스가 묘한 얼굴로 중얼거리자 우툴루가 옆에서 대꾸했다.

"네 내면은 전혀 취향이 아니라는 말이기 때문이지."

그 말에 카서스가 "그럴 수가." 하고 어깨를 늘어트렸고 시카가 당황해 말했다.

"아뇨, 그런 뜻은 아니고요─!"

"그럼 내 내면도 취향이야?"

카서스의 물음에 시카는 저도 모르게 시선을 돌렸다.

"그게, 좋은 분이라고는 생각하고 있습니다만."

"'만'인가."

카서스가 푹푹 한숨을 내쉬었다. 시카는 역시 말실수를 했나 했지만 어쩌겠는가? 그렇다고 거짓말을 할 수도 없고.

'사실인걸!'

좋은 사람이지만 좀 이상하다고 생각하고 있습니다.

그리고 얼굴만은 첫사랑과 닮은 내 취향.

냉정한 시카였다.

우툴루가 태연하게 말했다.

"그 정도는 말해 줘야 하는 녀석이니 괜찮습니다."

"와─ 본인 앞에서!"

"네놈도 항상 본인 앞에서 말하면서."

우툴루는 대꾸하고 앞장서서 걷기 시작했다. 카서스가 "뭐."

하고 씩 웃으며 시카를 보았다.

"그래도 얼굴은 취향이라니 다행이네."

'뭐가 다행인지 모르겠습니다.'

시카는 그렇게 생각하며 카서스에게 등을 떠밀려 우틀루의 뒤에서 걷기 시작했다. 카서스가 시카의 뒤에 서서 걸으며 멀리 숲을 응시하다가 싱긋 웃었다.

"―!"

지금 눈 마주친 건가?

투사크는 놀랐지만 그럴 리가 없다고 생각했다. 이렇게 먼 거리에서 눈이 마주칠 리가 없다. 그가 망원경을 허리춤에 찔러 넣고 나무에서 내려왔다.

"어때? 놈들은?"

라차족의 전사들이 나무 아래에 모여 있었다. 투사크가 말했다.

"역시 경고는 먹히지 않는 것 같아."

"제길."

"무녀님의 말이 맞았어."

"그 마녀는? 어떻게 해서든 그 마녀를 죽여야 해."

투사크가 고개를 끄덕였다.

세세락이 말한 '어둠을 품은 마녀'가 마을로 곧장 향하고 있었다. 어떻게든 그들을 막지 않으면 안 된다.

"치카 열매를 쓰자."

투사크의 말에 전사들은 서로 얼굴을 보았다가 고개를 끄덕였다.

*　　*　　*

시카의 걸음이 점점 더 처지기 시작했다. 무릎이 후들거린다.

'얼마나 더 걸어야 하는 거지?'

만약 뒤에서 카서스가 따라오는 게 아니었다면 벌써 우툴루와 거리가 백만 년이 되어 버렸을 것이다. 카서스는 점점 절룩거리는 시카의 걸음걸이를 보다가 기습적으로 그녀를 안아 들었다.

"카서스?!"

놀란 시카가 소리치자 우툴루가 검 손잡이를 붙잡고 휙 돌아섰다가 시카를 안은 카서스를 보고 인상을 썼다.

"뭐 하는 거지?"

"시카의 체력 보존?"

"괜찮습니다. 내려 주세요."

시카의 말에 카서스가 "정말?" 하고 물었고 시카는 망설임 없이 "아뇨." 하고 대답했다. 도리어 카서스가 어이가 없어져서 물었다.

"아니, 그럴 거면 왜 괜찮다고 한 거야?"

"한 번쯤은 사양하는 게 예의라고 배워서."

시카의 말에 카서스는 "글로 배운 예의란." 하고 투덜거리며 가볍게 우툴루를 따라잡았다. 시카는 안겨 있는 것을 느긋하게 즐겼다. 발바닥에 불이 나는 것 같은 느낌이 좀 줄어들었다.

상대의 얼굴만 신경 쓰지 않으면 안전한 탈것이다.

우툴루는 그녀를 신경 써 주지 못해서 미안한 생각이 들었지만, 곧 불안한 부분을 지적했다.

"하지만 그렇게 양팔로 안으면 검을 못 쓰잖나? 그리고 시카 역시 마법을 쓰기에는 자세가 어렵지 않은가?"

"그런가?"

카서스와 시카는 이리저리 움직였고 전처럼 시카가 카서스의 한쪽 팔에 올라탔다. 시카가 물었다.

"그런데 카서스는 괜찮아요? 무겁지 않아요?"

"이 정도는 안 무거워. 필요하면 말도 들 수 있어."

"말."

잠시 미하스를 떠올리고 시카는 '그럼 나 정도면 괜찮겠네.' 하며 고개를 끄덕였다. 그녀가 궁금한 점을 물었다.

"그런데 점점 더 이렇게 안으로 들어가면 오늘 안에 성으로 돌아갈 수 있을까요?"

"못 가지."

"아무래도 오늘은 밖에서 자야 할 것 같습니다. 죄송합니다."

우툴루의 사과에 시카는 손을 저었다.

"아니에요. 남쪽은 춥지 않으니 괜찮습니다. 그런데 공격이 또 올 줄 알았는데 예상외로 잠잠하네요."

"저도 그 점이 수상하다고 생각하고 있던 참입니다만……."

우툴루가 중얼거리며 주변을 둘러보았다. 그가 카서스를 힐 끗 보았지만, 카서스 역시 고개를 저었다. 주변에 느껴지는 인기 척은 없었다.

길만 점점 좁아지고 있어서 두 사람은 기습을 주의했다. 라차 족의 마을은 협곡 안쪽에 존재했다. 천혜의 요새라고 해도 좋을 것이다.

그러다 보니 가는 길도 하나였고, 양쪽 벽이 높아서 위에서 돌 을 굴려 길을 막거나 기습하기 딱 좋았다.

하지만 길이 막혀 있지도 않고, 공격해 오지도 않는다.

수상할 정도의 적막이었다.

"얼마나 더 가야 마을이 나오나요?"

"앞으로 한 시간쯤 더 걸립니다."

우툴루의 말에 시카는 혀를 내둘렀다. 생각보다 훨씬 더 오래 걸린다.

'하긴 소투스족과 행동반경을 겹치지 않게 하려면 멀리 떨어 져 있어야겠지.'

농사가 아닌 수렵 채집을 위주로 한다면 당연히 넓은 반경이 필요하리라. 우툴루가 주변을 살피며 말했다.

"이러다가 함정으롯?!"

갑자기 쑥 하고 우툴루가 사라져서 시카와 카서스는 화들짝 놀랐다.

"우툴루?!"

"우툴루!"

카서스는 시카를 내려놓고 달려갔다. 커다란 구멍 밑바닥에서 우툴루는 신음을 흘리며 몸을 일으켰다.

"괜찮아?"

"괜찮아. 원시적인 함정에 빠졌군. 어떻게 전혀 눈치를 못 챘지?"

그 말에 시카가 죄를 지은 얼굴로 말했다.

"환각 마법이 걸려 있었어요. 제가 알아차렸어야 했는데, 죄송합니다."

마법이 걸린 함정이 있을 거라고는 생각도 못 했다.

상대측에도 세세락— 그러니까 마법사가 있는 걸 알고 있었으니 자신도 대비를 해야 했는데. 하지만 마법사와는 싸워 본 적이 없다.

대체 어떻게 해야 좋을지 시카는 알 수 없었다.

카서스가 배낭에 매달려 있는 밧줄을 아래로 던지며 말했다.

"그런데 이상한데? 나라면 밑에다가 꼬챙이를 잔뜩 만들어 놨을 텐데."

그 말에 시카의 얼굴이 희게 질렸다.

"카서스!"

"아니, 그렇잖아."

카서스와 우툴루는 동시에 줄을 잡아당겼고 몇 번 당기지도 않아 우툴루는 구덩이에서 빠져나왔다. 그가 흙먼지를 털며 말했다.

"저도 그렇게 생각합니다."

"에취— 에취—"

상황에 어울리지 않는 귀여운 재채기였다. 시카가 입을 가리고 등을 돌렸고 우틀루는 멋쩍게 말했다.

"죄송합니다."

"에취— 괜찮— 에취— 아요. 아, 이제 진짜 괜찮아요."

카서스가 눈을 찡그렸다. 옷을 털자 우틀루에게서 달콤한 분냄새가 났다. 처음에는 꽃향기인가 했는데 점점 더 진해졌다.

"너 무슨 향수 뿌렸—"

카서스가 뚝 말을 멈췄다. 그와 우틀루의 시선이 동시에 서로 부딪쳤다. 카서스가 화급히 시카의 입을 손바닥으로 덮으며 말했다.

"숨 참아."

우틀루는 서둘러 망토를 벗었다. 독 분이 묻은 옷을 입고 있을 수는 없다.

'이런—'

그는 시선이 흔들리는 걸 느꼈다. 핑— 하고 머리가 돈다. 손이 떨려서 제대로— 아니— 생각을 제대로—

그는 한쪽 무릎을 꿇었다.

"피톨."

시카가 해독 주문을 외웠지만 듣지 않았다.

'마법이 듣는 독이 아니구나.'

시카는 혀를 찼다. 그녀 역시 손발 끝이 저리는 걸 느꼈다. 아니, 그보다는 먼저 혀가 저릿저릿하다.

카서스는 칼을 휘둘렀다. 휘어진 도가 파공성을 울리며 꺾어졌다.

따당!

화살이 옆으로 떨어졌다. 하지만 곧 화살이 아니라 창이 쏟아지기 시작했다.

"미르타!"

시카가 방어막을 만들었다. 집중력이 떨어져 방어막이 이리저리 일그러지기는 했지만 그래도 창을 퉁겨낼 수 있었다. 카서스는 우툴루에게 떨어지는 창대를 퉁겨냈다.

'웃―'

시카는 신음을 눌렀다. 어지럽고 토할 것 같다.

누군가가 자신을 번쩍 들어서 한 천 바퀴쯤 빙글빙글 무시무시한 속도로 돌린 다음에 내려놓은 것 같았다.

집중이 되지 않으니 방어막도 잘되지 않는다.

게다가 증상은 나아지는 게 아니라 점점 더 심해졌다. 카서스가 우툴루의 목덜미를 잡아 시카 쪽으로 던졌다. 우툴루는 신음을 흘리며 바닥에서 굴렀다.

카서스는 숨을 길게 내쉬었다.

"우툴루를 데리고 가!"

"하지—"

하지만—

시카는 마법을 쓸 수가 없었다. 목구멍 안쪽에서 비릿한 것이 올라왔다. 그녀가 털썩 무릎을 꿇자 바닥으로 투툭 피가 흘러넘쳤다. 방어막이 사라졌다.

몸집이 작은 그녀는 같은 양의 독을 마셨어도 반응이 더 빨랐다.

그러자 집중적으로 시카에게 화살이 날아들었다.

'이 새끼들이—!'

시카를 노리고 있다.

"우툴루 미하스!"

카서스가 고함을 치며 채찍처럼 길게 오러를 뽑아 휘둘렀다. 금빛 섬광이 허공을 갈랐다. 반 토막 난 창대와 화살이 후드득 떨어졌다. 카서스는 눈을 감았다.

눈을 감으니 더 빙글빙글 도는 듯했다.

'이런 애새끼 장난 같은 함정에 빠지다니.'

기가 찼다.

그의 외침을 들은 듯 우툴루가 비틀거리며 자리에서 일어나더니 쓰러진 시카를 들쳐 안고 달리기 시작했다.

"니아! 피아 도라스 세세락! 차란! 차란!"

시카와 우툴루가 도망치는 걸 본 투사크가 소리쳤다. '마법사가 도망간다! 쫓아라!' 하는 익숙한 단어에 카서스는 입술을 깨물었다. 피 맛이 느껴지는데 통증은 느껴지지 않는다.

그보다는 어지러움과 감각의 마비가 더 빨랐다.

'그러니까 노리는 건 시카란 말인데.'

"그럼 잡히게 둘 수 없지."

카서스의 오러가 부피를 키우고 길이를 늘였다. 이게 카서스의 특기였다. 순식간에 텅 빈 오러 코어가 투명하게 변했다. 카서스는 꼬리 여럿 달린 채찍처럼 길게 뽑은 오러로 양쪽 협곡을 후려치며 긁어 내렸다.

쾅—! 콰콰쾅!

무시무시한 소리와 함께 돌이 굴러떨어지고 연기가 피어올랐다. 도저히 인간의 힘이라고는 볼 수 없는 능력이었다.

라차족의 전사 중 몇몇은 비명을 질렀지만 투사크만큼은 아니었다.

"빨리! 쫓아가!"

"하지만— 먼지 때문에—"

"제길!"

투사크는 이를 갈았다. 그 혼자서라도 쫓아가겠다는 것을 다른 전사들이 말렸다.

"어쨌든 일행 한 명은 잡았잖습니까? 그 마녀의 이름을 알아내면 세세락이 저주를 내릴 수 있을 겁니다."

그 말에 투사크의 마음이 좀 가벼워졌다. 그는 먼지가 가라앉기를 기다려 쓰러진 카서스를 회수했다.

* * *

촤악—

차가운 물이 쏟아져 카서스는 몸을 떨며 눈을 번쩍 떴다.

"컥, 쿨럭—"

삐걱거리는 의자 소리와 팔다리의 결박감을 느끼고 카서스는 이게 무슨 일인지 깨달았다.

'게다가 답답해.'

오러 코어가 콱 눌린 것 같다.

"당신의 미슈레는 봉인했습니다."

미슈레.

오러 코어를 지칭하는 야만족의 언어다.

매끄러운 제국어에 섞인 단어가 우스워 카서스는 픽 웃으며 고개를 들었다.

"그대가 세세락이로군."

짝!

뺨을 후려치는 소리와 함께 눈앞에 불이 번쩍한다. 뺨을 때린 것은 옆에 선 남자였다.

"세세락에게 말조심해라."

카서스는 터진 입 안쪽을 혀로 쓸고 다시 웃었다.

"조심하죠, 무녀님."

세세락은 새까만 머리를 길게 기르고 있었다. 그리고 새하얀 옷을 걸치고 금 장신구를 두르고 있었다. 이제 갓 스물을 넘겼을까?

어둑어둑한 방 안에서 그녀만이 흰색이었다. 카서스는 힐끗 주변을 둘러보았다. 작은 창은 단단히 닫혀 있어서 지금이 낮인지 밤인지 알 수가 없었다.

"어라, 잠깐. 나 지금 머리가 너무 가벼운데. 머리카락 자른 거야?"

짝!

한 대 맞고 카서스는 입을 다물었다.

"당신에게 물을 것이 있습니다."

"저도 있는데요. 내 머리카락에 대한―"

카서스는 다시 한 대 얻어맞고 "뭐 먼저 물으시겠다면 물으시죠."라는 말로 또 한 대 얻어맞았다.

"그만해요, 툼."

세세락이 손을 들며 말하자 툼은 "바라신다면." 하고 고개를 숙였다. 카서스는 퉤 하고 피 섞인 침을 뱉었다.

툼이 움찔했지만 세세락의 말 때문인지 꿈쩍하지 않았다.

"당신과 함께 있는 그 여자의 이름이 뭡니까."

"아시면 어떻게 하시려 그러십니까?"

카서스는 정중하게 물었지만, 그 밑바닥에 깔린 빈정거림은 숨길 수 없었다. 하지만 세세락은 그걸 무시하며 말했다.

"그것은 무서운 마녀입니다. 없애야 할 존재지요. 당신들은 속고 있는 것입니다."

"흐으음."

묘한 소리를 흘리고 카서스는 씩 웃었다.

"그럼 제 대답은 하나뿐이라는 사실을 알려드려야겠군요."

카서스가 연극적으로 고개를 숙였다가 들었다. 그의 연녹색 눈이 번득였다.

"몰라."

"툼."

세세락이 손을 들며 말하자 툼은 옆에서 대못과 망치를 꺼내 들었다. 카서스가 눈을 휘둥그레 뜨고 말했다.

"우와 잠깐, 잠깐. 지금 뭘 하려고 하시는 거죠?"

툼은 팔걸이에 단단히 고정된 카서스의 팔, 그 손등 위에 못을 가져다가 댔다. 세세락이 카서스에게 물었다.

"이름."

카서스는 뚫어져라, 못을 보다가 시선을 세세락에게 돌리고 웃었다.

"몰라."

쾅―!

"―!"

카서스는 흐느낌을 삼켰다. 못이 단숨에 그의 손바닥뼈를 관통하는 건 결코 좋은 느낌이 아니었다. 카서스는 헐떡였다.

두 번, 세 번, 못질할 때마다 그의 어깨가 발작적으로 움찔거렸다. 세세락이 손을 들어 망치질을 멈추게 하고 물었다.

"이름."

카서스가 무표정한 세세락을 올려다보았다. 고통에 전신이 떨렸다. 그가 웃었다.

"몰라, 쌍년아."

툼이 아까보다 더 굵은 못을 가져와서 이번에는 카서스의 손목에 가져다가 댔다. 카서스는 한숨과 함께 말했다.

"어차피 대답해 주지 않을 작정인데 묻지 말고 그냥 박지 그래?"

촤악—!

찬물이 부어져 떨며 눈을 뜬 카서스는 자신이 몇 번 기절했나 세지 않기로 했다.

"생각할 시간을 드리겠습니다."

"뭔 생각."

그의 목소리는 완전히 쉬어 있었다. 비명을 지르니 차라리 낫더라, 하고 카서스는 생각했다.

"내일은 더 고통스러울 거예요."

"남이 비명 지르는 걸 보고 즐기는 미친년이."

카서스는 거침없이 욕설을 날렸지만 세세락은 그저 어깨만 으쓱해 보였다.

"제가 있기 때문에 툼이 자제하고 있는 겁니다. 내일은 제가 없을 거고요."

툼이 집게로 화로 안의 철을 집어 카서스의 뺨에 가져다 댔다. 카서스는 흠칫했다. 하지만 아직 달궈지지 않은 철은 차가웠다.

카서스는 저도 모르게 안도했다가 곧 안도할 필요가 없다는 걸 알았다. 이제 곧 저거에도 당하게 되겠지.

세세락이 툼에게 손짓하자 툼은 집게를 내려놓고 방을 나섰다. 밖이 어두워 카서스는 지금이 밤이라는 걸 알 수 있었다.

'아마 시간은 별로 안 지났겠지.'

세세락이 손을 뻗어 카서스의 얼굴을 어루만졌다.

"왜 이런 고통을 자처하나요? 그 여자는 마물이에요, 마수예요. 당신을 이렇게 괴롭게 하고 싶지 않아요."

그녀의 손이 그의 뺨을 지나 목을 타고 가슴으로 내려왔다. 그러며 천천히 그의 몸을 훑어 내려왔다. 단단한 가슴을 타고 내려오며 복근까지 애무하듯 쓸어내린다.

"당신처럼 잘생긴 남자는요."

그녀의 손가락이 그의 바지 버클에 걸렸다가 떨어져 나갔다. 카서스가 세세락을 올려다보며 말했다.

"양손에 못질 된 남자랑 하는 걸 즐기나 보지?"

그 말에 세세락이 키득키득 웃었다.

"이런 상황에서도 그런 말을 던질 수 있는 전사는 드무니 더욱 아쉽군요. 당신의 이름이 뭐죠?"

"너라면 말하겠냐."

세세락이 그 말에 카서스의 팔을 잡아 밀었다. 못은 팔걸이에 고정되어 있고 팔만 움직이니 격심한 통증이 밀려들었다.

"흑—!"

카서스의 허리가 꺾였다. 덜덜 떨리는 그의 팔을 놓으며 세세락이 말했다.

"오늘 밤 잘 생각해 보세요. 내일 어차피 말하게 될 텐데, 조금이라도 덜 고통스러울 때 말하는 게 좋잖아요?"

카서스는 고개를 숙인 채 대답하지 않았고 세세락은 빙그레 웃었다.

"잘 자요, 전사님."

그녀는 문을 나섰다. 적막이 흘렀다.

카서스는 머릿속으로 선택지를 골라 보았다.

'일 번. 우툴루가 짠 하고 날 구출하러 온다. 아니, 이건 좀 무리지. 그 자식도 독에 당했고. 여기가 라차족 거주지라고 확정할 수도 없으니까. 그 숲을 다 뒤져서 날 찾으려면 시간이 걸릴 테지.'

계속 시카의 이름을 요구하는 걸 보면 잡히지 않은 모양이었다.

'이 번, 내가 필사의 힘으로 여기를 탈출한다. 아, 저 미친년은 오러 코어를 어떻게 막은 거야.'

아무리 오러를 돌려 보려고 해도 꼼짝도 하지 않는다. 오러가 없어진 것은 아닌데 자신의 의지를 따라 움직이지 않았다. 고문

당하면서 오러를 돌리려고 하는 것보다 필사적인 것은 없었을 테니, 자신이 최선을 다하지 않은 것은 아닐 터.

'일단 이건 시도는 계속해 보고. 안 되면 삼 번인가?'

진지하게 카서스는 자살도 고려해 보았다. 아무리 그래도 산 채로 겉면만 살짝 익힌 스테이크가 되는 것보다는 혀를 깨무는 게 낫지 않을까?

카서스는 힐끗 어두운 조명을 바라보았다. 왜인지 세세락은 불을 끄지 않고 나갔다. 조명 아래 못질 된 자신의 팔이 기괴하게 보였다.

'이거 검은 다시 잡을 수 있으려나.'

멍하니 팔을 보는데 갑자기 누가 귓가에 속삭이는 것처럼 선명한 목소리가 떠올랐다.

─이름을 불러 주시면 날아갈게요.

'아, 맞다. 그런 말을 했었지.'

정말로 날아오려나?

아니지, 보통 그건 비유라고 하는 거란다. 카서스 리안.

하지만 자신은 여기서 고문당하고 있고, 비유와 사실을 좀 헷갈리면 어떤가?

입을 열려다가 카서스는 문득 망설였다.

정말로 오면 어떻게 하지? 그녀까지 여기에 갇히게 되면?

오러 코어도 쓰지 못하게 만드는 여자다. 마법도 쓰지 못하게 만드는 건 아닐까? 아니면 자신이 그녀를 불러서 이 방 안에 가두려고 함정을 만든 게 아닐까?

카서스는 입술을 꾹 다물었다. 한참의 극렬한 갈등 끝에 카서스는 작게 입을 벌렸다.

'시카 울프.'

입술만 움직이는, 성대를 쓰지 않은 작은 소리였다. 그리고 그는 귀를 기울였다.

사방은 조용했다. 초가 흔들리며 만드는 그림자에 몇 번 흠칫거리다가 그는 피식 웃었다.

그래, 올 리가 없지.

"멍청이가 뭘 기대한……."

스스로에게 한마디 해 주려는 데 눈앞에 시카가 나타났다. 그녀의 얼굴에 처음에는 반가움 곧 놀람, 그리고 일그러지는 표정.

카서스는 멍하니 시카를 바라보았다.

"웃―"

시카는 카서스의 끔찍한 몰골에 말을 할 수가 없었다. 팔, 팔을 어떻게 한 거야―

"시카?"

카서스가 자신을 불러 시카는 입을 여는 대신 고개를 끄덕였다. 여기서 입을 열었다가는 목소리가 다 떨려 나올 것이었다.

시카는 숨을 가다듬었다. 그녀는 지팡이로 카서스를 가리키고 작게 말했다.

"후리스—움."

그녀의 주문이 끝나자마자 카서스는 자신을 괴롭히던 통증이 싹 사라진 걸 느꼈다. 아니 아예 양팔에 감각이 없었다. 마치 팔이 없어진 것 같은 느낌이었는데 바라보니 팔은 그대로 붙어 있었다.

슬쩍 팔을 움직여 보자 움직여지지만, 통증은 없다.

"오."

"움직이지 말아요."

그녀가 작게 비명처럼 속삭였고 카서스는 얌전히 팔을 제자리에 두었다. 이어 시카는 마법으로 못을 한 번에 뽑아냈다. 피가 구멍으로 주르륵 흘러내렸다. 카서스는 팔을 늘어뜨리며 한숨을 내쉬었다.

시카가 그를 끌어안았다.

'폭신폭신.'

카서스가 멍하니 그런 생각을 하는데 시카가 지팡이를 휘둘렀다. 그러자 사방이 어질어질해지나 싶더니 순식간에 주변이 바뀌었다.

"카서스!"

우툴루가 그의 이름을 부르며 달려왔다. 카서스는 그제야 여기가 성의 홀이라는 걸 알았다. 우툴루가 다가와 그의 팔을 보고 이를 뿌드득 갈았다. 카서스는 손을 들어 올렸다.

"야, 이거 하나도 안 아파—"

"움직이지 마시라니까요!"

시카가 버럭 소리를 질렀다. 카서스는 "네." 하고 얌전히 팔을 내려놓았다. 시카는 그를 의자에 앉히고 테이블 위에 팔을 올리게 했다.

통증이 전혀 없어서 카서스는 꼭 남의 팔 같다는 느낌이었다.

시카가 양팔을 걷어붙이고 어느새 꺼낸 약병의 약물을 그의 팔에 들이붓다시피 했다. 그녀의 눈에서 계속 눈물이 뚝뚝 떨어지고 있었다.

카서스는 그녀가 우는 걸 바라보다가 "어." 하고 말했다.

"저기 시카, 너무 감정 과잉 아닐까."

그거 좀 오버 아닌가. 우리 만난 지 별로 되지도 않았는데…….

그 말에 시카는 이가 갈리는 걸 느끼며 소리쳤다.

"괜찮으니까 울지 마, 라는 말을 그따위로밖에 못 하면 조용히 해!"

그녀의 박력에 카서스는 움찔했다. 시카가 씩씩거리며 그의 손가락뼈를 맞추기 시작했다. 마법으로 붙여 버리면 잘못 붙을 가능성도 있으니 이렇게 정렬한 뒤에 붙여야 완벽하다.

"진짜! 왜 날 안 불렀어! 부르면 날아가겠다고 했잖아! 바보, 멍청이야!"

버럭버럭 소리를 지르며, 눈물을 줄줄 흘리며, 시카는 그의 손가락뼈를 빠르게 맞췄다.

"죄, 죄송합니다."

카서스가 저도 모르게 사과하자 시카는 "사과하지 마." 하고 말하고 손을 뗀 후 지팡이를 들었다.

"리카르디오."

푸른빛이 번쩍하더니 모든 상처가 싹 사라졌다. 시카가 그의 손을 지팡이로 툭 하고 때리자 감각도 원래대로 돌아왔다.

"다른 곳은? 더 다친 곳은 없어?"

시카가 이어 화급하게 물어서 카서스는 자신의 양 손가락을 열심히 움직여 보다가 웃으며 말했다.

"없어. 그 자식이 손 패티시만 가지고 있었나 봐."

"정말로 괜찮은 건가?"

우툴루가 화급히 물어 카서스가 주먹을 쥐었다가 펴고 말했다.

"응, 완전 쌩쌩해."

그러나 곧 그의 얼굴이 어두워졌다.

"그런데―"

"어디 또 아파?"

"무슨 일이지?"

"머리카락이 다 잘렸어. 어쩌지? 내 미모에 손상이 가겠어."

그가 잘린 자신의 머리카락을 어루만지며 말했다. 우툴루는 한숨을 내쉬었고 시카는 얼굴을 일그러트렸다가 그를 다시 끌어안았다. 그녀의 손가락이 머리카락 사이로 들어와 머리를 쓰다듬는다.

'아, 포옹. 진짜 좋은데?'

그러고 보니 자신은 꽤 스킨십을 좋아하는 타입이 아닐까?

카서스는 그렇게 생각하며 말했다.

"그리고 또 한 가지 문제가 있는데."

"또 뭔데?"

우툴루가 퉁명하게 물어서 카서스가 히죽 웃으며 말했다.

"오러가 안 움직여."

"—!"

우툴루가 움찔하며 카서스를 바라보았다. 시카가 그를 놓아 주자 카서스는 아쉬움을 느꼈지만, 순순히 뒤로 돌았다. 상의는 걸치고 있지 않으니 바로 코어가 보였다.

"그 여자가 봉인했다고 하던데—"

"그러네요. 마법사들은 쓰지 않는 방식이지만—"

시카의 손가락이 그의 코어를 어루만져 카서스는 부르르 몸을 떨었다. 저절로 입에서 소리가 나오려는 것을 그는 이를 악물고 참아 냈다.

"아, 미안해요."

"괜찮아. 내 코어를 다시 쓰게만 해 준다면 핥고 빨아도 돼."

"둘 다 안 할 거예요."

시카가 당황스러움이 가득한 목소리로 말해서 카서스는 웃고 말했다.

"그리고 또 왜 존댓말이야? 방금까지 반말하더니."

"아뇨, 그건 좀 폭발해서. 지금은 괜찮습니다. 완전히 평정을 되찾았어요."

제 내면은 잔잔한 호수와 같죠.

시카는 중얼거리고 그의 오러를 살폈다. 어떤 식으로 봉인했는지 알 것 같았다.

"제가 풀 수 있을 것 같아요. 조금만 시간을 주신다면요."

"그래 주면 난 고맙지."

"내일까지 연구해 둘 테니까, 카서스는 가서 쉬어요."

"잠이 안 올 것 같은데."

카서스는 그렇게 말했다가 시카의 얼굴을 보고 아, 하고 웃었다.

"말은 이렇게 해도 아마 베개에 머리 올리면 잘 거지만."

우툴루가 카서스를 보고 말했다.

"오늘은 내 방에서 자라."

"꺅, 드디어 내 순결을 빼앗으려고!"

하지만 그 말에 우툴루는 화도 내지 않고 낮게 말했다.

"내가 불침번을 설 테니까, 넌 자라."

그가 화를 내지 않자 카서스는 멋쩍어져서 어깨를 으쓱하고 말했다.

"알았어."

우툴루와 시카 사이에 끼어서 카서스는 방으로 올라갔다. 방문 앞에 서서 시카가 물었다.

"왜, 왜 그런 짓을 한 거예요? 그 사람들은? 카서스에게 뭘 캐내려고 했던 거죠?"

"시카 울프."

"네."

카서스는 손을 뻗어 그녀의 연분홍빛 머리카락을 쓸어내렸다. 손가락에 감기는 감촉이 기분 좋다. 이걸 잃어버릴 뻔했지.

"카서스?"

시카는 의아한 얼굴로 그를 바라보았다. 질문에 답을 해 줬는데도 답을 구하니 우스워 그는 가볍게 웃고 대꾸했다.

"그냥 이것저것. 군사적인 거랑 그런 거지."

시카는 "그런가요." 하고 고개를 푹 숙였다. 고문이라는 것에 대해서는 알고 있었지만, 아는 것과 보는 것은 너무 달랐다.

시카는 자신이 마법사라서 다행이라고 몇 번이나 생각했다.

"잘 자, 시카."

카서스의 작은 목소리에 시카는 "카서스도 잘 자요." 하고 대답하고 우틀루에게 고개를 숙여 보인 뒤 자신의 방으로 돌아갔다. 몇 번이나 복도에서 뒤를 돌아보는 게 우스워 손을 흔들어 주고 카서스는 방문을 닫았다.

*　　*　　*

라차족의 세세락인 미오는 자신의 방 안에 앉아 있었다.

신전처럼 꾸며진 장소에는 향 연기가 가득했다.

'괜찮은 전사인데.'

얼굴도, 몸도 마음에 들었다. 그렇게 잘생긴 남자는 드물지.

게다가 마스터라니.

아쉬움을 느끼며 그녀는 새빨간 입술을 핥았다. 보통의 무녀라면 정숙함을 최고로 칠지 모르겠지만 여기는 아니었다. 최고의 전사는 세세락의 것이다.

그래서 세세락은 훌륭한 전사를 낳는다.

'하긴, 팔을 망가트려 쓰지 못하니 전사로써는 쓸모가 없나.'

약간 아쉬운 생각이 들었으나 자신의 사적 감정보다도 더 중요한 것이 사명이었다. 그를 찢어발겨서라도 반드시 그 마녀의 이름을 알아내야 했다.

인간의 탈을 쓴 그 마물의.

처음 예언이 떨어졌을 때만 해도 그녀는 두려움에 떨었다. 하지만 이제는 실마리가 눈앞에 보였다.

"네가 방해자였나?"

갑자기 들려온 목소리에 미오는 화들짝 놀라 고개를 돌렸다.

"어?"

주변이 새까만 어둠으로 변해 있었다. 단순히 달 없는 밤의 어둠 같은 것이 아니라, 모든 것을 다 빨아들이는 그런 암흑.

그 가운데 한 남자가 서 있었다.

코트까지 걸친 스리피스로 맞춤한 차림은 그가 제국의 귀족이라는 걸 보여 주었다. 그의 새하얀 머리카락이 빛나는 것처럼 보였다.

하지만 미오는 곧 그게 빛나는 것이 아니라, 주변이 너무 어두워서 밝은 색인 은발이 빛나는 것처럼 보일 뿐이라는 걸 알았다.

"너는 누구냐!"

미오는 호통을 쳤다. 그녀의 외침에 남자는 눈을 깜박이다가 하하 웃었다.

"내가 누군지 몰라?"

그의 눈동자가 아름다운 루비 색으로 반짝였다. 그리고 그 안에 세로로 길게 찢어진 뱀 같은 동공이 미오와 마주쳤다.

미오의 입이 벌어졌다.

"아……."

턱이 제멋대로 덜그럭거리는 것처럼 떨리기 시작했다. 손발 끝이 공포로 저린다.

"아아―!"

"오, 과연 세세락. 알아보는구나."

남자는 웃으며 그녀에게 다가섰다. 미오는 필사적으로 공포를 다잡으며 말했다.

"어, 어떻게― 분명히 그, 그 여자가―"

"여자?"

남자는 갸웃하며 손을 뻗어 미오의 팔을 잡아당겼다. 상냥하게 잡아당긴 것 같은데, 힘은 무시무시해서 그녀의 팔 관절이 덜컥 소리를 내며 빠졌다.

"꺄아아악!"

비명을 지르며 미오는 어깨를 붙잡았다.

남자가 웃으며 말했다.

"관절이 다 빠져도 인간은 안 죽는 거 알지? 조금만 같이 놀자고. 그래야 네 부족 놈들이 내 일을 방해하지 않지."

다가오는 남자에게서 미오는 필사적으로 도망치려고 했지만, 사방은 암흑뿐이었다. 자신이 달리고 있는 건지 제자리에 있는 건지조차 알 수 없었다.

눈이 멀어 버린 것인지도 모른다.

"그게 다야? 마법이나? 다른 주술은 없어?"

귓가에서 목소리가 들려 미오는 다시 비명을 질렀다.

카서스는 흠칫하며 눈을 떴다.

식은땀이 줄줄 흐르고 있었다. 멍하니 있다가 그는 자신의 손을 펴 보고 주먹을 쥔 뒤 한숨을 내쉬었다.

"물 한 잔 드릴까요?"

들려온 목소리에 그는 펄쩍 뛸 만큼 놀랐다가 간신히 평정을 되찾았다.

"시카?"

"네."

어둠에 익숙해진 눈이 창가 근처에 서 있는 시카를 발견했다.

시카는 걱정스럽게 카서스를 보았다. 그녀는 테이블로 다가가 물을 따라서 카서스에게 가져다주었다. 물 잔을 받아 들며 카서스가 물었다.

"왜 네가 여기 있는 거야?"

"우툴루와 교대했어요. 그분도 쉬셔야 하니까요."

시카의 말에 카서스가 어처구니없다는 듯 대꾸했다.

"그러면 다른 병사를 시킬 것이지 너에게 이 일을 시켜?"

"제가 당신의 파트너잖아요?"

시카는 그렇게 말하고 침대 근처 의자에 털썩 앉았다. 밖에서 들어오는 달빛에 모든 것이 어슴푸레하게 비쳐 보였다. 시카는 그의 손을 물끄러미 바라보고 물었다.

"잘 움직이나요? 어딘가 마비되었다거나 통증이 있지는 않고요?"

"없어. 그게 꿈이었나 싶을 정도로 멀쩡해."

"다행이네요."

그녀가 의자 위로 다리를 그러모으며 말했다.

하지만 멀쩡할 리가 없다. 멀쩡한 사람은 악몽에 놀라 깨어나지 않겠지.

"독은 어떻게 한 거야?"

침묵을 깨고 카서스는 질문을 던졌다.

"여기 치료사가 무슨 독인지 금방 알더라고요. 독 효과가 빠른 만큼 해독약도 즉효던걸요."

"다행이네."

"다행이죠."

시카는 그 독과 해독제 역시 연구해서 자신의 마법 주문에 넣을 작정이었다. 이렇게 하나하나 쌓아가다 보면 뭐든지 해독하는 주문이 되겠지.

카서스는 머리를 쓸어 올리다가 짧아진 머리에 멈칫했다.

"그 빌어먹을 놈들."

투덜거리는 말에 시카가 희미하게 웃고 말했다.

"내일 머리 다듬어 드릴게요. 머리카락이 짧아진 정도로는 외모에 큰 손상이 없어요. 오히려 더 잘 어울리는 것 같은데요."

"으음— 그것도 그런데—"

"그런데?"

카서스는 잠시 머뭇거리다가 말했다.

"소원을 빌던 거라."

"소원이요?"

"그래. 기르면서 소원을 빌고, 이뤄지면 자르려고 했지."

일종의 기원이다.

"무슨 소원인데요."

시카는 저도 모르게 물었다. 이 남자는 무슨 소원이 있기에 그렇게 오래 머리를 길었나 궁금했다. 카서스가 어둠 속에서 시카를 바라보고 말했다.

"나도 모르겠어."

"소원을요?"

시카가 갸웃하며 되물어서 카서스는 어깨를 으쓱했다.

"그냥, 딱히 뭘 바라거나 원하는 건 없지만. 아무것도 빌지 않기에는 뭔가 숨이 막혀서."

그래서 그냥 무작정 빌었다.

"그리고 나 긴 머리 잘 어울리잖아?"

카서스의 말에 시카는 픽 웃고 고개를 끄덕였다. 카서스가 물었다.

"그래서? 첫사랑은 짧은 쪽이야, 긴 쪽이야?"

"……짧은 쪽이요."

"그럼 더 닮아졌네?"

카서스의 말에 시카는 "그러네요." 하고 자신의 어깨에 뺨을 기댔다. 그 눈동자가 어쩐지 자신을 꿰뚫어 보는 것 같아 카서스는 물을 마시며 시선을 피했다.

시카는 그가 잔을 내려놓을 때까지 기다렸다가 말했다.

"죄송해요."

"뭐가?"

뜬금없는 사과에 카서스가 되물었다. 시카는 풀이 죽어 말했다.

"아까 소리쳐서요."

소리?

"아— 아니. 별거 아니었는데."

치료할 때 소리친 걸 말하는 듯해 카서스는 손을 저었다. 시카가 우울하게 대답했다.

"아니에요. 그렇게 소리치면 안 됐어요. 저랑 우툴루를 도망치게 하려다가 잡힌 건데. 감정 과잉이라는 카서스 말이 맞아요. 그렇게 흥분해서 치료했어도 안 됐는데."

좀 더 침착하게 말하고 행동했어야 했다.

책에서 본 여자 주인공들은 늘 침착하고, 현명하게 대응한다. 아까 그런 일에서도 절대로 그렇게 외치지 않고 상냥하게 말하며 웃었겠지. 눈물 한 방울 흘리지 않고, 프로답게 치료한 다음 뒤에서 몰래 울었을 거다.

'치료사로 실격이야.'

"난 좋았는데."

카서스의 말에 시카는 깜짝 놀라 고개를 들었다. 카서스는 쓰게 웃으며 시선을 돌렸다.

"아, 진짜. 이런 말을 나불나불하는 사람이 아닌데 말이야, 나."

시카는 설명을 요구하듯 그를 보았고 카서스는 한숨을 삼키고 답했다.

"네가 그렇게 걱정하고, 미친 듯이 굴어서 좀 기뻤어."

그 말에 시카는 미소 지었다. 놀리거나 하는 게 아니라 그냥 순수한 미소라서 카서스는 저도 모르게 안도했다.

시카가 작게 말했다.

"감정 과잉이라고 그랬으면서."

"괜찮으니까 울지 마, 라고 해석한 건 그쪽이잖아."

"정곡이었어요?"

"정곡이었습니다."

시카가 의자에서 다리를 내리고 일어섰다. 천천히 그에게로 걸어와 카서스는 긴장했다. 그녀가 손을 뻗어 그는 꿀꺽 침을 삼켰다. 하지만 시카는 그의 손에서 컵을 회수했을 뿐이었다.

시카가 컵을 다시 테이블에 돌려놓고 말했다.

"그럼 이만 자요."

"시카."

"네."

"정말로 부르면 날아올 거라고는 생각 못 했는데."

중얼거린 말에 시카는 돌아서서 진지하게 말했다.

"정말로 부르면 날아간다고요."

"어떻게?"

"카서스가 부르는 건 잘 들려요. 세계 끝에서라도 갈 테니까, 무슨 일 있으면 바로 불러요."

일단은 파트너고, 그런 꼴을 두 번 보는 건 사양이었다.

시카는 아까 본 그 끔찍한 광경이 아직도 눈앞에서 아른거리는 것 같았다. 그래서 잠도 오지 않아 우툴루에게 불침번을 교대하자고 했던 거다.

보기만 한 자신도 이렇게나 끔찍한데, 그걸 직접 당한 사람은 얼마나 끔찍할까?

"푸핫—"

카서스가 웃어서 시카는 깜짝 놀라 그를 보았다. 카서스가 큭큭거리고 웃더니 말했다.

"무슨 영웅담에 나오는 수호수 같아. 부르면 언제든지 날아온다니. 의지되네. 나만의 천사 같잖아?"

시카는 저도 모르게 그 웃는 얼굴을 멍하니 보았다가 허둥지둥 말했다.

"그, 카서스만이 아니라 우툴루가 불러도 마찬가지예요."

두 사람 다 목소리를 기억해 뒀습니다. 카서스만이 아니네요.

"에이—"

그 말에 카서스는 실망했다는 듯 노골적으로 혀를 찼다. 그때 가벼운 진동이 느껴져 카서스는 흠칫했다.

"어?"

"카서스?"

카서스는 자신의 등으로 손을 뻗었다가 얼른 다시 손을 앞으로 내렸다. 금색 오러가 손에 맺혔다가 사라졌다.

"돌아왔네?"

시카가 그 말에 후다닥 카서스의 어깨를 붙잡아 뒤로 휙 돌렸고 카서스는 허리가 꺾여 윽 하고 신음을 흘렸다.

"주술이 깨졌어요……."

시카가 어깨를 놓으며 느리게 말했다. 카서스가 갸웃했다.

"왜지?"

"술사가 죽었으니까요."

"어?"

놀란 카서스가 시카를 돌아보았다. 시카가 낮게 말했다.

"누가 주술을 걸었는지 모르겠지만, 그 사람이 죽었어요."

"라차족의 세세락이었어."

"그럼 그 여자가 죽었네요."

대답하고 시카는 다시 아까의 의자에 앉아 다리를 올려 모으고 말했다.

"얼른 도로 자요. 피곤할 텐데요."

"아니, 잠이 다 달아난 것 같은데."

그 여자가 죽은 거야 시원하지만, 좀 전까지 멀쩡하던 여자가 갑자기 왜 죽었단 말인가?

'그 이상한 헛소리도 그렇고.'

"그러고 보니, 시카."

"네."

"그 세세락이 너 보고 마수인가, 마물인가 그러던……데…….'"

웃으면서 농담처럼 한 말인데 돌아온 표정에 카서스는 '어…….' 하고 말꼬리를 흐렸다. 시카는 경악한 얼굴로 그를 바라보고 있었다.

가까워서 표정이 더 생생하게 느껴졌다.

뒤늦게야 시카는 얼른 자신의 얼굴을 푹 무릎 사이에 묻으며 말했다.

"그럴 리가 없잖아요. 마물이라니."

"……그럴 리가 없지."

대답하며 카서스는 저도 모르게 눈을 돌려 자신의 검을 찾았다. 그러나 검에 눈이 닿자 그는 푹 한숨을 내쉬고 머리를 벅벅 긁었다.

'아니 검 잡아서 어쩔 건데?'

"얼른 자요."

무릎 사이에서 고양이만 한 소리가 흘러나왔다. 시카는 고개를 들어 카서스를 볼 수가 없었다.

어떻게 하지?

들켜 버렸으면 어떻게 하지?

그 여자는 어떻게 알아챈 거야?

제대로 봉인하고 있는데, 어떻게?

"잠 안 와."

카서스는 대답하며 털썩 침대에 도로 누웠다. 침묵이 흘렀다.

시카가 슬그머니 의자에서 일어나 침대 곁으로 다가왔다. 카서스는 저도 모르게 긴장해 그녀를 바라보았다. 시카의 손이 자신의 허리에 닿아, 그는 그녀가 그 마법 가방을 메고 있다는 걸 알았다.

그녀의 손이 천천히 지퍼를 열고 가방 안으로 들어간다.

카서스는 전신을 긴장시켰다. 시카는 휙 가방 안에서 뭔가 커다란 것을 꺼내 들었고 카서스는 그걸 쳐내며 몸을 일으켰다.

"어—"

시카는 놀라 그 자리에 굳었고 카서스는 자신의 손을 바라보았다.

'푹신푹신?'

시카는 후다닥 달려가 바닥을 구르는 봉제 인형을 집어 들었다. 터지거나 한 곳은 없나? 하고 몇 번 살피고서 그녀는 안도의 한숨을 내쉬었다.

시카가 봉제 인형을 들고 다시 침대 쪽으로 다가가다가 몇 걸음 앞에 멈춰 서서 인형을 들어 보였다.

파란 털실 머리카락에 녹색 유리 단추로 만든 눈.

그럴듯한 검사 복장까지 갖춰 입은 인형이었다. 누굴 모티브로 만든 건지 빤히 알 수 있었다.

"그게, 제가 안고 자던 인형인데…… . 안에 허브가 들어 있어서. 좋은 향기가 나서— 안고 자면 잠이 잘 와요…… ."

얼굴까지 인형을 들어 올린 채라서 그녀의 표정은 전혀 보이지 않았다.

갑자기 카서스는 자신이 쓰레기처럼 느껴져 사과했다.

"미안—"

"공격하려는 줄 알았어요?"

시카의 질문에 카서스는 입을 벌렸지만, 말이 나오지 않았다.
시카는 인형의 등에 자신의 이마를 가볍게 댔다.

—넌 괴물이 아니야.

그 부드러운 목소리를 필사적으로 다시 머릿속에서 돌려 본다. 하지만 이십 년 전에 들었던 말은 희미해지고 닳아 버려서…….

그래도 시카는 표정을 바꾸려 애썼다.

'좋아. 괜찮아. 괜찮아, 시카.'

시카는 인형을 내리고 싱긋 웃었다. 그녀는 아무렇지도 않은 듯 침대가로 걸어가 카서스에게 인형을 내밀었다. 얼결에 카서스는 인형을 받아 들었다.

"하룻밤 빌려 드리겠습니다. 제가 장담하는데 정말로 효과 좋아요. 그럼 전 나가 볼게요."

시카는 빠르게 말하고는 빠르게 걸어서 방을 나갔다.

"아— 진짜."

카서스는 인형을 들여다보다가 끌어안고는 푹 다시 침대에 누웠다. 쫓아가서 달랜다거나 하는 선택지는 떠오르지 않았다.

가 봐야 자신이 할 말은 뻔하다.

아주 잘 말할 수 있는 말들이 있다.

전혀 그렇게 생각하지 않아. 내가 실수했어. 공격이라니, 그럴 리가 없잖아? 인형 엄청 귀여워. 고마워.

'하지만 인형은 못생겼어.'

파란 털실도 유리 단추도 마음에 들지 않는다.

'그리고 공격한다고 생각했어.'

의심했다.

'좋은 냄새.'

시원하고 달콤한 기분 좋은 허브향이 풍겼다. 그리고 익숙한 시카의 체향.

'이건 좀 변태 같은가.'

카서스는 눈을 감았다.

그녀에게 거짓말은 하고 싶지 않아.

'—라고 태평한 생각을 하고 있을 때가 아니잖아?!'

카서스는 자리에서 벌떡 일어나 근처에 걸어 둔 셔츠를 걸쳤다.

'우와, 지금 완전히 현실 도피에다가 안일한 자신에게 넘어갈 뻔했다. 고문 때문에? 역시 고문당해서 좀 피곤했나?'

그는 황급히 방문을 열었다.

쾅! 하는 요란한 소리와 함께 방문 앞에 서 있던 시카는 기세 좋게 바닥으로 나뒹굴었다.

"시카?!"

카서스는 놀라 그녀의 팔을 붙잡아 일으켰다. 뒤에서 방문에 떠밀려 돌바닥에 넘어진 덕에 양 무릎과 손바닥이 다 욱씬거렸다.

"이게 무슨 짓이에요?!"

시카가 눈물을 찔끔 흘리며 소리쳤다. 소리치고 나서 시카는 아차 하고 말했다.

"그, 그게 아니라, 수상쩍은 짓 하려고 문 앞에 서 있었던 게 아닙니다. 그냥 혹시나 카서스가 또 나쁜 꿈 꿀까 싶어서 악몽을 꾸면 깨워 드릴까 하고 있었던 것뿐이에요, 라고 말하고 나니 이게 더 기분 나쁜가 싶기도 한데 하여간—"

"아니, 나야말로 그렇게 반응해서 미안."

카서스의 말에 시카는 고개를 들어 그를 바라보았다. 카서스의 녹색 눈에는 공포나 혐오가 보이지 않았다.

"잘은 모르지만, 나중에 천천히 말해 줘."

카서스의 말에 시카는 긴장이 풀리는 것을 느끼며 고개를 끄덕였다.

받아들여졌다는 것만으로도 안도감이 차오른다.

카서스가 손을 뻗어 가볍게 그녀의 머리를 쓰다듬자 시카는 어깨를 움츠리고 웃었다. 카서스가 말했다.

"오늘은 인형이랑 자니까 지켜 주지 않아도 될 것 같은데. 잘 자."

"아, 네, 네. 주무세요."

시카는 고개를 끄덕였고 카서스는 그녀를 방까지 데려다주고서 도로 방으로 돌아왔다.

'피곤하다.'

카서스는 그대로 쓰러지듯 침대에 누워 잠들었다.

*   *   *

"너만 없었으면! 네가 내 인생을 망쳤어!"

목을 조르는 희고 가는 손, 일그러진 얼굴과 증오에 젖은 외침.

'꿈이구나.'

카서스는 쉽게 그걸 알 수 있었다. 꿈이지만 숨이 쉬어지지 않는다. 저런 소리를 듣는 건 여전히 괴롭다. 꿈이니 눈을 감아도 얼굴이 생생하게 보여 소용없었다.

'시카.'

저도 모르게 카서스는 시카의 이름을 불렀다. 꿈에서도 넌 부르면 날아올까?

그러자 거짓말처럼 모든 것이 사라졌다. 누군가가 손으로 눈을 덮는다. 진짜 암흑이 찾아와 그는 안도했다.

"자요."

"응……."

작게 대답하고 카서스는 정말로 깊은 잠에 빠져들었다.

'아……. 진짜 깊이 잤다.'

눈이 떠져서 카서스는 멍하니 천장을 바라보며 생각했다.

이렇게 푹 잔 건 진짜 오랜만인 것 같은데?

손발 끝이 무겁다. 움직이지도 않고 잔 건가? 카서스는 옆을 보았다. 그 헝겊 인형이 아직도 자리 잡고 있어서 그는 피식 웃었다.

카서스는 느리게 몸을 일으켰다. 우두둑하는 소리가 났다. 얼마 만에 몸에서 이런 소리가 나는 것인가?

"으― 뭐야. 진짜 한낮이잖아? 엄청나게 잤구먼."

느리게 카서스는 마른세수했다. 뭔가 눈곱도 많다. 사실은 샤워하고 싶었지만, 남의 성에서 매일 목욕물을 대령하게 하는 건 좀 그랬다.

게다가 서부의 성들은 대부분 생활용이 아니라 전투용이라서 물을 뜨고 데우려면 보통의 성보다 훨씬 더 수고로움이 많았다.

'배고파.'

씻고 카서스는 문을 열었다. 어슬렁어슬렁 아래층으로 내려가 식당으로 향하니 때마침 점심시간이었다. 어두컴컴한 사내들 사이로 분홍색 머리카락이 눈에 확 들어왔다.

시카는 뭔가 열심히 주변 사람들에게 이야기하고 있었고 병사들은 제법 진지한 얼굴로 그녀의 이야기를 듣고 있었다. 빤히 보고 있으니 시카가 카서스의 시선을 눈치챘다.

"카서스!"

시카는 자리에서 벌떡 일어나 장의자를 폴짝 뛰어넘어 달려왔다.

"몸은 괜찮아요? 이상한 곳은 없나요?"

"응, 멀쩡해. 왜인지 좀 굳은 것 같은 느낌만 빼면?"

"사흘 동안 잤어요."

"어?"

카서스가 놀라 되묻자 시카가 그런 그를 빤히 올려다보며 말했다.

"삼 일이나 쿨쿨 잤다고요."

"삼 일? 사흘? 하루, 이틀, 사흘?"

카서스의 물음에 시카는 깊게 고개를 끄덕였다.

"네. 일, 이, 삼. 삼 일 말이에요."

손가락까지 세 개 펴 보였다. 카서스의 믿을 수 없다는 얼굴을 보고 시카는 웃었다.

"그래도 몸 상태는 좋은 것 같은데요? 머릿속은요? 두통이나 그런 건 없고요?"

"응. 완전히 깨끗해."

이렇게 상쾌한 건 오랜만일 정도다.

"배도 고픈가요?"

"엄청."

시카의 말에 잊었던 식욕이 다시 확 당겼다.

"배고파."

칭얼거리듯 말하자 시카가 주방 쪽으로 걸어가며 말했다.

"오늘은 묽은 음식만 먹어요. 예를 들자면 수프라든가, 수프라든가, 수프 같은."

"수프밖에 메뉴가 없는 것 같은데."

"그리고 수프라든가요."

그녀가 양배추 수프가 담긴 그릇을 그에게 건네주며 말했다. 카서스는 슬퍼하며 그릇을 받아 들었다. 그가 일어났다는 소식이 퍼지자 우툴루가 식당으로 내려왔다.

"우툴루."

시카가 웃으며 손을 흔들었다. 우툴루는 가볍게 그녀에게 고개를 까닥하고 다가와 시카의 옆에 앉았다.

"몸은 괜찮은가?"

우툴루의 물음에 카서스가 멀뚱히 나란히 앉은 둘을 보다가 답했다.

"응."

"다행이군. 자세한 이야기는 시카에게 들었다만—"

카서스는 그 '자세한 이야기'가 어디까지인지 궁금했지만 다른 걸 먼저 물었다.

"그래서? 정말로 라차족의 세세락이 죽은 건가?"

"전원 다."

우툴루가 어두운 얼굴로 팔짱을 끼며 말했다. 카서스는 순간 말을 잃었다.

"잠깐, 그 여자 하나가 아니고 전원? 모든 부족원이 다?"

"적어도 라차족의 마을에 있었던 사람은 전원. 살아남은 사람 중에서 소투스족의 마을에 의탁한 사람도 있는데 그의 말에 의하면 마수가 마을을 덮쳤다고 하더군."

"마수가? 아무리 그래도 한 마을을 전부?"

"단순한 마수의 짓 같지는 않아."

우툴루의 말에 카서스가 말해 보라는 듯 고개를 갸웃했고 우툴루가 말했다.

"그 세세락, 마치 본보기라도 보이려는 듯 시체가 나무에 달려 있었다."

시카의 얼굴이 어두워졌다. 카서스는 수프를 먹다가 멈칫하곤 눈을 찌푸렸다.

"그 여자가?"

마치 아는 사이 같은 말이라 우툴루가 의아해져 물었다.

"만났나?"

"내 손에 못질한 게 그 여자야. 아니 본인이 직접 한 건 아니고 명령하면서 보기만 했지만. 시킨 사람이 한 사람이나 마찬가지 뭐."

"아, 그런가?"

그럼 잘 죽었군.

우툴루는 시원하게 내뱉고 이어 말했다.

"하여간 꽤 끔찍한 몰골로 달려 있어서……. 그런데 라차족의 전사장의 시체는 보이지 않았다."

"무녀를 지키는 게 임무인데? 마수에게 통째로 먹히기라도 했나? 아니면 잡혀간 건가? 그것도 아니면 도망쳐서 어디로 숨었나?"

"네가 마을을 그렇게 만들었다는 이야기도 나오고 있어."

우툴루의 말에 카서스는 "잉?" 하고 자신을 가리켰다.

"나? 거기서 양손에 못질 당해서 어떻게 할까? 하고 있었던 내가?"

"네 시체는 없고, 마을은 그 모양이고, 세세락을 봤을 때 마수의 짓만은 아니니까."

"그러니 오러를 쓰는 제국인인 내가 시원하게 복수를 하고 갔다, 그거냐."

카서스가 어처구니없어져 내뱉자 우툴루는 고개를 끄덕였다. 카서스가 눈을 찡그렸다.

"소투스족도? 그렇게 생각해?"

"아니. 네가 그렇게까지는 하지 않았을 거라고 생각하고 있지."

우툴루의 말에 카서스가 쓰게 웃었다.

"그냥 전멸만 했으면 내 짓이라고 생각했겠네."

"할 수 있으면 했을 거면서."

우툴루가 저도 모르게 한 말에 카서스는 눈을 깜박였다가 "그거야 그렇지만." 하고 솔직하게 고백하고는 머리를 긁적였다.

"그럼 어떻게 된 거지? 마수를 부리는 사람이 있다는 건가? 마법으로 마수를 부리는 게 가능해?"

카서스는 시카에게 물었다. 시카는 고개를 끄덕였다.

"아주 불가능한 건 아니에요. 하지만 그러려면 마수를 일단 포획해야 하고……. 상당히 복잡해요. 마수는 이곳의 생물이 아니라서 더욱더요. 물론 모든 마수가 장막을 넘어오는 건 아니고, 이곳에 이미 적응한 마수들도 있기는 하지만요."

"하여간 복잡하고 힘들어도 가능하다는 거지?"

"네."

시카가 고개를 끄덕였고 카서스는 신음을 흘렸다. 우툴루 역시 표정이 밝지 않았다.

"그럼 대체 마수를 이용해서 뭘 하려는 거지? 군대라도 만들 생각인가?"

우툴루의 중얼거림에 카서스가 고개를 저었다.

"군대로 제국 전복? 아니, 그건 무리지."

마스터의 절반이 수도에 모여 있다. 유의미한 피해를 줄 수는 있겠지만, 제국을 망하게 하지는 못할 것이다.

"안 되나요?"

시카의 물음에 카서스와 우툴루는 시카를 돌아보았다. 시카가 어깨를 으쓱하고 말했다.

"마스터가 있다고 해도 강한 마수라면—"

"아, 하긴 초재생이나, 불사—같은 전설의 마수라면 좀 어렵겠지."

카서스는 생각에 잠겼고 시카가 이어 말했다.

"게다가 지금의 폐하는 후계자도 아직이죠?"

"따님이 계시기는 하지."

"하지만 어리고요."

"아냐, 루디날 전하와 아웬 전하가 계시니까."

카서스가 말했다가 우툴루를 바라보았고 우툴루가 한숨을 내쉬며 말했다.

"확실히 혼란을 줄 수는 있겠지."

수도가 반 파당하고 후계를 놓고 싸움마저 벌어진다면 제국은 혼란에 빠져 사분오열될 가능성이 컸다.

"하지만 그렇게 해서 얻는 이익이 뭐가 있어?"

카서스는 진심으로 의아해서 물었다. 아니 제국을 혼란에 빠트려서 사분오열 시키면 뭐가 좋단 말인가?

"잠깐만요. 제국이 모두에게 사랑받는다는 식의 생각을 하는 건 아니겠죠."

시카의 말에 우툴루와 카서스 둘 다 할 말을 잃었다. 카서스가 나무 숟가락을 내려놓으며 말했다.

"그러네, 내가 너무 제국인 중심의 순진한 생각을 했군. 근처의 왕국들은 좋아하겠네. 야만족들도 좋아하겠지."

우툴루 역시 고개를 끄덕였다. 그가 물었다.

"현장으로 다시 가면, 알 수 있습니까? 어떤 주술인지?"

"아마도요."

시카의 말에 우툴루는 고개를 끄덕였고 카서스는 고개를 저었다.

"아니, 난 안 가는 게 좋다고 생각해."

그 말에 시카는 어? 하고 카서스를 보았고 우툴루 역시 그를 보았다가 별 이의 없이 수긍했다.

"그렇게 생각한다면."

"하, 하지만—"

"됐고. 우틀루, 잠깐 이야기 좀 할 수 있어?"

갑자기 툭 밀쳐진 기분이 되어 시카는 입을 다물었다.

'아. 맞다.'

아무렇지도 않게 대해 줘서 잊고 있었다.

'마수와 관련이 있을 것 같은 사람에게 자세한 사항을 알려 주고 싶지 않겠지.'

시카는 자리에서 일어나며 말했다.

"제가 일어날 테니까 두 분 이야기 나누세요."

"응, 고마워."

카서스가 싱긋 웃으며 말해서 시카 역시 웃어 보였다. 하지만 잘 웃었는지 알 수가 없었다. 그녀는 얼른 식당에서 나왔다.

'이제 파트너 끝인가.'

이쯤에서 헤어지는 게 적당할 것이다.

'그래도 기뻤어.'

기분 나쁘게 보거나, 공포나 두려움을 가지고 보지 않아서. 아마 그건 카서스가 강하기 때문일 것이다.

마법사라는 것만 알아도 대부분 사람은 금방 두려움을 드러낸다. 자신이 돌에 맞은 적은 없지만 그런 꼴을 당한 동료는 본 적 있다.

같은 인간인데, 다른 힘을 가진 마법사라는 존재라는 것만 알아도 그렇게 나오는데, 자신을 받아 줄 거라고는 기대하지 않았다.

'그러니까 이 정도만 해도 충분히 선방이지.'

시카는 그렇게 생각하며 희미하게 웃었다.

'사람 찾기는 혼자서도 할 수 있고.'

여기 와서 별로 한 일도 없다. 카서스에게 보답을 요구하는 건 너무한 일이겠지. 게다가 여러 가지 문제도 있어 보이고.

'아르카나에게 이야기해서 다른 마법사를 불러 달라고 해야지.'

시카는 그렇게 생각하며 자신의 방으로 돌아갔다.

우툴루는 시카가 나가는 기척을 확인하고 물었다.

"왜?"

"그 자식들이 노리는 게 시카였어."

카서스의 말에 우툴루는 "뭐?" 하고 짧게 되물었다. 카서스가 고개를 저으며 말했다.

"시카를 마녀라고 부르면서 죽여야 한다고 하더군."

"마녀라."

우툴루는 한숨을 내쉬었다.

"마법사라서 표적이 된 건가? 그들에게는 세세락이 있으니 마법사라는 존재를 잘 받아들일 거라고 생각했던 게 안일했군."

"구별은 사람에게 중요한 일이니까."

카서스가 픽 웃으며 말했다.

"구별?"

우툴루가 물어 카서스가 고개를 끄덕였다.

"그래. 구별이든 차별이든 우리와 우리가 아닌 존재로 쉽게 나눠서 우리가 아닌 건 배척하는 거야. 그러면서 우리의 결속도 다지고 이익도 도모하지."

가볍게 말하고 카서스는 그릇을 보며 손가락으로 눈가를 훔쳤다.

"그보다 양배추 수프만이라니 너무하잖아."

"탈 나고 싶으면야 더 먹어도 상관없다만."

"젊으니까 괜찮지 않을까."

진지하게 고민하다가 카서스는 됐다, 하고 숟가락을 내려놓았다.

적당히 얼버무리기는 했지만, 그렇다고 자신도 확인하지 않은 사실을 우툴루에게 말할 수는 없었다. 시카가 마수와 연관이 있을 것 같다거나, 하는 건.

하지만 역시 그 숲에는 다시 데리고 가지 않는 편이 좋으리라.

모두의 앞에서 또 어떤 이상한 놈이 튀어나와 그런 말을 외치면 이번에는 감당할 수 없게 될 것 같다.

'무엇보다 본인의 동요가 가장 커서.'

생각하니 좀 우스워 카서스는 피식 웃었다. 우툴루는 곁길로 돌아도 다시 원론으로 돌아와 그에게 물었다.

"하지만 시카의 도움이 없으면 안 되는 거 아닌가?"

마수를 부리는 자의 정체를 알려면 마법사의 도움은 필수다.

"하지만 목숨이 위험할지도 모르는 일인데 도와주십시오, 할 수는 없잖아."

카서스의 말에 우툴루는 '그런가.' 하고 입을 다물었다가 한숨을 내쉬고 말했다.

"하지만 역시 진행되지 않지. 사실대로 말하고 차라리 솔직하게 도움을 구하는 게 낫지 않나?"

"……도망갈 것 같은데."

'그 반응도 그렇고.'

"음?"

"아니, 아냐. 그러네. 일단 얘기해 볼게."

카서스가 활짝 웃으며 대답하자 우툴루는 냉정하게 말했다.

"마법사를 데려와 준 건 고맙지만, 도움을 받을 수 없다면 소용이 없으니까."

우툴루의 말에 카서스는 "그렇군." 하고 고개를 끄덕였다.

"잘 먹었어."

카서스가 자리에서 일어나며 말했다. 우툴루가 덧붙였다.

"그리고 그 머리도 좀 어떻게 해라. 엉망이야."

"자기도 차암― 외모를 지적하는 남자는 싫어."

입술을 내밀어 보이고 카서스는 얼른 우툴루의 주먹을 피해 도망쳤다.

시카는 짐을 정비하고 문을 열었다.

'그래도 제대로 인사는 하고 가야겠지.'

"어라, 시카?"

들려온 목소리에 시카는 고개를 돌렸다. 카서스가 막 계단을 걸어 올라오고 있었다.

"어디 가는 거야?"

"네, 슬슬 수도로 올라가 볼까 하고요. 전에 말씀드렸던 사람 찾기 있잖아요."

"그거라면 내가 도와주기로 했었잖아."

카서스가 눈을 깜박이며 하는 말에 시카가 손을 저었다.

"아닙니다. 별로 그렇게 도움이 되지 못한걸요."

"아니, 그건 그거고."

카서스의 말에 시카는 당혹스러운 기분이 되었다.

붙어서 감시를 하려는 걸까?

"잠깐 들어가서 이야기해도 될까?"

카서스가 자신의 방문을 가리키며 말해 시카는 고개를 끄덕였다. 그가 방문을 열어 주어 시카는 안으로 들어갔다. 하지만 자리에 앉지는 않고 그대로 서 있었고, 카서스 역시 자리를 권하지 않았다.

둘 다 서 있는 기묘한 대치 상황이었다.

"일단 먼저 이야기해도 될까?"

카서스가 오른손을 맹세하듯 들고 말해 시카는 순순히 고개를 끄덕였다. 카서스가 방문에 기대어 팔짱을 끼며 말했다.

"어젯밤에— 아니 이제 어젯밤이 아닌가? 하여간 이야기를 계속하면 그 라차족 사람들이 널 노리고 있어. 다 죽었다고 해도, 사실 전멸한 건 아니고 전사장도 보이지 않으니까. 네가 만약에 우리 일에 협력한다면 목숨이 위험할 일이 많아. 게다가 모두의 앞에서 너 보고 마수니 뭐니 할 수도 있고."

마지막 말에 시카는 흠칫했다. 카서스는 '그래, 그렇게 동요하니까 더 큰일이 된다고.' 하는 말은 접어 두고 마저 이야기를 계속했다.

"그래도 일단 마법사가 필요해. 그러니까 도와주면 좋겠어."

시카는 멀뚱히 카서스를 보았다. 그의 표정을 잘 읽을 수가 없어서 결국 그녀는 물었다.

"제가요?"

"그렇지?"

"제가 아니라 다른 마법사를 찾는 게 더 좋지 않으세요?"

"왜?"

"그야, 저는, 그— 약점도 있고."

적당한 단어를 찾지 못해 시카는 중얼거리는 것처럼 작게 말했다.

"아, 그거 난 글쎄. 별로 상관없으니까."

그 말에 시카는 고개를 번쩍 들었다. 그녀의 반응에 카서스는 놀란 것처럼 보였다. 시카는 그를 노려보듯 보다가 물었다.

"상관없다고요? 정말로요?"

"어, 하여간 시카는 시카잖아?"

"그야, 그렇지만……."

시카는 믿을 수가 없었다.

"그야 그렇지만, 이 아니라 지금 중요한 건 그 부분 말고 '네 목숨과 정체가 들킬지도 모르는 일을 할래?' 하는 부분이야."

"아뇨, 저에게는 그 부분이 더 중요해요. 그러니까 카서스는 괜찮다는 말이죠?"

"응."

별거 아니라는 듯 그가 한쪽 어깨를 으쓱하며 말했다. 저도 모르게 웃음이 새어 나올 것 같아 시카는 그걸 꽉 누르며 말했다.

"정말 이상하네요, 카서스는."

"그런가?"

"네, 이상해요. 정말로."

시카는 깊게 숨을 들이켰다. 기분이 확 개었다. 억수 같이 내리던 비가, 먹구름이 단숨에 개고 눈앞에 무지개가 비치는 듯한 기분이다.

"하겠습니다. 도움이 된다면 도와드릴게요."

할 수 있는 거라면 뭐든지 해 주고 싶었다.

"그렇게 간단하게 돕겠습니다, 해도 되는 거야?"

카서스가 놀라 되묻자 시카는 저도 모르게 웃었다.

"파트너잖아요?"

"그러니까 더더욱 충고하는데 말이야, 이런 일은 함부로 '하겠습니다.' 하는 게 아니라고."

"본인이 도와달라고 해 놓고요?"

"그야 허락하지 않을 줄 알았지."

"왜요?"

"정체 들키거나 하면 큰일인 거 아니야?"

"큰일이죠. 하지만 카서스가 괜찮다고 하면 괜찮아요."

"아니, 그건 아니지."

"아뇨— 음. 괜찮아요."

한 사람이라도 충분하다. 사람들 사이에 받아들여질 거라는 기대는 처음부터 하지도 않았다. 그러니까 카서스가 괜찮다고 한다면 자신도 괜찮다.

"목숨은 소중한 거야."

카서스가 기가 차서 말했다. 시카가 그 말에 픽 웃었다.

"카서스는 절 너무 약하게 생각하고 있는 거 아닌가요?"

"그야 지금까지 본 바로는 그런데? 그렇게 활약도 없었잖아?"

인정사정없는 발언에 시카의 뺨이 붉어졌다. 하지만 그녀는 곧 허리를 펴며 말했다.

"그, 그거야 그럴지도 모르겠습니다만. 하여간 약하지 않아요. 마음먹으면 사람 죽이는 건 일도 아니라고요."

시카는 당당하게 말했다.

"오히려 사람을 해치거나 주변에 손해를 끼치지 않으려고 조심하고 있는 편이에요."

"공격 마법은 없다고 말했잖아?"

"공격용으로 만들어진 마법은 없지만, 순간 이동이라도 그 사람을 한 500m 상공으로 올려놓으면 그게 공격 마법이잖아요?"

"아, 그렇지. 그거 당했었어."

"500m 상공에서 떨어졌어요?!"

"아니, 눈밭에 파묻혔어."

그 말에 시카는 가슴을 쓸어내렸다. 하긴 그렇게 높이서 떨어졌으면 카서스라도 멀쩡하지는 못했겠지.

'아닌가? 마스터니까 그 정도는 가뿐할까?'

카서스가 마법사의 능력을 알 수가 없듯이, 시카 역시 마스터의 능력을 알 수가 없었다.

카서스가 한숨을 내쉬며 주르륵 방문을 타고 쭈그려 앉았다. 시카는 깜짝 놀라 다가갔다.

"괜찮아요? 어디 안 좋은가요?"

"아니, 그냥. 너무 쉽게 허락해 버려서. 아, 우툴루 앞에서는 절대로 쉽게 대답했다고 하지 마라. 그렇게까지 비니까 어쩔 수 없이 도와 드릴게요~ 하는 식으로 해."

"네? 왜요?"

"돈 더 올려 받게."

상상을 뛰어넘는 카서스의 말에 순간 시카는 할 말을 잃었다가 간신히 내뱉었다.

"그, 그렇군요."

'돈은 소중하지.' 하고 시카는 고개를 끄덕였다. 카서스가 빤히 그녀를 바라보자 시카는 저도 모르게 시선을 돌리며 말했다.

"갑자기 괴물로 변하거나 하지는 않아요."

"아니, 그게 아니라. 왜 계속 존대하는 거야?"

"저 성격이 좀 강하거든요."

"어……. 그런가?"

"네. 그래요. 그래서 존대가 아니라 반말을 하면 그대로 그게 나올 것 같아서. 일종의 안전장치라고 해야 하나. 그런 거예요. 존대는."

"그런 안전장치 필요 없는데."

시카가 그 말에 머뭇거리며 말했다.

"하지만."

"하지만?"

"얌전하고 착한 아이가 더 편하잖아요?"

그녀의 말에 카서스는 눈을 크게 떴다가 웃었다.

"아니? 오히려 그쪽이 불편한데? 전에 나 다치고 왔을 때, 그때가 본 모습이라면 그쪽이 더 좋아."

"역시 이상하네요. 카서스는."

"뭐 어때?"

카서스가 웃으며 말하자 시카는 고개를 끄덕였다.

"알았어. 그러면."

시카가 손을 뻗어 카서스의 들쭉날쭉한 머리카락을 어루만졌다.

"아깝지만 잘린 거니까…… 다듬어 줄까?"

"예쁘게 잘라 줘."

"그래, 그래."

시카가 카서스의 손을 잡아 일으켜 세웠다. 실내에서는 머리카락이 날리니 두 사람은 성벽으로 나갔다. 시카는 그럴듯하게 수건까지 둘러 주고 가위질을 시작했다.

사각사각.

머리카락이 잘리는 소리를 들으며 카서스가 물었다.

"머리는 어떻게 자르게 된 거야?"

"탑 안에는 잘라 줄 사람이 없으니까. 내 머리도 자르고, 다른 사람 머리도 잘라 주고 그러다 보니 늘었어. 기본적으로 손재주는 있거든."

"그렇구나."

시카는 거침없이 가위질했다.

"그런데 말이야."

카서스의 부름에 그녀는 "응?" 하고 흘리듯 대답했다.

여기를 좀 더 자르면 더 깔끔할 것 같은데.

"탑 안에 들어가서 죽을 때까지 안 나온다는 거랑 그 체질이랑. 다 약점과 관련된 이야기야?"

시카는 가위질을 멈췄다. 그녀는 말없이 카서스의 정수리를 내려다보았다. 그는 돌아보지 않았고 시카는 한숨을 내쉬며 대답했다.

"응."

"그렇구나."

그렇게만 말하고 카서스는 더는 말을 꺼내지 않았다. 시카가 마지막 가위질을 하고 만족스러운 미소를 지었다.

"좋아. 예쁘게 잘 잘렸다."

"정말? 어디 봐 봐."

시카는 허리 가방에서 거울을 꺼내 보여 주었고 카서스는 이리저리 거울을 비춰 보고는 감탄했다.

"역시 카서스 리안. 어떤 머리를 해도 외모가 죽지 않는구면."

시카가 수건을 걷어 내서 성벽가로 걸어가 탈탈 털었다. 카서스가 귀걸이를 만지작거리며 말했다.

"음, 그런데 이제 너무 크고 화려한 귀걸이는 잘 안 어울리겠는데. 아쉬워라. 잘라 줘서 고마워. 여기 서부 놈들에게 맡겼다가는 자기들처럼 빡빡이로 만들어 놓을 것 같아서······."

무서웠쩡, 하고 카서스가 몸을 떨었다.

"에이, 설마."

"진짜라니까."

강력하게 주장하는 카서스와 함께 아래층으로 내려가 시카는 우툴루에게 말했다.

"벼, 별로 하고 싶은 일은 아니었지만, 카서스가 엎드려서 울고불고 빌기에 어쩔 수 없이 도와주는 거예요."

"······그건······. 고맙게 받아들이죠."

우툴루의 대답에 시카는 "고맙게 생각하세요." 하고 다시금 강조한 후 더 이상 표정을 유지하기가 힘들어 휙 돌아가 버렸다. 우툴루가 그녀의 뒷모습을 보다가 말했다.

"엎드려?"

"그게, 필사적이라."

"울고불고?"

끄응 하고 신음을 삼키며 카서스는 얼굴을 쓸어내렸고 우툴루는 웃었다.

우툴루와 카서스는 논의 끝에, 저번과 같이 셋이서만 가기로 했다.

일단 마스터가 둘이고, 병사들을 늘려 봐야 보호해야 할 인원만 늘어나는 사태가 될 테니 굳이 더 추가 인원을 데리고 갈 필요가 없었다.

메튜는 또 우툴루가 성을 비운다는 말에 불안해했지만, 군말 없이 받아들였다.

그렇게 세 번째 숲으로 들어간 일행은 경계했던 것과 달리 공격을 받거나 함정에 빠지지 않고 무사히 정찰을 끝냈다.

시카는 우툴루와 카서스가 봤을 때는 그냥 돌멩이로 보이는 증거품들을 열심히 수집했다. 그러며 더더욱 그녀는 확신을 얻었다.

그들이 성으로 돌아왔을 때 그들을 기다리고 있었던 것은 서부 귀족 연합의 수장인 피엔샤 후작이었다.

4장

추적과 배신과 첫 키스

'마법사들이 눈치챘나 보군.'

남자는 어둠 속에서 눈을 뜨며 생각했다. 발치에서 그의 기척을 느낀 마수가 그르릉 하고 낮게 울었다. 송아지만 한 크기의 끔찍한 몰골의 마수지만 마치 사냥개라도 어루만지듯 그는 마수의 머리를 쓰다듬었다.

'이제 무작위 게임도 좀 지겨워지는데.'

하지만 딱히 다른 방법도 없었다.

똑똑.

들려온 소리에 남자는 몸을 일으켰고 방 안을 가득 채우고 있던 어둠이 그의 그림자 안으로 빨려 들어가듯이 사라졌다. 마수역시 자취를 감췄다.

"들어오게."

문을 열고 들어온 것은 노집사였다. 그가 공손히 은쟁반을 남자에게 내밀었다.

"편지가 왔습니다."

검은색 인장을 보고 남자는 말없이 쟁반 위의 편지를 집어 들었다. 안의 내용이 단순해서 남자는 눈을 찡그렸다.

'역시 죽은 건가?'

남자는 손짓으로 집사를 물렸다. 그는 한숨을 내쉬고 벽난로에 편지를 던져 넣었다. 기름을 먹인 종이는 순식간에 타올랐다.

"내 사랑하는 누이는 정말로 죽은 건가?"

갓난아기가 허허벌판에 버려지면 당연한 일이다. 하지만 어쩐지 그는 그녀가 살아 있을 것만 같았다. 쌍둥이의 감이라고 해야 할까, 아니면 짐승의 본능이라고 해야 할까?

아니면 어리석은 인간과 같은 단순한 희망 사항일까?

내 누이.

내 신부.

남자의 갈색 눈동자에 처음으로 감정 비슷한 것이 스쳐 지나갔다. 하지만 그가 눈을 감았다가 떴을 때는 그 모든 것이 사라진 후였다.

'자, 그러면 어떻게 할까?'

좀 더 많은 장막을 찢고, 좀 더 많은 마수를 불러들여야지.

'하지만 마수만으로는 좀 불편하단 말야?'

인간을 손에 넣고 싶은데.

그는 책상으로 돌아가 지도를 펼쳤다. 그의 손가락이 수도로 향했다.

인간을 손에 넣으려면, 인간이 많은 곳이 좋겠지.

*　　*　　*

투사크는 거칠게 숨을 내쉬었다.

세세락의 시신을 소투스족이 거둬가 장례를 치르는 모습까지 먼발치에 지켜본 그는 자신의 일이 다 끝났다고 생각했다. 지켜야 할 상대도 지키지 못했다.

마수의 첫 공격을 맞고 기절하다니.

눈을 떴을 때는 모든 것이 끝난 후였다.

'이 얼마나 꼴사나운가.'

하지만 아직 끝나지 않았다.

'그 여자.'

마수를 부리는 그 여자를 잡아 죽여서 복수를 완성해야 했다.

그래야 세세락도 편히 쉴 수 있을 것이다.

어떻게 그 여자를 잡아야 할지 막막했지만, 투사크는 하나씩 차근차근 처리하기로 마음먹었다.

'일단은 마녀의 위치부터 찾아야 한다.'

그건 쉬웠다. 그 마녀와 일행이 다시 숲으로 돌아온 것이다.

마을까지 와서 요술로 뭔가를 하는가 싶더니 심각한 얼굴이 되어 다시 제국인들이 사는 성으로 돌아갔다.

성안으로 숨어 들어가는 것은 무리였다.

투사크는 기회를 노리기로 했다.

일주일, 한 달, 일 년, 십 년.

빈틈이 영원히 없을 수는 없을 테니 말이다.

카서스는 묘한 느낌에 창밖을 내다보았다. 하지만 창밖으로 별다른 것은 없었다.

'날이 좋네. 확실히 남쪽은 봄이구나.'

"내 말이 지루한가, 카서스."

피엔샤 후작의 말에 카서스는 그를 돌아보며 하핫 웃었다.

"그야 아까부터 같은 말을 반복하고 계시니까요."

서부 귀족 연합의 수장 자리를 오랫동안 지키고 있으면서 어지간한 산전수전을 다 겪은 피엔샤 후작의 눈초리는 곰도 무릎 꿇릴 것 같았다. 그러나 카서스는 슬그머니 그걸 피하고 있었다.

'저러는 것도 재주지.'

시카는 그렇게 생각하며 헛기침을 했다. 그녀에게로 후작의 시선이 쏠렸다.

"하여간 제 의견은 변함없습니다."

"황실에 이야기를 해 두는 게 좋을까?"

피엔샤 후작이 묻는 듯했지만, 그냥 혼자 생각을 정리하기 위해서 중얼거린 거라는 걸 모두가 알 수 있었다. 홀 안에는 후작과 카서스, 우툴루 그리고 시카를 제외하면 아무도 없었다. 텅 빈 홀의 상석에 피엔샤 후작만이 앉아 있었다.

서부 귀족 연합과 황실은 대대로 사이가 좋지 않았다. 전 황제 대에는 특히 더 불화가 도드라졌지만, 현 황제인 세리오스가 반 쿠데타를 일으켜 새로운 황제가 될 때는 서부 연합이 도왔다.

그래서 예전보다는 나아졌으나 그래도 여전히 황실과는 물고 물리는 관계였다.

"정확하게 해결책이 나올 때까지는 알리지 않는 게 좋겠지."

피엔샤 후작은 그렇게 정리했다. 괜히 황실에서 나서서 이것저것 시키거나 감시하게 되면 그게 더 골치 아팠다.

"그러니까 사람의 손을 탄 것은 확실하지만 얼음탑 출신의 마법사는 아니다?"

이번에는 확인하는 말이라 시카는 고개를 끄덕였다.

"네, 마법의 방식이 탑의 방식은 아닙니다."

"그렇군. 탑의 방식이 아닌 식으로 꾸몄을 가능성은?"

"그건 꾸며낼 수 있는 게 아닙니다. 각하께서는 오러를 꾸며내실 수 있습니까?"

그 말에 피엔샤 후작은 고개를 끄덕였다.

"알겠네. 그리고 얼음탑의 도움에 감사하네."

"아닙니다."

시카는 가볍게 고개를 숙여 보였다.

"하지만, 역시 둘만으로는 부족하지."

"네?"

시카가 갸웃하자 피엔샤 후작이 소리쳤다.

"알커란스!"

그러자 홀 끝의 문이 열리면서 기사가 가벼운 걸음걸이로 들어왔다. 금발에 금안. 남부인 특유의 가무잡잡한 피부.

"부르셨습니까?"

대답하는 어조는 명랑했지만, 남부 억양을 숨길 수는 없었다.

"알커란스를 데려가게. 그도 마스터이니 실력은 충분하겠지."

카서스가 그 말에 알커란스를 보았다가 눈을 찡그리고 물었다.

"오루트 알커란스? 근위대의? 그런데 왜 네가 서부 연합에 있냐."

"아흐트슈비에츠에 들어갔다가 쫓겨났거든요. 쫓겨난 마스터를 후작님이 거둬 주신 거죠."

오루트가 가볍게 어깨를 으쓱하며 대답했다. 아직 이십 대 초반으로 보이는 그는 키도 그렇게 크지 않아서 더 어려 보였다. 귀여운 상이라고 해야 할까?

"그래서 이 마법사분을 쫓아가는 게 제 임무인가요?"

"그래."

피엔샤 후작이 고개를 끄덕이자 카서스는 뭐라고 하려다가 말았다. 마스터 하나를 더 전력으로 붙이는 건 보통의 일이 아니다. 후작이 이 문제를 심각하게 생각하고 있다는 표시이기도 하니 거절하는 것도 이상한 일이리라.

"잘 부탁합니다. 오루트 알커란스라고 해요. 그냥 오루트라고 불러 주시면 됩니다."

"시카 울프라고 해요. 저도 그냥 시카라고 불러 주세요."

"그럴까요, 그럼? 와, 나 분홍색 머리카락은 처음 봐요? 염색한 거 아니죠? 마법도 아니죠? 신기해라, 벚꽃 같네요. 아, 몰라요? 본 적 없어요? 그렇구나~ 다음에 한 번 보여 줄게요. 봄이 오면 필걸요. 아, 물론 우리가 어디로 가느냐에 따라서 다르기는 하겠지만. 그래서 다음은 어디로 갈 건가요."

쏟아지는 말에 시카는 어안이 벙벙해졌다. 카서스가 '아.' 하고 깨달았다.

'이 자식 남부 사람이지.'

남부인과 만나지 않은 지 오래되다 보니 남부인의 수다스러움에 대해서 까먹고 있었다. 카서스는 피엔샤 후작을 바라보며 생각했다.

'저 인간, 분명히 저 수다에 질려서 우리에게 오루트를 붙인 게 틀림없어.'

피엔샤 후작이 이어 작은 가죽 주머니를 하나 꺼냈다.

"그리고 이건 용병 카서스를 고용하는 값이지. 착수금이네."

카서스는 씩 웃고 주머니를 받아 들었다. 무게만으로도 안에 얼마나 들었을까 예측이 된다.

"착수금은 십 분의 일이라는 걸 아시겠지요."

"물론."

"그럼 잘 받겠습니다."

오루트가 그걸 멀뚱히 보다가 피엔샤 후작에게 손을 내밀었다. 후작은 그 손바닥을 보다가 말했다.

"네가 받는 월급 액수를 생각해 보도록."

"에이~"

아쉽다는 얼굴로 오루트는 손을 접었다. 시카는 넉살 좋은 사람이라고 생각했다. 피엔샤 후작은 자리에서 일어나며 말했다.

"그럼 이야기가 끝난 것 같으니 돌아가 보도록 하겠네."

"벌써 돌아가십니까?"

우툴루의 말에 피엔샤 후작이 "자네도 같이야." 하고 말했다. 우툴루가 그 말에 눈을 찌푸렸고 후작이 이어 말했다.

"모처럼 수도로 올라가니 말이다."

"또 저를 무도회에 세워 두지 않으신다면 함께 가죠."

"왜 그러나? 인기 좋았으면서."

"야만족의 피가 섞인 서부 기사는 얼마나 잠자리에서 거칠까, 하는 눈빛을 보내면서 절 침대로 끌어들이려는 귀부인들에게 말입니까?"

차가움이 뚝뚝 떨어지는 말이었다. 피엔샤 후작은 쓰게 웃었고 시카는 얼굴을 붉혔다. 카서스가 우툴루의 어깨를 툭툭 위로하듯 두들기며 말했다.

"그야 보통의 순진한 아가씨들은 네가 무서워서 다가오지도 못할 테니 말야."

우툴루가 그의 손을 탁 쳐냈다. 피엔샤 후작이 말했다.

"혼자 두지 않겠다고 약조하지."

"감사합니다. 하지만 여기를 정리하는 데에도 약간의 시간이 필요합니다."

"아, 정리하고 곧 따라오게나. 나도 어차피 중간에 로도에 들러서 물자 보급을 해야 하니."

"알겠습니다."

우툴루가 인사했고, 피엔샤 후작은 나가려다 시카를 돌아보며 빙긋 웃었다.

"마법사와의 만남은 즐거웠습니다. 다음에는 좀 더 좋은 분위기에서 만났으면 좋겠군요."

"네, 저도 그러기를 바랍니다."

시카는 예의를 갖춰 대답했고 피엔샤 후작은 빠른 걸음으로 홀을 빠져나갔다. 우툴루만이 그를 배웅하기 위해 따라 나갔다. 용건만 처리하고, 딱히 허례허식도 없다.

그야말로 실용주의로 가득 찬 서부인의 정점다웠다.

그가 나가자 카서스가 말했다.

"그래서 앞으로 어떻게 할 작정이야?"

"어? 나에게 묻는 거야?"

시카가 놀라 자기 자신을 가리키며 말하자 카서스가 갸웃하고 답했다.

"그야, 마법에 대해서 가장 잘 아는 건 너니까."

"음, 그게 내가 세운 가상의 이론이 있는데— 그래서 다른 마법사와 의논을 좀 해 보고 싶어."

"그럼 얼음탑으로 가는 건가요?"

오루트가 눈을 반짝이며 묻자 시카가 손을 저었다.

"아뇨, 그건 아니고 아는 사람을 만나 볼 거예요. 남쪽 바닷가로 간다고 노래 불렀으니 아마 그쪽에 있지 않을까 싶은걸요."

"남쪽 바다?"

"네, 일단 아르카나에게 자세한 걸 물어볼게요."

"아르카나 님과 아는 사이예요?"

오루트가 물어와서 시카는 고개를 끄덕였다. 오루트가 어깨를 움츠렸다.

"난 그분 무섭던데, 시카는 작고 귀여워서 무섭지 않네요. 이렇게 귀여운 여자아이의 호위라면 평생 해도 좋을 것 같은데요. 남자친구 있어요? 애인 있어요?"

"네? 네?"

시카는 당황해 얼굴을 붉혔고 카서스가 손을 둘 사이에 밀어 넣으며 말했다.

"잠깐만, 시카는 좋아하는 사람 있거든? 그만두지?"

"에이, 뭐 어때요. 좋아하는 사람이 가까이 있는 것도 아닌데."

오루트가 거침없이 말하며 가볍게 웃었다.

"어쨌든 같이 여행하게 됐으니까 친하게 지내요. 그건 괜찮죠?"

오루트가 카서스를 무시하며 시카에게 물었고 그녀는 고개를 끄덕였다. 친하게 지내는 건 상관없다.

"잘됐다. 몇 살이에요?"

"스물다섯이에요."

"그렇구나~ 그럼 누나네요. 마법사 누나."

오루트가 순진무구한 얼굴로 활짝 웃어 보였다. 카서스는 짜증이 밀려오는 걸 느끼며 말했다.

"그러면 우리도 떠날 준비 할까?"

"아, 응."

시카는 고개를 끄덕였다. 오루트는 그걸 보고 '흐음' 하고 눈을 깜박였다가 자리를 옮기는 둘의 뒤에 얼른 따라붙었다.

"남쪽이면 내가 전문인데요."

"나도 마찬가지야."

카서스의 말에 오루트가 싱긋 웃으며 말했다.

"그야 방랑자를 따라갈 수는 없겠죠."

어차피 수도에서도 괴물 같은 마스터들에게 둘러싸여 있었던 터라 카서스가 우위를 점하려고 하는 것에도 반감이 들지 않았다.

'그런 거에 반감이 들었으면 벌써 죽었지.'

오루트는 그렇게 생각하며 얼른 시카에게 찰싹 붙었다. 시카는 당황해 오루트를 보았고 그가 물었다.

"마법사면 하늘을 날거나 그럴 수도 있어요?"

"네, 네에."

"그거 굉장한데요. 나중에 같이 날아 줄래요?"

"그, 그래요."

"와―"

오루트가 작게 환성을 질렀다. 시카는 그가 부담스러운 건지 아닌지 알 수가 없었다.

'카서스도 마구 들어온다고 생각했는데…….'

카서스가 적어도 예의와 선을 지켰다는 걸 오루트를 보니 알겠다.

시카는 작게 숨을 내쉬었다.

*　　*　　*

포장마차가 경쾌한 소리를 내며 길을 걸어갔다. 두 마리의 말이 마차를 끌고 있었는데, 아무리 봐도 마차를 끌기보다는 전쟁터에 나가야 할 군마처럼 보였다. 그런 시선에도 아랑곳없이 오루트는 즐겁게 마차를 몰았다.

그의 입도 쉴 새 없이 움직였다.

"그나저나 '실바'라니, 대단하네요. 거기 바다도 예쁘지만, 항구도 엄청 커서 화려한 곳이거든요. 가면 분명히 누나도 좋아할걸요? 장신구 좋아해요? 하면 예쁠 것 같은데요. 바다색도 엄청 예뻐요. 짙은 파란색인데, 꼭 같이 봐요. 혹시 수영해 본 적 있어

요? 아, 없구나. 그러면 내가 가르쳐 줄 수도 있는데."

힐끗 오루트가 뒤를 돌아보자 카서스가 말했다.

"아직 삼월이거든. 얼어 죽을 일 있냐?"

"맞다, 그러네. 아쉽네요."

그러고는 다시 재잘재잘 이야기를 시작해 카서스는 손을 뻗어 앞의 휘장을 휙 쳐 버렸다. 그러자 "아, 너무해!" 하는 오루트의 목소리가 들렸지만, 카서스는 무시했다.

시카가 쿡쿡 웃었다.

"분명히 피엔샤 후작이 저 수다에 질려서 우리에게 붙인 거라니까."

카서스의 말에 시카가 "그럴지도." 하고 동의해 고개를 끄덕였다.

수레 위에 둥글게 긴 나뭇가지를 휘어서 U자 형으로 고정한 후, 그 위에 포장을 친 마차 뒤쪽은 뚫려 있었다. 그녀는 간이 화로 위에 발을 올리며 물었다.

"그러고 보니 카서스의 그 칼은 남부에서 쓰는 형태라면서?"

"응? 아, 응."

카서스가 자신의 칼을 뽑아 보였다. 넓게 휘어진 도는 제국의 곧은 검과는 전혀 달랐다. 시카가 물었다.

"그게 편해?"

"베는 건 이게 더 편해."

"그럼 카서스는 남부 사람이야?"

"그렇지."

"그런데 오루트와는 다른데."

피부도 하얗고, 말도 많지 않고. 억양도 없다. 카서스가 칼을 도로 검집에 꽂아 넣고 말했다.

"남부에서 나고 자랐지만 열 살쯤? 그때부터 용병단에서 일했으니까. 밖으로 돌아다닐 일이 많았고. 어머니는 남부인이 아니었거든. 중앙에 있다가 내려왔다고 들었어."

어머니.

생소한 단어에 시카가 물었다.

"아직 살아 계셔?"

"아니, 예전에 돌아가셨어."

"아, 미안."

"별로."

카서스가 아무렇지도 않게 대꾸했다. 그 '별로'라는 말에 여러 뜻이 들어 있다는 걸 시카는 알아챘다.

"어머니와 사이가 안 좋았어?"

직설적인 질문에 카서스는 고개를 끄덕였다.

"응."

"그랬구나."

시카는 계모에 대해서 읽었던 내용을 떠올려 보았다.

한밤중에 물을 길어 보내거나, 겨울에 빨래를 시키거나, 재투성이로 온갖 집안일을 다 도맡게 하고—

"카서스……. 진짜 고생했구나……."

저절로 눈물이 나올 것 같아 시카는 얼른 고개를 들었다. 카서스는 "푸핫." 하고 웃고 말했다.

"아니, 그야 음. 고생은 했지만 지금 네가 생각하고 있는 그 고생은 아니라는 거에 100케르브 건다."

"그래? 으음— 다행인지 아닌지 모르겠어."

그것보다 더 심하게 당했다거나 한 걸까?

"묘하네."

카서스가 자신을 빤히 보며 하는 말에 시카는 "뭐가?" 하고 되물었다. 카서스의 녹색 눈이 조용히 닫혔다. 그가 노래하듯 말했다.

"하지만, 시카는 어머니에 대한 환상이 없어 보이잖아? 사람은 자신이 가지지 못한 것에 대해서 환상을 가지고 있지 않나?"

"아, 그런 거라면— 으음."

시카는 뭐라고 할까 하다가 간단하게 말했다.

"갓난아기를 버릴 때는 어머니의 의견이 꽤 중요한 모양이더라고."

"그렇구나. 그런데 한 가지 더 물어봐도 돼?"

"여기까지 와서 새삼 뭘."

시카의 말에 카서스가 피식 웃고 눈을 떴다.

"그런 일이 있었다는 건 어떻게 알았어? 시카는 늑대 무리에서 자랐다고 했잖아? 그 뒤로 관련된 사람을 만난 거야? 그러면 그쪽을 통해서 동생을 찾으면 쉽지 않을까?"

"그건 아니고. 이건 좀 이상할지도 모르는데, 난 배 속에 있을 때부터의 기억이 있어."

"어?"

놀란 카서스는 눈을 동그랗게 떴다. 시카가 뺨을 붉적였다.

"그래서 남동생이 있다는 것도, 어머니가 날 버렸다는 것도 알고 있는 거야. 하지만 특별하게 모든 걸 다 기억하는 건 아니니까……. 영 알 길이 없어서 말야."

"그렇구나. 그럼 남동생도 버려진 거야?"

"아냐. 남동생은 후계자라서 데리고 간 거고, 난 부모님과 닮은 곳이 없어서 버려진 거야. 그러니까, 그 애가 잘살고 있으면 그걸로 괜찮아."

'확인만 할 거야.' 하고 시카가 웃었다.

"나서도 괜찮지 않아? 어차피 지금 제국 귀족은 전부 마법사랑 어떻게 연줄 하나 가지고 싶어서 난리인데."

"그래?"

"그래. 마스터보다도 요즘 인기 좋은 게 마법사라고."

"그렇구나. 하지만 그러려면 너랑 나랑 남매라는 것부터 왜 헤어졌는지 그런 거 다 말해야 하잖아. 그건 좀 그런걸."

"그렇군."

잘은 모르지만, 그녀가 마수와 관련이 있다면 남동생도 그런 걸까? 아니면 그쪽은 평범하고?

기억이 있는 것도, 태어나자마자 버려진 것도 그 '약점'과 관련이 있겠지.

카서스는 손을 뻗어 그녀의 무릎을 토닥였다. 그때 휘장이 확 하고 열려 그는 얼른 손을 뗐다. 오루트가 히죽 웃고 말했다.

"바다가 보여요. 실바입니다."

"바다? 진짜요?"

시카가 얼른 자리에서 일어나 앞쪽을 내다보았다. 마차는 언덕 위에 올라와 있었고 그 아래의 길 너머 저 앞에 낮은 마을과 그 앞에 펼쳐진 새파란 수평선이 보였다.

"굉장해……."

시카는 입을 헤 벌리고 중얼거렸다. 큰물이라고 했지만 정말로 크구나.

마차는 약간 덜컹이며 넓은 도로를 달렸다. 실바는 거대한 항구 도시라 여기서부터 출발하는 상인이 많았고 그렇기에 길을 넓고 크게 잘 닦아 놓았다.

마을—이라고 부르기에는 좀 민망한 크기의 도시에 도착하자마자 시카는 코를 쥐었다.

"이게 무슨 냄새야?"

"아, 바다 냄새. 좋다. 고향에 드디어 돌아왔다! 하는 기분."

오루트가 말했고 카서스가 가볍게 그녀의 등을 두들기며 덧붙였다.

"바다 비린내인데, 좀 지나면 익숙해질 거야."

"익숙해질 거예요, 누나."

오루트가 웃으며 말하다가 "아, 잠깐만요!" 하고 후다닥 달려가더니 작은 주머니를 사와 시카에게 내밀었다.

"뭐예요?"

"향기 맡아 봐요."

"음? 아! 이거 냄새 좋다!"

"오렌지랑 허브랑 배합한 거라고 하니까, 당분간은 그걸로 참아요. 알았죠?"

"네."

시카는 얌전히 대답했다. 왜 누나라고 불리는데, 보살핌을 받는 기분이지? 카서스가 그녀의 손을 잡으며 말했다.

"길 잃어버리지 않게 조심해."

"알았어."

시카는 고개를 끄덕이고 그의 손을 꽉 맞잡았다. 그러자 카서스가 그녀를 돌아보고 웃었고 시카는 어딘지 가슴속이 쿵 하는 기분이었다.

'얼굴 때문이야. 얼굴. 얼굴.'

몇 번 되뇌며 그녀는 카서스의 뒤를 따라 걸었다. 거리에는 사람만 가득할 뿐 아니라 가판들도 가득했다. 넋을 놓고 가다가 달리는 수레에 치일 뻔하기도 했다.

"히익?! 저게 뭐죠?"

"아, 문어라는 거예요. 못 봤어요? 내륙에는 흔하지 않죠."

"무, 문어……. 그게 저렇게 생긴 거였군요. 헉, 저것도 먹는 거야? 엄청 큰 생선……?"

"응, 참다랑어네. 저거 맛있어."

맛있다고……?

시카는 홀린 듯이 여기저기를 둘러보며 걸었다. 수레와 말은 성 입구에서 병사에게 맡겼다.

―경비대 마구간이 더 훌륭하니까.

하는 것이 카서스의 말이었다. 오루트 역시 '말 도둑도 있으니까요.' 하고 찬성해서 일행은 입구부터 걸어서 도시를 가로질렀다.

셋은 번듯한 여관을 잡았다. 방 두 개를 빌리자 오루트가 입을 내밀며 말했다.

"각 방으로 하면 안 돼요?"

"그러고 싶으면 네 돈으로 방을 빌리면 되잖아?"

카서스의 말에 오루트는 "매정하네요." 하고 한숨을 내쉬었다. 시카는 방문을 열어 보고 눈을 동그랗게 떴다.

모든 게 새하얀 색이었다.

'침대 시트도, 이불도 하얀색이야. 이거 세탁할 때 힘들지 않을까? 깨끗하고 좋은 냄새 나고 보송보송해.'

가구들도 비싼 것은 아니지만 전부 질 좋아 보이는 것들이었다. 의자도 테이블도 삐걱거리지 않고, 융단에 얼룩도 없고, 벽 구석에 곰팡이도 없다.

시카가 방에서 나와 카서스에게 말했다.

"이렇게 좋은 방은 처음이야. 너무 비싼 거 아냐?"

"그렇게 비싸지 않아. 후작 각하께서 착수금도 넉넉히 주셨고."

씩 웃으며 카서스가 말해서 시카는 가슴을 쓸어내리며 안도했다.

'하긴 카서스는 파산할 것 같지 않아.'

굳이 말하자면 '좋아, 파산하자.' 하고 계산해서 파산해 버리는 타입이라고 할까? 허투루 쓰는 것 같고, 마구 말하는 것 같지만 아슬아슬하게 전부 다 세이프 라인을 지키고 있다. 시카는 그 재주를 배우고 싶을 정도였다.

오루트는 그사이 옷을 갈아입고 나온 참이었다. 그가 물었다.

"그래서 어디로 가는 건가요?"

"아— 들은 바로는 '별빛조각관'이라는 곳에 묵고 있는 모양이에요."

"별빛조각관?"

카서스는 저도 모르게 오루트를 돌아보았고, 오루트가 갸웃하며 말했다.

"불법은 아닌 거겠죠?"

"불법은 아니니 들키지만 않으면 괜찮지 않을까?"

"그리고 의외로 깨끗한 승부라든가?"

"난 그렇게 인간을 믿지 않아."

"그럴지도 모르겠네요."

시카는 대화를 따라가지 못하고 눈을 찌푸렸다.

"두 사람 다 무슨 말을 하는 거예요?"

카서스가 한숨을 내쉬고 말했다.

"가 보면 알아."

"그럼 출발해 보자고요. 지금은 충분한가요?"

"됐어."

카서스는 머리로 손을 올렸다가 내렸다. 그의 머리는 간신히 묶으면 묶일 만한 길이였다. 시카가 최대한 길이를 보전하면서 다듬었기 때문이었다.

카서스는 자신의 손을 한 번 내려다보았다. 그 손을 시카가 얼른 덥석 잡았다. 카서스가 놀라 시카를 보니 그녀가 씩 웃었다.

"잃어버리지 않게, 잘 부탁해!"

"알았어."

카서스가 고개를 끄덕이고 오루트를 돌아보았고 그가 질색하며 답했다.

"전 안 잡아도 안 잃어버립니다."

"아니, 그게 아니라 너 주머니 조심하라고."

"실바의 명성이라면 알고 있어요."

"명성이라니?"

시카가 묻자 오루트가 "소매치기 왕국이요." 하고 대답해서 시카는 재빠르게 자신의 허리 가방을 앞쪽으로 돌렸다.

시카는 바싹 긴장하며 여관을 나갔지만, 곧 경계는 풀어졌다. 광장을 지나며 시카는 거대한 나무 기둥을 보았다. 나무 기둥에는 색색의 천이 수십 개 길게 매달려 꼭 머리카락처럼 보였다.

"저게 뭐야?"

"이제 곧 풍어제니까. 축제 준비 하는 거야."

"축제?"

"아가씨들이 다들 저 색색의 끈을 잡고 춤을 춰요. 그렇게 해서 짜여 만들어진 문양을 보고 한 해를 점치죠. 아, 진짜 오랜만이네요."

오루트가 그립다는 어조로 말했다.

"오루트는 실바 출신이야?"

"아뇨. 제가 아니라 카서스가 여기 출신이죠. 하지만 축제는 비슷해서 제 마을에서도 저거랑 똑같은 걸 했거든요. 규모는 좀 작지만요. 저것보다 좀 더 작은 나무에, 천의 수도 적고, 하지만 춤추는 건 똑같으니까—"

오루트의 수다를 한 귀로 흘리며 시카는 놀라 카서스를 바라보았다.

"카서스 고향이 여기야?"

"공교롭게도?"

"몰랐어."

"말을 안 했으니까."

"응, 그러네."

시카는 별말 없이 고개를 끄덕였다.

'어머니와 사이가 안 좋다고 했으니까, 고향에도 그렇게 좋은 기억이 없는 걸까?'

"저도 휴가를 받고 내려가고 싶은데, 이 상황에서 내려가 봐야 잔소리만 들을 것 같고 말이에요. 그러고 보니 축제에 하이라이트가 있는데 말이죠—"

'끝없이 떠들어 주는 오루트가 고맙다.'

시카는 그렇게 생각하며 오루트를 돌아보았다. 그녀가 물었다.

"고향에 내려가면 잔소리 듣는 거예요?"

"사실 목이 날아가지 않은 것만으로도 좋아하실지도 모르겠지만요."

"목이 날아가다뇨?"

"아흐트슈비에츠에 들어갔다 나왔으니까요. 세리오스 전하께서 보위에 오르시고 대부분 처형해 버렸죠. 마스터 수도 덕분에 폭삭 줄어들어서……."

"마스터를?"

마스터는 제국에도 열일곱밖에 없는 희귀한 인재 아닌가.

"아, 마스터의 경우는 처형당한 건 아니고 전투 중이요. 흑기사와 은기사, 광전사의 손에 싹둑싹둑."

오루트는 별거 아니라는 듯이 손가락으로 가위질 모양을 하며 말했다.

"그, 그렇군요."

흑기사와 은기사라면, 앙케르트나 백작 부부 이야기다.

'좋은 사람들처럼 보였는데. 아, 그건 카서스도 마찬가지인가. 오루트도 그렇겠지.'

이렇게 보여도 사람을 죽이는 데 주저함이 없을 거다.

오는 내내 오루트의 수다 덕분에 시카도 수도 정세를 어느 정도 알게 되었다.

그 긴 수다를 단순하게 정리하자면, 아들들이 자신의 자리를 노린다는 집착에 사로잡힌 전 황제는 아들들을 죽이고, 사람들의 목숨으로 불로불사 마법을 사용하려고 했다. 거기에는 얼음탑에 반대하는, 얼음탑에서는 낙오자라고 불리는 마법사들이 연관되었고 말이다.

수도에 있는 빈민가를 불태워서 그 생명력으로 황제에게 불사를 선물하는 계획이었다. 황제는 자신의 친위대인 아흐트슈비에츠를 만들어 세력을 다졌다. 당시 황태자였던 세리오스가 그 사실을 알게 되면서 그걸 막기 위해 반란을 일으켰고 말이다.

전투는 황태자 승.

황제파였던 자들이나 아흐트슈비에츠에 가담했던 사람들은 뿔뿔이 찢어졌다.

─라는 것이 고작 일 년 반 전쯤 일이었다.

마법사 반란에 대해서는 시카도 마법사이니 알고 있었지만, 제삼자의 시선에서 듣는 의견은 또 색달랐다.

당시 전투에서 마스터의 손실도 커서 이제 제국에 남은 마스터는 고작 열 명 정도라고 한다. 오루트가 웃으며 말했다.

"게다가 황실에 남아 있는 마스터가 확 줄었으니까요. 저도 서부 연합에 와 있고, 광전사는 원래 서부 출신이고, 카서스는 아예 무소속이고, 제국 기사단에 남아 있는 마스터는 이제 다섯 명인가? 진짜 확 줄었네요."

"그러면 오루트를 붙잡지 않았어?"

"으음, 그렇기도 한데 좀 질려 버려서요."

오루트는 어깨를 으쓱하며 대답했다. 시카가 뭐가 질린 거냐고 묻기 전에 카서스가 말했다.

"도착했다."

시카는 그 말에 시선을 돌렸다. 위로 다시 아래로, 그리고 다시 위아래.

"여기가 별빛조각관이라고?"

"그래, 도박장은 처음이지?"

카서스의 말이 시카가 펄쩍 뛰었다.

"말도 안 돼! 이건, 이건—!"

마법사가 도박이라니.

시카는 도저히 믿을 수가 없었다. 그녀는 곧 눈에 쌍심지를 켜고 으르렁거리며 안으로 뛰어들듯이 걸어갔다.

"이 빌어먹게 난잡하고 더할 나위 없이 엉망으로 인생을 사는 —"

안으로 들어가자 자욱한 담배 연기와 낮인데도 어두운 조명이 시카를 맞이했다. 그녀는 연기에 콜록거리면서도 열심히 눈을 굴렸다. 그녀의 눈에 곧 익숙한 얼굴이 잡혔다. 시카는 단숨에 달려가 남자의 어깨를 붙잡았다.

"잭슨!"

"오? 아, 시카. 왔어?"

잭슨이 싱글 웃어 보였다. 그는 50대 중반의 남자로 도무지 마법사로는 보이지 않았다. 외견만 본다면―

"겉보기에는 도박에 찌든 도박사 같은데."

카서스의 평가에 잭슨이 수염 난 턱을 문지르며 말했다.

"오? 그런가? 제법 이제 익숙하게 보이나 보지?"

"익숙하게고 뭐고, 죽어!"

시카가 사정없이 그의 등짝을 후려쳤다. 철썩! 하는 커다란 소리와 함께 잭슨은 온몸을 꼬았다.

"진짜 아프잖아!"

"아프라고 때린 거니까!"

"어이! 판 깨는 거야?! 아니면 계속할 거야?!"

결국, 같이 카드를 돌리던 남자가 짜증을 내며 소리쳤다. 카서스가 싱긋 웃으며 잭슨의 목덜미를 잡아 새끼고양이 다루듯 가볍게 자리에서 끌어내고 말했다.

"죄송합니다. 이 사람은 빠질 겁니다. 이 사람의 칩은 나눠 가져 주세요. 죄송함의 표시랍니다."

"뭐? 잠깐, 잠깐!"

잭슨이 당황해 버둥거렸지만, 카서스는 성인 남자의 반항 따위 가뿐하게 무시하고 그를 도박장에서 끌고 나왔다. 경비원들이 그를 저지해야 할까 망설이는 게 보여 카서스가 재빠르게 물었다.

"어디서 묵으십니까?"

"뭐?"

"여기서 묵으신다면서요."

"어, 지하의 공용실에서."

잭슨의 말에 카서스는 표정을 굳히고 그를 끌고 도박장에서 나왔다. 시카가 그 뒤를 따라오며 계속 그를 타박했다.

"대체 제정신이야? 도박? 도바악?!"

"아니 이제 곧 잃어버린 자금을 회수할 수 있다니까?"

"잭슨, 그게 사실이 아니라는 건 책으로밖에 세상을 배우지 못한 나도 알아."

오루트가 "푸―" 하고 웃음인지 한숨인지 모를 것을 뱉어 내고 말했다.

"갇혀서만 살다가 세상의 단맛을 보니까 푹 빠져 들었나 보죠."

"바로 그거야!"

잭슨이 오루트를 가리키며 말했고 시카는 머리가 아파오는 걸 느꼈다. 카서스가 뒤쪽 골목에 잭슨을 내려놓았다. 사람들의 눈에 잘 띄지 않는 공간이었다.

"시카, 묻고 싶은 거 물어봐."

카서스의 말에 시카가 "여기서?" 하고 작게 되물었고 카서스가 짜증 난 목소리로 말했다.

"저 자식 데리고 카페 가는 돈도 아까워."

시카는 푹 한숨을 내쉬고 "그야 그렇지만." 한 뒤 잭슨을 보았다.

"일단 인사할까. 오랜만이야. 그리고 대체 저기서 뭐 하는 거야?"

"시카의 잔소리 오랜만에 듣는 것 같네. 아니 뭐랄까. 그냥 바다를 보고 싶어서 왔다가 도박장이라는 걸 보고 저런 것도 있지 하고 들어가 봤는데— 재미있더라고. 그러다 보니 그냥 게임하는 재미에 사는 거지."

시카가 목소리를 낮춰서 물었다.

"너 설마 마법으로 승부 조작하고 있는 건 아니겠지?"

"에이, 아냐, 아냐. 난 그런 마법 쓰지도 못해. 내가 너 같은 마법사도 아니잖아."

잭슨이 손을 내저었다. 시카가 안도하며 어깨를 늘어트렸다.

"그렇다면 다행이지만."

"그래서 말인데, 시카 네가 딱 한 번만 도와주면 안 될까?"

잭슨의 말에 시카가 그를 바라보고 한숨을 내쉬며 말했다.

"잭슨, 너 지금 진짜 형편없는 꼴 하고 있는 거 알아? 눈은 충혈되어 있고, 수염은 부숭부숭 나고, 머리는 며칠 안 감은 것 같고, 옷에서 술이랑 담배에 찌든 내가 나. 그런데 승부를 도와달라고? 그냥 도박을 그만둬."

시카의 말에 잭슨이 눈가를 문지르며 물었다.

"그렇게 심해?"

"심해."

카서스는 비딱하게 서서 둘의 이야기를 듣고 있었다. 아무리 봐도 딸과 아버지처럼 보이는데 대화 내용은 동등한 친구 사이로 들렸다.

'하긴 나이는 상관없나.'

하지만 마법사가 유혹에 약하다는 건 맹점이었다.

'확실히, 탑 안에서만 살다가 세상에 나와서 중독적인 것들을 맛보면……'

이건 꽤 주의해야 할 점이라고, 카서스는 생각했다.

그사이 시카와 잭슨의 이야기는 이제 마법적인 것으로 옮겨가 있었다.

"고밀집 에테르가 장막에 구멍을 만든다는 이론? 그건 기정사실로 받아들여지고 있잖아?"

잭슨의 말에 시카가 고개를 끄덕였다.

"응. 하지만 내 말은 그게 아니라 장막에 구멍이 나면 날수록 더 큰 구멍이 나잖아."

"그래. 더 강한 마수가 출현하지."

"그것도 그렇지만, 그러면 아예 장막이 찢어질 수도 있을까."

그 말에 잭슨은 눈을 부릅떴다. 그의 손가락이 머리카락을 북

북 문질렀다. 50대 남성의 좀 빈약해지고 있는 머리숱에는 너무 강한 자극 같아 보였지만 시카는 별말 하지 않았다.

"가능하다고 생각해. 가능해! 가능하지. 하지만 그렇게 되려면 인위적으로 장막을 찢어야 하는데 그게 쉬운 일은 아니잖아? 그게 가능한 마법사가 존재한다고는 생각할 수 없어. 그 정도의 마력을 가지려면—"

잭슨이 말하다가 우울한 얼굴로 시카를 보고 말했다.

"너, 아니면 한 십 년 후의 아르카나겠지. 아니면 오러 코어를 모으든가."

시카는 별말 하지 않았다. 그녀가 생각에 잠긴 걸 보고 잭슨이 애써 웃으며 말했다.

"하지만 누가 그런 짓을 하겠어? 장막을 찢으면 저쪽에서 마수가 쏟아져 나올 텐데, 세계 멸망을 바라지 않고서야."

"혼란을 원하는 사람은 얼마든지 있으니까."

시카의 말에 잭슨이 "그래도 통제되지 않는 힘은 누구에게나 골칫거리야." 하고 말해 시카는 "그러면 좋겠다." 하는 말로 답하고 웃었다.

카서스가 물었다.

"끝이야?"

시카가 잭슨을 힐끗 보았다가 고개를 끄덕였다. 잭슨이 손을 내밀어 시카가 그와 악수를 하며 말했다.

"하여간 도박은 그만둬, 도박은."

"알았어."

"바다와 에테르를 연구하고 싶다고 했잖아. 그러면 제대로 해야지."

"그래."

잭슨은 고개를 끄덕였고 시카는 그와 악수한 손을 내리며 주먹을 쥐었다. 카서스가 "가자." 하고 말해 시카는 그에게 끌려 골목을 빠져나왔다. 골목을 나오자마자 반짝이는 봄 햇살이 눈을 찔렀다.

카서스가 혀를 차며 말했다.

"방금 고작 그것 때문에 만났던 거야?"

"잭슨은 에테르 연구자야. 그의 '네'라는 한마디가 확신을 주는 것에는 어마어마한 가치가 있다고? 그의 사십 년 연구가 뒷받침해 주는 '네'란 말이야."

"지금은 도박 중독자지만."

카서스의 가차 없는 말에 시카는 신음을 흘렸다. 오루트가 물었다.

"그런데 그 에테르라는 게 뭐예요?"

"자연 에너지를 부르는 말이야. 그걸 사용해서 검사는 오러를 만들고, 우리는 마나를 만들지."

"그렇게 명칭했군요. 우리는 그냥 오러라고 부르는데."

오루트는 신기해하며 고개를 끄덕이고 웃었다.

"마스터와도 꼭 교류해 주면 좋겠네요. 재미있는 이야기가 많을 것 같은데요."

"여유가 되면요."

시카의 말에 오루트는 "에이, 시간은 만드는 거죠." 하고 팔꿈치로 장난스럽게 그녀의 옆구리를 툭 쳤다. 그가 높이 솟은 나무 기둥을 가리키며 말했다.

"어차피 온 김이고, 일도 일찍 끝났으니까 보고 가요. 축제. 어때요?"

"어?"

그 말에 시카는 눈을 동그랗게 떴다. 그녀가 저도 모르게 카서스의 눈치를 보았다. 물론 마수 문제는 심각하고, 하루라도 지체하면 안 되는 문제일지도 모른다.

카서스가 손바닥을 펴서 그녀를 가리키며 말했다.

"리더는 너라니까."

"그렇지만—"

"뭐, 여기까지 오느라 피곤했으니 하루 이틀 정도 여독을 풀어도 괜찮겠지. 바로 출발하는 것도 체력적으로 힘들고."

카서스의 말에 시카는 활짝 웃었다.

"그러면 이틀만 쉬었다가 가는 거로."

오루트가 "만세!" 하고 얼른 시카의 양손을 꼭 붙잡고는 빙글빙글 돌았다.

"분명히 재미있을 거예요. 누나 마음에도 쏙 들걸요."

"응, 하지만 너무 놀다가 체력을 뺏기는 건 안 된다고 생각합니다."

"알았어요. 적당히, 적당히."

오루트가 명랑하게 웃었다. 카서스는 어째 자신의 포지션을 전부 저 자식에게 뺏기는 것 같다는 기분을 느꼈다. 카서스가 오루트의 손을 밀어내듯 쳐내고 대신 시카의 손을 잡았다. 시카가 의아한 얼굴로 그를 바라보자 카서스가 말했다.

"밥 먹으러 가자."

"아, 그러고 보니 배고프다."

'너무 열 냈나 봐.' 하고 시카는 자신의 배를 문질렀다.

그녀의 기호를 고려해서 카서스는 해산물 요릿집을 피했다. 굳이 해산물이 아니더라도 먹을 곳은 많았다.

티본 스테이크로 점심을 먹고, 시카는 후식으로 오렌지를 먹었다. 둥글고 딱딱한 주홍색 과일을 미심쩍은 눈으로 보다가 맛을 보고 시카는 눈을 휘둥그레 떴다.

"껍질에서 나는 향이ㅡ 아, 아까 오루트가 준 거랑 향이 같네요."

"응, 오렌지 껍질을 쓴 거라고 했잖아."

"그 오렌지가 이 오렌지인 줄은 몰랐어요. 먹을 수도 있고, 향도 좋다니. 훌륭한 과일이군요."

시카는 감탄하며 한 조각 한 조각씩 아껴서 오렌지 한 알을 다 먹었다. 그녀는 껍질을 가져가도 될까, 하고 가방 안에 오렌지 껍질을 집어넣었다. 카서스가 픽 웃고 말했다.

"가방 안에서 곰팡이 핀다? 정유하는 사람들이 어떻게 하는지는 모르지만, 그냥 햇빛에 말리면 그렇게 향기는 안 날걸."

"그런가요."

그 말에 시카는 아쉬워하며 도로 껍질을 꺼내서 버렸다. 그리고 나서는 도시를 구경했다. 봐도 봐도 새로운 것들이 쏟아져서 시카는 입을 다물 수가 없었다.

유리 장식품들도 아름다웠고, 작은 장신구들도 찬란하게 보였다. 노점과 가판마다 각각 다른 물건을 팔았고, 시카는 그것들을 전부 들여다볼 수밖에 없었다. 마음 편하게 노는 것은 처음이었다.

"마음에 들어? 사 줄까?"

카서스가 유리 장식이 달린 머리핀을 들어 올리며 말하자 시카는 웃으며 고개를 저었다.

"아냐, 괜찮아."

"그래?"

카서스가 머리핀을 내려놓았다. 그때 한 무리의 여자아이들이 우르르 가판으로 몰려왔다.

"아, 잠깐! 이거 보고 가자."

"안 돼. 허리띠 먼저 보러 갈 거야."

"에이, 너 허리띠도 많으면서."

타박하면서도 여자아이들은 뭐가 즐거운지 까르륵 웃으며 자기들끼리 또 가 버렸다. 시카는 저도 모르게 그녀들을 눈으로 좇

왔다. 축제 준비로 나풀나풀 꽃잎 같은 옷을 입은 또래 여자아이들이 웃고 장난치며 멀어졌다.

자신은 한 번도 가져 본 적 없는 무언가.

"가자."

카서스의 말에 시카는 정신을 차리고 고개를 끄덕였다. 시장에서 얼마 시간을 보낸 것 같지도 않았는데 벌써 해가 지고 있었다.

봄이라고 하지만 아직은 해가 짧은 탓도 있을 것이다.

여관으로 돌아와 시카는 옷을 갈아입고 손바닥을 펴 보았다. 마나를 돌리자 아까 잭슨과 악수했을 때 그가 남긴 문자가 희미하게 빛나 보였다.

[밤 12시, 여관 뒤뜰에서.]

'무슨 이야기를 하려는 걸까?'

카서스와 오루트의 눈을 피해서 쪽지를 남긴 거니 둘만 할 이야기가 있다는 뜻이렷다.

얼음탑에 무슨 일이 있나?

'아니면 장막 문제에 대해서 말하려는 건가? 잭슨은 두 사람을 오늘 처음 본 거니 믿을 수 없다고 판단했다던가.'

얼음탑 자체가 워낙 폐쇄적이기 때문에 사람들이 그를 배척하는 만큼, 얼음탑이 그들을 배척하지 않는다고 말할 수는 없었다.

시카를 비롯한 얼음탑에서 쉽게 쓰는 말들―장막이나 에테르 같은 것들은 외부에는 전혀 알려지지 않고 통용되지 않는 단어이다.

한마디로 탑 안에서는 자신들의 말로 세계를 해석하고 있는 셈이다.

'이런 폐쇄성은 도움이 되지 않는다고 생각하는데.'

하지만 지식은 독점하는 편이 낫다고 생각하는 부류가 탑의 원로 중에 반은 차지하고 있을 터였다. 그래서 시카는 외부에서 적극적으로 활동하는 아르카나를 지지하고 있었다.

'하여간 들어 보기나 해야지.'

시카는 한숨을 내쉬고 마나를 강하게 밀어서 손바닥 쪽지를 지웠다. 어렸을 때 스승님의 눈을 피해서 아이들끼리 주고받던 방법이라 약간 그리운 생각이 들었다.

똑똑.

노크에 시카는 얼른 문을 열었다. 카세스가 불만스러운 표정을 했다.

"누군지 정도는 물어봐야지."

"나쁜 사람이면 문을 두들기지 않지 않을까?"

"그래도."

"알았어. 다음에는 물어볼게. 왜?"

"나 잠깐 나간다고. 오루트가 있으니까 괜찮을 거야. 무슨 일 생기면 그에게 이야기해."

"알았어."

시카는 별말 없이 고개를 끄덕이고 자신의 침대를 가리켰다.

"난 오늘은 일찍 자려고."

"그래, 내일도 오늘처럼 구경하려면 푹 쉬는 게 좋겠지."

카서스가 씩 웃고 그녀의 머리를 가볍게 쓸어 주었고 시카가 에잇 하고 가볍게 까치발을 해서 그의 손을 밀어내며 말했다.

"이런 어린애 취급은 그만둬. 내가 스물다섯이라고 말했잖아."

"실례."

카서스가 손을 살짝 들었다.

"문단속 잘하고 자."

"알았어. 알았어."

시카가 얼른 나가 보라고 손짓했고 카서스는 오른 눈썹을 슥 추어올려 그녀를 보았다가 문을 닫고 나갔다. 시카는 제대로 문을 잠그고 침대로 돌아갔다.

'어디 가는 걸까? 그러고 보니 여기가 고향이라고 그랬지. 지인이라도 만나러 가는 걸까?'

아니, 고향에 온 걸 그렇게 기뻐하지는 않는 것 같았는데.

'뭐 그래도 소꿉친구 하나둘쯤은 있겠지. 아니면 성묘라든가.'

어머님이 돌아가셨다고 했으니까, 이 마을분이시라면 여기 신전에 묻혀 계실 것이다.

'그런 거면 같이 가도 좋은데.'

그런 걸 같이 갈 만큼 친밀하지는 않은가?

그렇게 생각하니 어딘지 실망하는 자신이 있다. 시카는 한숨을 내쉬었다. 그녀는 가방 안에서 커다란 책을 꺼냈다.

'12시까지 시간이 좀 있으니까, 책이나 볼까.'

시카는 책을 펼쳤지만, 페이지가 넘어가지 않았다.

'신경 쓰여.'

카서스에게는 별말 없이 다녀오라고 했는데 어디로 갔는지 신경 쓰였다.

'아, 그만둬. 남의 사생활을 캐는 수다스러운 옆집 할망구가 되고 싶지 않으면 신경 끄자.'

사람에게는 사생활이라는 게 필요하잖아?

시카는 탁 하고 책을 덮어 가방 안에 넣었다. 자신도 오늘 이렇게 몰래 잭슨을 만나러 가지 않는가? 그런 주제에 카서스가 어디 가는지 말해 주지 않는다고 기분 나빠 하고 있다니.

'완전 제멋대로잖아.'

적어도 카서스는 자신이 나간다는 건 밝혔다.

그렇게 생각하니 시카는 양심이 약간 찔려 왔지만 오루트에게 사정을 설명하면 꼭 따라올 것 같아서 그만뒀다.

어차피 여관 뒤뜰에서 만나는 거고. 굳이 이야기할 필요는 없어 보였다. 시카는 허리 가방도 메지 않고 조심스럽게 문을 빠져나갔다.

좋은 여관이라서 그런지 복도가 삐걱거리지도 않았다. 시카는 재빠르게 계단을 내려왔다. 1층 로비는 텅 비어 있었다. 시카는 직원에게 눈인사하고 뒤뜰로 빠져나갔다. 여관의 뒤쪽에는 작은 정원이 마련되어 있었다. 날이 풀려서 그런지 작은 분수대에서 물이 퐁퐁 솟아오르고 있었다. 아직 잎사귀는 나오지 않아서 황폐하기는 했지만 말이다.

'아직 안 왔나?'

시카는 정원 의자에 앉았다.

'으, 밤 되니까 춥다. 망토 가지고 나올걸.'

뒤늦게 후회하며 시카는 자기 방의 창문을 한 번 바라보았다.

"시카?"

작은 목소리에 시카는 자리에서 벌떡 일어났다.

"잭슨? 어디야?"

"여기, 여기."

기둥 뒤에 숨어 있던 잭슨이 손을 흔들었다. 시카가 그에게로 종종걸음으로 다가갔다.

"으, 밤 되니까 진짜 춥다."

"어어, 응. 그러네."

"그래서 무슨 일이야? 얼른 용건만 말해 봐."

시카가 양손을 비비고 호호 불며 말하자 잭슨이 머뭇거리며 말했다.

"승부 조작 말이야. 진짜 도와줄 수 없을까?"

그 말에 시카의 동작이 딱 멈췄다. 그녀의 눈이 삼백안이 되었다.

"그딴 소리 하려고 나 부른 거야?"

"아니, 진짜로 딱 한 번만. 그러면 나 빚 청산하고 깨끗하게 뜰 수 있단 말이야."

"빚? 빚까지 있단 말야?"

시카는 어처구니가 없어서 입을 벌렸다. 잭슨이 애원하듯 말했다.

"이번에 크게 한 판이 벌어지는데, 네가 도와주면 빚도 갚고 한몫 잡을 수 있다고."

시카는 크게 숨을 들이쉬고 말했다.

"미안, 잭슨. 거기에 마법을 쓸 수는 없어. 그런 식으로 이득을 취해서도 안 되고. 빚이라면 얼음탑에 청원해 봐. 거기서 어떻게든 해 주겠지."

잭슨이 그 말에 고개를 푹 숙였다. 그의 어깨가 떨려와 시카는 짜증이 나면서도 동정이 되는 기묘한 기분을 느꼈다. 하여간 얼음탑에 있었을 때부터 쭉 함께해 온 동료다.

"괜찮아. 탑주가 화내면 내가 좀 편들어 줄 테니까, 응?"

"미안."

"됐어. 훌훌 털어 버려."

"미안해."

잭슨이 고개를 들며 말했고 시카는 순간 위험을 알리는 생물로서의 직감이 경고를 울리는 걸 느꼈다. 그녀가 지팡이를 부르려 손을 치켜드는데 뒤에서 두 사람이 그녀를 덮쳤다. 팔을 꺾고 입을 틀어막는다.

'안—!'

소리를 치려고 숨을 들이마시는데 기분 나쁜 냄새가 났다. 머리가 어지럽게 빙빙 돌다가 그대로 툭 하고 정신이 끊어졌다.

*　　*　　*

오루트는 카드 탑을 쌓고 있었다. 이제 조금 있으면 5층짜리 탑을 완성할 참이었다.

'어라?'

약간의 소란스러움이 그의 정신의 한구석을 건드렸고 카드 탑은 속절없이 무너졌다. 잠시 그 앞에 웅크러서 슬퍼하다가 오루트는 창문가로 다가갔다.

'뭐지?'

하지만 정원은 조용했다. 그는 슬그머니 오러를 퍼트려 기척을 탐색했다.

'사생활 보호는 잠시 접어 둘게요. 미안해요, 누나.'

옆방을 뒤지고 오루트는 "어?" 하고 저도 모르게 소리를 냈다. 그는 쏜살같이 방을 튀어나가 시카의 방문을 두들겼다.

"누나? 시카 누나~? 안에 있어요? 있어? 있을 리가 없지!"

오루트는 손잡이를 잡고 오러를 불어넣으며 문을 열었다. 별로 힘을 주지도 않은, 문을 여는 동작이었는데 자물쇠가 망가지며 문이 열렸다. 오루트는 침대가로 달려가 이불을 들췄다. 당연히 이불 밑에는 아무것도 없었다.

머릿속이 윙― 하고 도는 것 같았다. 그리고 오루트는 결론을 내렸다.

"난 죽었다……."

오루트는 중얼거리며 멍하니 침대를 바라보았다.

"잠깐, 잠깐. 화장실이라든가? 밖에 바람을 쐬러 나간 걸 수도 있잖아? 오루트. 침착해."

그는 눈을 감고 오러를 쭉 펼쳐서 기척을 더듬어 나가기 시작했다. 원을 그리며 점점 넓어진 오러의 원은 위층에서 아래층까지 더듬기 시작했다. 그리고 그 안에 잡힌 것은 전혀 다른 사람이었다.

카서스는 쪽지를 이리저리 바라보면서 여관 안으로 들어오고 있었다. 그의 옆구리에는 종이 꾸러미가 껴 있었다.

　　　　—십 년.

종이에 쓰인 것은 딱 그 단어 하나뿐이었다.

발신인은 울프 상회였다. 실바의 노른자위 땅을 차지하고 있는 의문의 상회. 상회 주인의 얼굴은 누구도 본 적 없고 오로지 대리인만 볼 수 있다고 했다.

용병 일을 하는 카서스와 부동산의 거리는 백만 년쯤인 데다가 실바라면 쳐다도 보기 싫은 카서스라서 지금까지 한 번도 엮인 적은 없었다.

그런데 거기서 온 쪽지라니.

게다가 내용도 뜬금없다.

'직접 가서 확인해 볼까?'

하는 그 순간. 카서스는 뭔가가 자신의 감각을 간지럽히는 걸 느꼈다. 그는 이를 악물고 단숨에 위층으로 뛰어 올라갔다.

"뭐야?"

카서스가 황급히 들어오며 물었다. 탐색하는 오루트의 오러를 그도 느낀 것이다. 그가 오루트의 얼굴을 보고 텅 빈 침대를 보고 얼굴을 굳혔다. 그리고 다음 순간 오루트를 붙잡고 벽에 밀어붙였다.

쾅—!

요란한 소리가 울려 퍼졌다. 오루트는 그가 팔뚝으로 목을 조르듯 눌러 산소가 부족해지는 걸 느끼며 말했다.

"죄송합니다."

목이 눌려 목소리가 끅끅거리듯 나왔다. 카서스는 으르렁거렸다.

"죄송? 지금 죄송 소리가 나와? 언제부터?"

헐떡이며 그는 간신히 대답했다.

"저도 방금 발견했습니다."

"방금 발견했습니까? 그거 잘하셨습니다!"

카서스가 그를 놓아주어 오루트는 몇 번 밭은기침을 하며 목을 문질렀다. 카서스가 주변을 둘러보았다. 허리 가방도 얌전하게 걸려 있고, 어디에서 몸싸움의 흔적은 보이지 않는다.

게다가 그녀는 마법사 아닌가? 누가 그녀를 잡으려고 한다면 마법을 사용했을 것이다.

"침입한 흔적은 없어. 그럼 시카가 제 발로 걸어 나갔다는 건가?"

"면식범인가 보죠."

오루트의 말에 카서스가 날카롭게 물었다.

"네가 누가 들어오는 걸 눈치 못 챈 건 아니고?"

"살기에는 민감하다고요."

오루트가 작게 말하자 카서스는 "잘도." 하고 비아냥거리며 문을 나섰다. 잠금쇠가 덜렁거리는 문을 오루트는 잘 닫고 카서스의 뒤를 따랐다.

"면식범이라면 아까 낮의 그 새끼겠지."

여관 일 층으로 내려와 혹시나 하고 직원에게 물으니 시카가 뒤뜰로 나갔다고 말해 주었다. 뒤뜰로 나갔으나 당연히 시카는 보이지 않았다. 혹시나 하고 주변을 살폈지만 역시나 보이지 않는다. 카서스는 신음을 삼켰다. 오루트가 의아해져 물었다.

"하지만 시카는 마법사잖아요? 마법사를 어떻게 가둘 생각인 걸까요?"

"마법사를 붙잡는 방법이 없으면, 황제께서 어떻게 반란군 수장인 마법사를 능지처참했겠니. 돌머리야."

"아."

오루트는 혀를 깨물고 싶은 기분을 간신히 눌러 참았다. 카서스는 그런 그의 기분 따위를 신경 쓸 마음이 조금도 없었기 때문에 그를 무시하고 여관을 나갔다. 밤이지만 축제 때문에 당분간은 통금이 없어서 거리에는 사람이 많았다.

카서스는 길을 통하지 않고 가볍게 뛰어올라 담장과 지붕을 건너뛰는 방식을 선택했다. 마치 고양이가 달리듯, 아니 고양이보다 더 가볍게 그는 지붕 기와에 덜그럭거리는 소리 하나 남기지 않고 달렸다. 오루트는 그냥 평범하게 길을 달리는 방식을 택했다.

같은 마스터라고 해도 오러를 운용하는 방식은 완전히 다르다. 카서스가 달리는 식으로 달리는 건 오러를 그렇게 움직이게 훈련해야 한다.

자신이 흉내 내려고 하다가 남의 집 지붕에 구멍을 내느니 그냥 달리는 게 나으리라.

'그리고 누나를 찾으면 엉덩이를 때려 주겠어.'

오루트는 이를 득득 갈았다.

카서스는 별빛조각관에 도착하자마자 소리쳤다.

"잭슨! 어딨어?!"

그가 소리 지르자 경비원이 다가와 그를 제지했다.

"여기서 이러시면 안 됩니다."

카서스가 시미터을 뽑아 그의 목에 가져다 댔다. 눈에 보이지도 않을 만큼 빠른 동작이었다. 경비원은 숨을 삼키며 양손을 들었다.

카서스가 낮게 속삭이듯 말했다.

"여기서 이러면 안 되는 게 누군지 내가 말해 볼까?"

그가 칼을 뽑자 여기저기서 작게 소리치는 소리가 났다. 경비원들이 우르르 몰려들자 카서스가 한숨을 내쉬고 머리 위로 검을 치켜들었다가 휙 하고 아래를 향해 내리그었다. 금색의 오러가 돌바닥을 쉽게 잘라 깊은 흔적을 남겼다.

그걸 보고 사람들은 모두 입을 다물었다. 잠시 후 작은 탄성이 사람들 사이로 수군수군 퍼져 나갔다.

"마스터……."

"마스터다……."

"맙소사."

"오러 사용자."

"저걸 내 눈으로 보게 되다니."

경비원들은 순식간에 전의를 잃었다. 오러 사용자—마스터와 싸워서 목숨을 부지할 만한 실력자는 도박장 경비원을 하고 있지 않을 것이다.

이 소란은 순식간에 퍼져 나가서 곧 도박장 주인이 달려왔다. 마흔 중반으로 보이는 그는 허리둘레가 상당했고 잠깐 뛰어온 것만으로 이마에서 땀을 흘리고 있었다.

당장 저놈을 잡아 죽여라! 하는 기세로 달려왔지만, 카서스가 오러 사용자라는 것을 알자 단박에 태세를 바꿨다.

사근사근한 목소리로 그가 말했다.

"아니, 이 한밤중에 무슨 소란이십니까?"

"잭슨이라는 남자를 찾고 있어. 오늘 낮까지 여기서 도박을 하던데. 여기 지하 공용실에서 묵고 있다고 하더군."

"얼른 찾아서 대령하겠습니다. 그때까지 대기실에서 잠시 기다리시죠. 네네."

아첨이 듬뿍 담긴 미소까지 곁들여 주인은 양손을 비볐다.

"얼른 대기실을 준비하지 않고 뭐하나!"

괜히 경비원들에게 소리까지 쳤다.

오루트는 그때 도착한 참이었다. 오루트는 돌아가는 상황을 파악하며 카서스의 뒤에 얼른 붙어 섰다. 카서스가 주인에게 손을 내저으며 말했다.

"환대는 됐어. 난 사람만 찾으면 되니까."

"그, 그러시면 차라도 한 잔 올릴까요?"

"필요 없어."

"그러십니까."

하인이 달려올 때까지 어색한 시간이 흘렀다.

"그, 마스터시라면— 성함이 어떻게 되시는지?"

"이 시기에, 여기서 이러고 다니는 마스터라면 누구겠냐?"

카서스가 퉁명스럽게 내뱉자 주인이 눈을 휘둥그레 뜨며 말했다.

"그, 그러시면— 그, 이명(異名)이 설마……."

카서스는 대꾸하지 않았다. 그의 눈에 저쪽에서 달려오는 하인이 포착되었다. 허겁지겁 달려온 하인이 주인에게 뭐라고 속삭였다. 카서스에게는 다 들렸기 때문에 격식 없이 물었다.

"없어?"

그 말에 하인과 주인은 움찔하며 카서스를 보았다. 주인이 하인에게 말했다.

"그냥 말씀드려라."

"네, 네에. 현재 공용실에 잭슨은 없습니다. 그런데 들은 이야기에 의하면 잭슨이 붉은아침회에게 십만 케브르를 빚졌다고 하더군요. 기일이 거의 다 돼서 요즘 초조해하고 있었다고 합니다."

이 짧은 시간에 알아온 것치고는 꽤 자세한 정보였다.

"붉은아침회?"

"최근 새로 생긴 불량배 집단입니다. 젊은이들이 주축이라 그런지 거칠고 무도하기 짝이 없다고 하더군요."

주인이 얼른 대답했다. 카서스가 물었다.

"어디서 찾을 수 있지?"

"그게―"

그가 곤란한 얼굴을 했고 카서스가 느른하게 말했다.

"모른다는 말은 하지 마. 이런 도박장을 운영하면서 그쪽이랑 연관이 없다고는 생각 안 해."

"보통은 그쪽에서 저희에게 오니까요. 그리고 제 주 거래는 금사슴이라서……. 제가 아는 건 그놈들이 '붉은 수선화'에 잘 모인다는 것뿐입니다."

"붉은 수선화……."

중얼거리고 카서스는 시미터를 도로 꽂아 넣었다. 그가 가볍게 양손으로 얼굴을 훔쳤다.

"그래, 알았어. 한밤중에 소란 피워서 미안하군."

그가 고개를 돌려 나가는데 도박장 주인이 소리쳤다.

"방랑자를 도울 수 있어서 영광이었습니다!"

"별 게 다."

카서스는 뒤도 돌아보지 않고 걸음을 빨리했다. 오루트는 힐끗 도박장 주인을 바라보았다가 카서스를 따라가며 물었다.

"저 사람 얼굴 봤어요? 카서스가 남긴 흔적을 소중하게 간직하면서 앞에다가 '방랑자가 남긴 오러 흔적' 하고 명패라도 달아 놓을걸요."

카서스는 손을 뻗어 오루트의 머리카락을 잡아당겼다.

"아야야?!"

"지금 그딴 소리가 입 안에서 나와? 시카가 어디로 가 있는지도 모르는데?"

그제야 오루트는 카서스가 겉으로는 멀쩡하게 보이지만 속은 완전히 맛이 가 있다는 것을 깨달았다. 당황해 오루트가 말했다.

"하지만 시카는 마법사잖아요?"

"그런데?"

"인신매매라면 소중한 상품이라고요. 다치게 하지는 않을 거예요. 손님이 특별 주문 같은 걸 하지 않는다면 말이에요."

"아니면 고문해서 원하는 것을 얻어 내려고 할 수도 있지."

"마법사를 마음대로 말하게 둔다고요? 그 한 마디가 마법 주문일지도 모르는데?"

그 말에 카서스의 손에서 힘이 풀렸다. 오루트는 분명히 자신의 머리카락이 한 움큼 뽑혔을 거라 생각하며 말했다.

"냉정해지세요."

"냉정해."

"전혀 안 그런데요. 제가 생각하는 것도 생각하지 못하시니까요."

"……."

카서스는 대답하지 않고 걸었고 오루트가 물었다.

"그, 붉은 수선화라는 데가 어딘지 아세요?"

여전히 그는 대답하지 않았다. 하지만 발걸음에는 거침이 없었고 그래서 오루트도 말없이 그 뒤를 따랐다.

항구에는 배를 타고 오고 가는 많은 손님을 위한 집창촌이 있다. 카서스는 그곳으로 들어갔다. 이 새벽이야말로 그들의 영업이 정점일 때라 환락가는 화려하게 치장하고 손님을 맞이하고 있었다.

"어머, 오빠 잘생겼다. 나랑 놀아요."

"안녕, 너 예쁘네?"

사방에서 카서스와 오루트를 보고 추파를 던져댔다. 이렇게 잘생긴 남자는 흔치 않으니 더욱 그랬다. 오루트는 얼굴을 붉히며 땅바닥을 보았지만, 카서스는 평소의 미소도 돌려보내지 않고 안쪽으로 더 걸어 나갔다.

마치 분칠이 떨어져 나가듯이 하나씩 화려함이 떨어져 나간 그 뒤쪽에 조잡하게 색칠된 간판이 붙어 있었다. 그리고 그 옆에 새빨간 수선화가 그려져 있어서 오루트도 여기가 어딘지 충분히 알 수 있었다.

문을 열고 들어가자 시끄러운 음악과 소음이 쏟아져 들어왔다. 앞에 만들어진 무대에서 헐벗은 여자들이 춤을 추고 있었다.

들어온 그들에게 얼른 여자들이 달라붙었다. 카서스의 팔짱을 끼고 벗은 가슴을 밀어붙이며 여자가 콧소리를 냈다.

"안녕, 오빠~ 진짜 잘생겼다아—"

"마담은?"

카서스의 물음에 그녀가 "에에에." 하는 콧소리를 내며 가슴을 그에게 비볐다. 카서스가 손을 뻗어 그녀의 머리를 잡고 밀어 냈다. 모욕적으로 느껴질 만한 행동이었다.

"마담."

카서스의 차가운 말에 여자는 흠칫하고는 후다닥 뒤쪽으로 가 버렸다. 오루트에게 붙어 있던 여자도 쭈뼛거리며 떨어졌다. 오루트가 작게 속삭였다.

"그래도 평범한 사람에게 살기를 쏘면 안 되잖아요."

"귀족 도련님은 좀 닥쳐."

카서스의 말에 오루트는 뺨을 부풀렸다가 카서스의 다음 말에 얼른 고개를 숙였다.

"만약 시카에게 상처라도 나 있으면, 그 상처 하나에 너도 한 대씩이니까."

방 뒤쪽에서 화려하게 치장한 중년의 여성이 걸어 나왔다. 그녀가 카서스를 보더니 "어머나." 하고 웃었다.

"이게 누구야. 우리 키서 아냐."

"오랜만이야. 마담."

카서스는 예의상의 미소도 짓지 않았다. 그걸 보고 마담은 코웃음을 쳤다.

"피렌이 죽을 때 얼굴도 비치지 않았던 아이가 무슨 일이지?"

"붉은아침회가 여기에 잘 모인다면서? 어디서 만날 수 있어?"

"그 소란스러운 것들은 왜?"

"내 지인을 납치한 것 같아."

"방랑자의 지인을 납치라."

"한시가 급하니까 빨리 말해 주면 좋겠는데."

"그게 부탁하는 태도니?"

"엎드려서 빌까?"

카서스의 말에 마담은 담배를 깊게 마셨다가 후— 하고 길게 내뱉으며 말했다.

"나라고 걔네들이 어디서 노는지 다 아는 건 아냐. 게다가 내가 알려 줬다고 소문이라도 나면 이 바닥 장사는 꽝이고."

"내가 꽝 되게 해 줄 수도 있고."

카서스가 웃었다. 그걸 본 마담은 질렸다는 얼굴로 말했다.

"어디서 이런 게 나왔을꼬? 네 아비를 똑 닮았구나."

"내 아비가 누군지 모르니 닮았는지는 모르겠네. 그래서 위치는?"

마담이 뒤쪽으로 오라고 손짓했다. 카서스는 마음이 급해서 이런 하나하나 공방도 슬슬 지쳐 가고 있었다. 그냥 다 부수고 탈탈 털어 버리고 싶었다.

하지만 그러면 안 된다.

간신히 마지막 이성의 끈을 붙잡고 그는 호흡을 가다듬었다. 뒤쪽으로 가자 마담이 작게 속삭였다.

"지금 벨의 손님으로 들어가 있는 게 붉은아침회 끄나풀이야."

"벨?"

"204호."

"알았어."

"붉은아침회, 그냥 끝내 버려. 소란스럽고 돈도 안 내는 손님이야."

마담의 말에 카서스는 그저 서늘하게 웃고 자리를 떴다. 오루트가 얼른 그 뒤를 따르자 마담이 눈을 찡긋하며 그에게도 말했다.

"뒤의 귀여운 도련님은 특별히 반값에 해 줄 테니까, 나중에 찾아와."

오루트는 어색하게 웃었다.

귀족들을 상대하는 고급 창녀와 이들은 완전히 달랐다. 오루트는 어색함을 넘어서서 약간의 역겨움마저 느꼈다. 오히려 그에게 돈을 준다 해도 이 여자들을 상대하고 싶지 않았다.

이 층으로 올라간 카서스는 물론 문을 두드리는 짓은 하지 않았다. 그는 문을 걷어차서 열었다. 한창 거사를 치르고 있던 남자는 당황해 반응하지도 못했다.

카서스는 알몸인 그를 바닥에 내팽개쳤고 여자는 희게 질려서 침대보로 몸을 가렸다. 오루트는 남자의 아래쪽을 보았다가 "우웩." 하며 시선을 돌렸다. 얼굴이 시뻘게져서 남자는 소리쳤다.

"개자식들아! 너희들 내가 누군지 알아!"

"응, 아니까 찾아왔지. 그래서 네 동료는 어디 있냐?"

카서스의 물음에 남자는 "몰라!" 하고 대답했고 카서스가 벨에게 나가라고 눈짓하자 그녀는 별말 없이 침대보로 몸만 감싸고 방에서 도망치듯 나갔다.

"그럼 우리끼리 얘기해 보지."

카서스는 단검을 꺼내 들며 말했다.

＊　　＊　　＊

시카는 자신의 어리석음에 분통이 터졌다. 동시에 괴로웠다.

'잭슨이 날 팔다니.'

가족이라고 생각했다.

자신에게 진짜 가족은 없지만, 그래도 얼음탑에서 만난 마법사 동료들을 소중하게 생각했다. 가족 대신이라고―아니 진짜 가족이라고 생각했다.

그리고 실제로도 그랬다. 평생 얼굴을 보고 부대껴 온 사이였다.

'그런데⋯⋯.'

시카는 자신의 손에 걸린 수갑을 바라보았다. 입에 물린 재갈 때문에 침 삼키기도 힘들어 추하게 몇 번 흘리기까지 했다.

시카는 주변을 둘러보았다.

정신을 차리니 이곳이었다. 햇빛이 전혀 들지 않는 것과 축축한 냄새로 봐서 지하인 듯했다. 지하 어디인지는 전혀 모르겠지만 말이다.

이런저런 짐들이 쌓여 있었는데, 자신이 들어 있는 철장도 그 사이에 끼어 있었다. 시카는 손을 뻗어 철장을 만져 보았다.

차갑고 단단하다. 당연히 사람의 힘으로는 부술 수 없었다.

시카는 나무 수갑을 보았다. 네모나게 생긴 수갑에는 자신의 손목이 들어가는 구멍이 두 개 나 있었다. 그리고 그 수갑에 마법진이 그려져 있었다.

임시든 뭐든, 하여간 이 수갑은 마법 봉인구였다. 시카는 그 수갑을 철장에 내리쳤다.

"―!"

두꺼운 나무는 깨지지 않고 고스란히 충격을 시카의 손목에 돌려주었다. 하지만 시카는 이를 악물고 두 번, 세 번, 수갑을 내리쳤다. 캉! 캉! 하는 요란한 소리가 들렸다. 손목뼈가 부딪쳐 까지고 피가 나기 시작했다.

"시카, 시카! 뭐 하는 거야."

들려온 목소리에 시카는 화드득 몸을 웅크렸다. 잭슨이었다. 그가 무릎을 구부려 시카를 들여다보았다.

"수갑 깨려고? 무리야. 사람 힘으로 깨질 정도면 수갑이 아니지. 일이 이렇게 돼서 정말 미안해. 하지만 어쩔 수 없잖아. 네가 마법으로 도와준다고만 하면 다 잘 될 거야. 응?"

그 말에 시카는 어이가 없었다.

멍청한 거야, 바보인 거야?

어느 쪽이든 같은 말이었지만 그 소리는 그저 재갈에 물려 읍읍 하는 소리만 되었을 뿐이었다. 그녀는 후 하고 길게 한숨을 내쉬었다. 그건 말이 아니라도 전달되었고 잭슨은 입을 다물었다.

"어이! 거기서 뭐 하는 거야!"

거친 목소리에 잭슨은 움찔하며 자리에서 일어났다.

"아, 아무것도 아닙니다."

시카는 창살 틈 사이로 소리친 남자를 바라보았다. 20대 초반으로 보이는 남자가 거칠게 잭슨을 떠밀었다.

"상품에 손대지 마, 새꺄."

"상품이라뇨. 시카도 이야기를 잘하면 알아들을 거예요."

"이야기는 개뿔. 우리를 머저리로 아나. 쟤가 마법 쓰게 둘 것 같아? 마법사라면 가격을 높게 부를 귀족들이 얼마든지 있으니까 말야."

그 말에 잭슨의 얼굴이 창백해졌다.

"그, 그게 무슨 말이에요. 팔다뇨."

잭슨의 반응에 남자는 비웃음을 지으며 다시 잭슨을 떠밀었다. 잭슨이 어엇 하고 밀려 엉덩방아를 찧었다. 잭슨의 얼굴이 시뻘게졌다.

"비리비리한 샌님 새끼가. 마법사라면서 마법도 크게 못 쓰고. 너 십만 케르브가 뉘 집 개 이름인 줄 알아? 너 팔아 치워도 그거 못 갚아 새끼야. 마법사 친구 둬서 잘됐다. 그지? 응?"

남자는 아버지뻘인 잭슨의 머리를 쓰다듬듯이 꾹꾹 누르며 말했다.

"그, 그건 이야기가 다르잖습니까."

"아이고, 아직도 정신 못 차리셨소. 진짜 맞아 봐야 정신을 차리나."

콱, 하고 남자가 주먹을 들자 잭슨은 몸을 움츠렸다. 남자가 그걸 보고 히죽거리며 손을 뻗어 잭슨의 뺨을 탁탁 때렸다.

"이제 그냥 넌 잠잠히 있으면 돼. 어? 그러면 네 빚도 탕감되고, 우리도 돈을 벌고. 서로서로 좋잖아? 응? 응?"

잭슨의 뺨이 붉게 되어서야 남자는 손을 멈췄다. 그가 밖에다 대고 소리쳤다.

"야, 좀 들어와 봐!"

그 말에 문이 열리고 남자 두 명이 어슬렁거리며 들어왔다. 역시나 젊은 얼굴이었다.

"뭐야?"

"무슨 일인데?"

"이 자식 끌고 나가. 상품에 접근하려고 하더라."

그 말에 남자 둘이 피식 웃으며 잭슨의 양팔을 붙잡았다.

"웃기는 놈일세?"

"나가서 맛 좀 보여 주지."

"아, 안 돼, 살려 주세요!"

"누가 죽인대? 맛만 좀 보여 준다는 거지."

남자 둘이 질질 잭슨을 끌고 나갔다. 시카는 그만두라고 소리
쳤지만, 재갈에 물려 읍읍거리는 소리만 나왔다. 잭슨이 끌려 나
가고 문이 닫히자 남자는 시카를 돌아보았다. 그녀는 그를 노려
보았다.

"진짜 마법사의 마법이 좀 궁금하기는 한데. 그걸 쓰게 둘 정
도로 멍청이는 아니거든. 마법사인데 이렇게 예쁘장하니, 너 분
명히 비쌀걸. 게다가 이 머리카락 색은—"

그가 창살 사이로 손을 뻗자 시카는 수갑으로 그 손을 후려쳤
다.

"아야! 이 쌍년이!"

그가 휙 손을 뻗어 시카의 머리카락을 잡아당겼다. 그녀의 머
리가 창살에 캉 하는 소리를 내며 박혔다. 시카는 머릿속이 띵해
지는 걸 느꼈다. 그가 그녀의 뒤통수와 머리카락을 붙잡아 창살

에 누르며 욕을 내뱉었다.

"오냐오냐해 주니까 진짜 오냐오냐하는 줄 아는데. 까불지 마라."

시카는 입 안에서 피 맛이 나는 걸 느꼈다. 재갈을 낀 채로 창살에 부딪혀서 다친 모양이었다. 시카는 그의 손을 밀어내며 벗어나려고 안간힘을 썼다. 고통을 주는 거로 자신을 제압하려고 했다면 헛짓이다.

시카가 발버둥 치는 걸 보고 남자는 "어쭈." 하며 손에 더 힘을 주었다. 창살에 얼굴이 더 꾹 눌렸다. 이마가 화끈거렸다.

'아까 부딪쳐서 상처 났구나.'

그걸 이런 식으로 힘을 주니 상처가 벌어지는 모양이었다. 시카는 분했다. 분해서 화가 나는 동시에 짜증이 치밀어 올랐다.

'마법만 쓸 수 있으면.'

이딴 새끼 따위는 아무것도 아니다.

'아니면.'

시카는 새끼손가락의 반지를 어루만졌다.

'이걸 빼고……. 아냐, 안 돼. 안 돼.'

그건 안 된다.

시카는 가느다란 유혹을 물리쳤다. 아직은 그렇게 사태가 심각한 건 아니다.

'그리고 카서스가 지금쯤 알아챘을 거야.'

대체 시간이 얼마나 지났는지는 모르겠지만, 지금쯤이면 카서스가 자신이 없다는 걸 알지 않았을까? 설마 내일 아침까지 눈치채지 못할까?

아냐.

알고 있을 거다.

시카는 순간 카서스의 화난 얼굴이 떠올랐다. 그러고 보니 그가 화내는 것은 본 적이 없다. 그래서인지 더 무서웠다.

'어떻게 하지.'

"야, 너 내 말 듣고 있는 거야? 엉?"

남자가 소리쳐서 그제야 시카는 남자를 창살 틈 사이로 바라보았다. 만약 말을 할 수 있다면.

—아니, 인간 아닌 새끼 말은 못 알아들어.

라고 해 줬겠지만, 말을 할 수 없기에 시카는 히죽 웃어 보였다.

명백한 비웃음이었다.

"이게 진짜!"

그가 손을 떼고 근처의 막대기를 집어 들었다. 그가 그걸 창살 사이로 찔러 넣으려는데 목소리가 들렸다.

"뭐하는 거지, 로븐?"

"대, 대장."

로븐은 당황해 막대를 등 뒤로 감추며 물러섰다. 시카는 그걸 보고 어이가 없었다. 그걸 등 뒤로 감춘다고 감춰지나?

대장은 삼십 대 초반 정도로 보였다. 제법 말쑥하게 차려입고 있어서 다른 놈들처럼 불량배로 보이지 않았다. 오히려 미남이라고도 할 수 있었지만 얇은 입술에 뾰족한 턱이 그에게 뱀 같은 인상을 주고 있었다. 그리고 왼 눈에 안대를 하고 있었다.

"그게, 이년이 시끄럽게 굴어서."

"재갈을 물고?"

대장은 그렇게 되물었고 로븐은 입을 꾹 다물었다. 대장이 자박자박 구두 소리를 내며 걸어와 로븐의 머리를 철썩 후려쳤다.

"나가. 멍청한 놈."

"죄송합니다."

로븐은 꾸벅 인사를 하고는 도망치듯이 지하실을 나갔다. 시카는 좁은 철창에서 뒤로 물러났다. 그가 시카의 모습을 보고 "저런." 하고 주머니에서 손수건을 꺼내 들었다.

"제 부하가 실례한 모양이군요. 마법사님."

그가 손을 뻗어 시카의 상처를 누르려고 했지만, 시카는 몸을 비틀어 그 손길을 피했다. 이제 눈이 있는 데까지 피가 흘러서 닦고 싶기는 해도 저놈의 도움은 필요 없었다. 남자는 별 반응도 없이 손수건을 도로 집어넣었다.

"전 라우라고 합니다. 뭐 앞으로 한 시간 후에는 별 상관없는 이름이 되기는 하겠지만 말입니다. 마법사님의 몸값으로 100만 케르브나 나왔답니다. 원래라면 좀 더 경매하고 싶지만―"

라우가 시카를 보고 히죽 웃었다.

"시간이 생명이라는 것 정도는 저도 압니다."

시카는 숨을 삼켰다.

한 시간.

자신이 잡혀 온 지 얼마나 된 걸까? 카서스는 어디쯤 와 있을까?

"얌전히 계시는 게 좋을 겁니다. 저도 당신을 다치게 하고 싶지는 않으니까요."

'어련.'

시카는 픽 바람 빠지는 듯한 웃음을 흘렸고 라우는 그걸 알아보고 웃었다. 그때 문이 요란한 소리를 내면서 열리고 로븐이 뛰어 들어왔다.

"대장!"

"무슨 소란이냐?"

라우가 눈을 찌푸리며 묻자 로븐이 힐끗 시카를 보고 라우에게 말했다.

"방랑자가 저 마법사를 찾고 있다고 합니다."

"방랑자가?"

"네, 네. 지금 붉은 수선화에서 연락이 왔습니다."

"카서스 리안과 아는 사이인가 보지?"

라우가 시카를 돌아보며 물었고 시카는 의기양양한 얼굴을 해 보였다. 로븐이 황급하게 말했다.

"지금 그냥 이 여자를 놓고 튀는 게 좋지 않을까요? 마스터라고요, 대장."

"마스터라고 모든 걸 할 수 있는 건 아니지."

리우가 중얼거리고는 로븐에게 말했다.

"마법사를 꺼내. 장소를 옮기겠다."

"하, 하지만—"

로븐은 머뭇거리다가 라우가 눈을 찌푸리자 얼른 열쇠 꾸러미를 집어 들었다. 로븐은 철장을 열고 시카를 끌어냈다. 그녀는 철장에서 나오자마자 수갑으로 로븐의 얼굴을 후려쳤다.

"악—!"

코뼈가 부러지는 소리와 함께 그가 비명을 지르며 얼굴을 붙잡았고 시카는 그대로 문으로 달렸다. 아니 달리려고 했다.

뻑—!

커다란 소리와 함께 시카는 눈앞이 새까맣게 되는 것을 느끼고 정신을 잃었다.

머리가 뻐개지는 통증에 시카는 눈을 뜰 수가 없었다. 하지만 몸을 스치는 서늘한 바람이 느껴지자마자 그녀는 눈을 번쩍 떴다.

철컹! 그녀가 움직이자 머리 위로 고정된 수갑이 요란한 소리를 냈다. 시카는 바로 자신의 몸을 내려다보았다.

알몸이었다.

당황해 그녀는 몸을 웅크리며 주변을 둘러보았다. 아까와 다르지만, 여전히 지하실이다. 자신의 몸 아래에는 얇은 담요가 한 장 깔려 있고 그게 전부였다. 어두운 촛불이 희미하게 흔들리고 있었다.

"깨어났네요."

들려오는 목소리에 시카는 어쩔 줄 모르며 몸을 비틀었다. 라우가 천천히 그녀에게 다가오자 시카가 소리쳤다.

"오지 마!"

당당하게 말하고 싶었는데 나온 것은 찢어지는 히스테릭한 읍읍 소리뿐이었다. 시카는 재갈을 어떻게든 밀어내려고 했지만 소용없었다.

"알몸으로 도망치기는 어렵겠죠?"

시카는 재갈을 문 채로 욕을 퍼부었다.

"이런. 하지만 뭐 상관없습니다. 100만 케르브를 포기할 예정이거든요."

그 말에 시카는 동작을 멈췄다.

풀어 주겠다는 이야기인가?

"카서스의 고향이 여기인 건 아십니까?"

라우는 엉뚱한 소리를 했고 시카는 그를 노려보는 것 외에는 아무것도 할 수 없었다. 라우가 자신의 안대를 어루만지며 말했다.

"그 자식이 마스터가 되기 전에 말이죠. 꼬맹이였을 때 인연이 있어서 말입니다. 그게 지금으로부터 십오 년 전이었죠. 제가 그때 그에게 그랬거든요. 날 살려 둔 걸 후회하게 될 거야."

시카는 침을 삼켰다. 라우가 천천히 자신의 재킷을 벗으며 말했다.

"카서스는 웃었고, 그는 마스터가 되고 유명해져서. 저는 좀 절망했습니다. 그 웃음이 진짜가 되겠구나 싶어서요. 그런데 이렇게 기쁜 일이?"

라우가 시카의 발목을 잡아당겼다. 시카가 재갈을 악물며 다른 발로 그를 걷어차려고 했지만, 그 발목도 붙잡혔다. 라우가 다리를 벌리자 시카는 전신이 떨려 왔다.

"카서스의 애인인가요? 애인이라면 좋을 텐데, 아니라도 상관없어요. 그가 찾는 사람이 강간당하고 살해당한 모습을 꼭 보여주고 싶거든요. 방랑자의 실패가 저로 인한 거라면 매우 기쁠 것 같군요."

앞으로 저지를 일의 끔찍함을 말하면서도 그의 목소리는 부드러웠다. 시카는 눈을 질끈 감았다. 그녀의 다리에서 힘이 풀리자 라우는 어라? 하고 "포기하시나요?" 하고 물었다. 시카는 자신의 반지를 뺐다.

순식간에 몸 안에서 검은 것이 부풀어 오른다.

"하─!"

시카는 전신을 타고 흐르는 짜릿함에 저도 모르게 웃었다. 라우는 당황해 눈을 찡그렸다.

"이게 무슨─"

우직─!

손목을 비트는 가벼운 동작만으로 두꺼운 나무 수갑이 부서져 나갔다. 시카는 자리에서 벌떡 일어났다. 라우는 입을 벌리고 뒤로 물러났다.

"괴—"

시카는 울부짖고 싶은 충동을 느끼며 그에게 달려들었다. 라우는 옆에 있는 검을 집어 들어 그녀에게 휘둘렀다. 팍 하고 그녀의 살갗에 상처가 났다. 그걸 본 라우의 얼굴이 밝아졌다.

"뭘 어떻게 한지는 모르겠지만, 바로 살해 파트로 넘어가야겠네요."

"아우우우우우—!"

시카는 고개를 뒤로 휙 제치며 울부짖었다. 기묘한 행복감과 해방감이 몰려왔다.

큰 소리로 시카는 웃었다.

기분 좋아!

라우는 검을 휘둘렀다. 시카에게는 그 검이 아주 느리게 움직이는 것으로 보였다. 그녀는 그걸 피하고 손을 뻗어 라우의 목을 붙잡았다.

별로 힘을 주지 않았는데도 우두둑하고 그의 목이 부러진다.

어라, 죽었나?

힘없이 늘어진 시체를 시카는 몇 번 더 흔들어 보았다.

흔들흔들.

재미없어.

재미없어.

시카는 시체를 바닥에 내팽개쳤다. 그러자 퍽 하고 살이 터지는 소리와 우드득하고 뼈가 부러지는 소리가 났다.

이건 꽤 흥미가 생긴다.

시카는 몇 번 더 그걸 바닥에 내리쳤다. 달콤한 피비린내가 퍼져 나갔다.

그녀는 바닥에 납작 네 발로 붙어서 킁킁 냄새를 맡았다.

이건 맛있을까? 냄새는 괜찮아 보여. 먹어도 되는 건가? 사냥감인가?

아냐.

아냐.

아냐.

시카.

시카.

물러서.

마음속 어딘가에서 이성이 필사적으로 종용하지만, 시카는 싫었다. 이렇게 즐거운데. 이렇게나 흉포할 정도로, 몸이 저절로 떨릴 정도로 즐거운데. 왜?

휙─

그녀가 짐승 같은 동작으로 고개를 돌리며 두 발로 벌떡 일어났다. 밖이 소란스럽다. 소리의 근원지를 찾으려는 듯 고개를 갸우뚱거리며 그녀는 귀를 기울였다.

밖? 위?

좀 더 가지고 놀 게 있는 건가?

"시카는 어디 있어!"

소리치는 목소리가 익숙해서. 익숙해서. 익숙—

—당신의 목소리는 잘 들려요.

"웃—!"

시카는 머리를 붙잡고 뒤로 물러섰다.

"아—!"

카서스.

그녀는 당황해 하나밖에 없는 초를 후려쳤다. 초가 꺼지자 지하실은 완벽한 어둠에 잠겼다. 시카는 혹혹 거칠게 숨을 몰아쉬었다.

반지, 반지를 찾아야 해.

반지? 무슨 반지?

카서스가 왔어.

그게 무슨 상관이야? 더 놀자. 더 놀자.

싫어. 안 돼.

시카는 비틀거리며 바닥을 더듬었다. 아까 어디에 반지를 던졌어? 던졌지?

그때 지하실 문이 열렸다.

"오지 마!"

시카는 소리쳤다.

카서스는 움찔 멈춰 섰다. 지하실 밖에서 들어오는 빛을 등지고 있어서 그의 표정이 잘 안 보였다.

"시카 누나? 있어요? 다행이다아~"

오루트의 목소리에 시카는 울부짖었다.

"안 돼, 싫어! 싫어!"

오루트는 움찔하며 물러섰다.

"오루트, 나가."

카서스가 손을 들며 명령하자 오루트는 말없이 지하실 문을
닫고 나갔다. 문이 닫히자 다시 어둠이 찾아들었다. 카서스는
그 어둠 속에서도 별 어려움 없이 걷기 시작했다. 그러며 그가
검을 꽂아 넣고 검대를 풀어서 근처에 올려 뒀다.

"자, 내 무기는 여기에 내려놓을게. 괜찮아."

그가 점점 다가오자 시카는 구석으로 몰렸다.

"오지 마."

"괜찮아. 이거, 네 약점 문제인 거지?"

카서스의 목소리는 부드럽고 평온했다. 시카는 숨을 헐떡였
다. 지하실 안은 피비린내로 가득했다. 카서스는 라우의 시체를
밟았다. 물컹한 건 결코 좋은 느낌이 아니었다.

봤어!

카서스가 봤어!

시카는 벽에 찰싹 붙었다. 이제 그가 어떻게 생각할까? 자신
을 벨까?

사람을 죽인 마수를 퇴치할까?

정당방위라며 검을 휘두를까?

하지만 카서스는 검을 빼지도 않았다.

"아, 이런."

그 한마디만 한 카서스는 엉망이 된 시체를 일별하고 다시 시카에게 시선을 돌렸다.

"이리 와, 시카. 다친 곳은 없나 보게."

"아, 안 돼에—"

시카는 긴말을 할 수가 없었다. 머릿속이 혼란스러워서 그냥 짧은 단어를 외치는 것 외에는 다른 말을 할 수가 없다.

카서스는 이제 한 걸음 정도의 틈을 두고 시카에게 다가갔다. 카서스는 신음을 흘리며 자신의 코트를 벗었다.

"이리와. 일단 이걸 입자. 응?"

"안 돼, 끔찍해. 끔찍해."

시카는 자신의 모습을 카서스에게 보여 주고 싶지 않았다. 그녀는 얼굴을 가리며 몸을 돌렸다.

"하나도 안 끔찍해."

"거짓말쟁이. 거짓, 거짓."

"진짜야. 시카, 날 봐. 응?"

시카는 보고 싶었고, 동시에 보고 싶지 않았다. 그녀는 몸을 돌리고 그를 피해서 도망치려고 했다.

탁—

하지만 카서스의 팔이 먼저 벽을 짚었다. 막힌 시카는 반대쪽으로 도망가려고 했으나 그쪽도 똑같이 카서스의 팔에 의해서 막혀 버렸다.

모서리와 그의 팔 사이에 갇힌 시카는 몸을 떨었다.

"싫어. 싫어! 보지 마!"

시카는 얼굴을 할퀴듯 가리며 말했고 카서스가 그녀의 팔을 잡아당겼다. 시카는 눈을 휘둥그레 떴다.

'지금— 어?'

입술과 입술이 맞닿아 있다. 시카는 머릿속이 새하얗게 변하는 걸 느꼈다. 당황해 뭐라고 하려고 입을 벌리자 카서스가 각도를 바꾸며 능숙하게, 더 깊게 키스해 왔다.

"—!"

시카는 밀어내야겠다는 생각도 들지 않았다. 몸에 짜릿하게 마나가 흐르는 것 같았다. 동시에 어딘가 붕 뜨는 듯한 감각에 도취했다. 모든 생각이 다 사라지고 단순히 그의 움직임에 집중하게 되었다.

'우와? 우와? 어? 어? 웃—!'

곧 그녀는 숨을 쉴 수 없다는 걸 깨달았다.

숨—

숨—

카서스, 숨 막혀, 숨—!

시카가 손을 뻗어 그를 밀어냈지만, 카서스는 그 손을 잡으며 낮은, 목 안쪽이 울리는 소리를 내고 더 깊게 혀를 밀어 넣었다.

"?!"

시카가 그의 어깨를 두들기기 시작하자 카서스는 그제야 그녀를 놓아주었다.

"푸핫―!"

시카는 수면으로 막 올라온 사람처럼 숨을 크게 들이쉬었다. 헉헉거리며 숨을 고르는데 카서스가 그사이에 그녀에게 두른 코트의 앞쪽 단추를 잠가 주었다.

"……."

시카는 한마디도 할 수 없었다. 심장이 너무 크게 뛰어서, 이 지하실 전체를 울리는 것 같았다.

"다친 곳은 없고?"

카서스가 방금 그런 키스를 한 사람답지 않게 평온한 어조로 물어와서 시카는 고개를 끄덕였다. 얼굴 전체가 익은 것처럼 화끈거렸다. 그녀는 저도 모르게 입술을 어루만졌다.

'엄청 좋았어.'

키스에 대해서 드는 생각은 그것뿐이었다.

이런 게 첫 키스라면 다른 사람과는 영영 키스할 수 없게 되는 게 아닐까? 아니면 다른 사람도 이렇게 키스하나?

멍하니 그런 생각을 하는데 카서스가 다시 물었다.

"나갈 수 있겠어? 마법을 써야 하나?"

"아, 그게. 반지를 찾아야 해. 반지."

"반지."

카서스는 그 단어를 되풀이하고 바닥을 뒤지기 시작했다. 시카는 멍하니 서서 그가 하는 것을 바라보았다. 얼마 지나지 않아 카서스는 반지를 찾아냈다.

"손."

시카는 순순히 손을 내밀었고 카서스는 새끼손가락에 반지를 끼워 주었다. 시카는 순식간에 모든 것이 가라앉는 것을 느꼈다. 카서스가 그녀의 머리카락을 만지작거리며 말했다.

"돌아왔네."

"응."

시카는 작게 대답했다. 그의 코트는 커서 시카는 앞이 잠가진 채로도 소매를 찾아서 팔을 넣을 수 있었다. 카서스가 그녀를 안아 들었다. 맨발로, 그리고 이런 차림으로 걷게 할 마음은 조금도 없었다.

그가 작게 속삭이듯 말했다.

"미안, 늦어서."

그 말에 시카는 격렬하게 몸을 떨기 시작했다. 그녀의 팔이 그의 목을 꽉 끌어안았다.

"카서스, 카서스, 카서스으—"

부르는 목소리는 곧 흐느낌이 되었다. 카서스는 그녀의 등을 천천히 쓸었다. 그가 슬쩍 입가를 닦았다. 피 맛이 난다. 그녀의 입 안이 다친 건지, 아니면 저걸 '물었던' 건지 알 수 없어서 다쳤냐고 물어볼 수도 없었다.

시카는 그에게 찰싹 붙어서 떨어질 생각이 없어 보였고 카서스도 그녀를 놓을 생각이 없었기 때문에 그는 그녀를 안은 채로 문을 열었다. 문 옆에서 기다리던 오루트는 뭔가 말하고 싶은 눈치였지만 울고 있는 시카를 보고 그저 눈을 내리깔았을 뿐이었다.

시카는 그를 꼭 끌어안고 어깨에 얼굴을 묻었다. 아무것도 보고 싶지 않았고, 듣고 싶지도 않았다.

무서웠다.

눈물이 멈추지 않아서 시카는 어깨를 떨며 그를 안은 팔에 힘을 주었다.

"가지."

카서스가 그사이 챙긴 자신의 검대를 휙 오루트에게 던졌다. 오루트가 그걸 받아 들고 물었다.

"어디로 갈까요?"

여관으로 다시 돌아가기에는 너무 주목의 대상이 되었다. 카서스는 별말 없이 앞장서기 시작했고 오루트는 한숨을 내쉬고 그의 뒤를 따랐다.

*　　*　　*

시카는 눈을 떴다. 눈이 부어서 잘 떠지지 않았다. 멍하니 천장을 보다가 시카는 몸을 벌떡 일으켰다.

"카서스……?"

작게 그를 찾는 목소리가 나왔다.

"어머? 일어났어요?"

하지만 들려온 것은 명랑한 여자의 목소리였다. 시카는 고개를 돌려서 상대를 바라보았다. 빨간 머리에 가슴 쪽이 푹 파인 옷을 입은 여자가 대야를 들고 들어오고 있었다. 시카는 경계심에 가득 차서 그녀를 바라보았다.

"누구시죠? 여기는 어딘가요?"

"내 사업장 위층이에요. 나는 피오나라고 하고요. 키서는 지금 아래층에 있으니까 얼른 불러올게요."

"키서……?"

"아, 카서스 말이에요. 내가 그를 그렇게 불렀다고 말하지 말아요?"

피오나는 찡긋 윙크를 해 보이고는 대야를 시카가 있는 침대 옆 테이블에 올리고 말했다.

"세수라도 해요. 눈이 퉁퉁 부었네요. 가엾어라."

피오나는 그렇게 말하고 낭창낭창한 걸음걸이로 방을 빠져나갔다. 시카는 그녀의 성숙한 몸매를 보고 자신의 몸매를 내려다본 다음 무의미한 한숨을 내쉬었다. 시카는 자신의 옷을 바라보았다. 잠옷용 드레스였다.

'아까 그분이 갈아입혀 준 건가?'

시카는 주전자로 손을 뻗어 대야를 채우고 세수를 했다. 눈가를 꾹꾹 눌러 보지만 이건 금방 가라앉을 것 같지 않았다. 시카는 손을 뻗어 지팡이를 불렀다.

팟, 하고 지팡이가 손안에 잡히자 그제야 그녀는 안심되었다.

"시카? 깼어?"

카서스가 문가에서 빼꼼 고개를 내밀며 물었다. 시카는 고개를 끄덕였다. 카서스가 다가와 그녀의 이마와 뒤통수를 살짝 어루만지며 말했다.

"상처 있는데, 이거 고칠 수 있는 거지?"

"어? 응."

그가 만지는 곳이 뜨거워져서 시카는 저도 모르게 몸을 뒤로 뺐다. 카서스는 그녀의 반응에 얼른 손을 거뒀다. 시카는 얼른 생각을 떨쳐 버리려고 마법에 집중했다.

"비세나쓰."

지팡이의 수정이 반짝 빛났다. 그리고 그녀는 상처의 따끔거림이 사라진 걸 느꼈다. 카서스가 의아한 얼굴로 물었다.

"아직 덜 나은 것 같은데?"

"아, 자연 치유된 부분은 마법으로도 어떻게 안 돼. 이 딱지는 떨어질 때까지 놔둬야지."

"신기하네."

"그래서 오래된 상처를 고칠 수 없어. 사실 연구를 한다면 가능할지도 모르겠지만, 그런 실생활에 쓰는 마법은 그렇게 발달하지 않았거든."

"어째서?"

카서스가 의아해져서 물었다.

실생활에 쓰는 마법이야말로 가장 발전해야 하는 게 아닌가?

"탑 안에서만 생활하니까. 외부 사람들에게 도움이 되는 마법을 만들어도 쓸 곳이 없잖아. 그러니까 우리의 마법은 대부분 학문적인 것이야. 아니면 우리가 탑 안에서 생활하는 데 도움이 되는 마법이거나."

카서스가 신음을 흘렸다.

"그랬군."

시카가 머뭇거리다가 물었다.

"잭슨은? 어떻게 됐는지 혹시 알아?"

"죽었어."

카서스의 대답은 간결했고 시카는 휘청했다.

"괜찮아?"

"어? 어……. 아니……. 안 괜찮아."

"유감이야."

"응……."

시카는 잠시 멍하니 바닥을 바라보았다. 물론 잭슨이 자신을 팔아넘기기는 했지만— 잘 죽었다고 웃을 수는 없었다. 카서스가 그녀의 손을 향해 손을 뻗었다가 닿기 전에 접고 말했다.

"배고프지 않아? 종일 잤어."

"그러고 보니 그런 것 같기도 하고……. 여기는 어디야……?"

"여관으로 돌아갈 수가 없어서, 지인에게 신세를 좀 지고 있는

중. 밤이면 아래층이 소란스러우니까 나오지 않는 편이 좋을 거
야. 식사 가져다줄게."

"미안해."

푹 시카가 고개를 숙여서 카서스가 의아한 목소리로 물었다.

"시카?"

"멋대로 밤늦게 빠져나가서 폐를 끼치게 되었습니다. 죄송합
니다."

"아."

카서스는 고개를 숙인 시카의 정수리를 바라보았다. 혼낼 마
음은 이미 사라지고 없었다.

"됐어. 내가 혼내지 않아도 될 것 같고."

이미 충분히 교훈 그 이상의 원하지 않는 것까지 얻어 버렸다.
그때 오루트가 헛기침을 했다.

"식사 가져왔어요. 누나, 먹을 수 있겠어요? 먹어 두는 게 좋겠
지만."

"아, 네. 고맙— 오루트? 얼굴 왜 그래요?"

시카가 놀라 외치자 오루트가 뚱하게 대답했다.

"누나를 놓친 벌을 받았죠, 뭐."

그 말에 시카는 당황해 카서스를 보았다가 오루트를 보고 말
했다.

"미안해요. 그, 정말로—"

"누나가 미안할 건 아니죠. 놓친 건 제 잘못이 맞아요. 설마 본

인이 몰래 나갈 거라고는 생각 못 했더라도 말이에요."

그 말에 시카의 얼굴이 빨개졌다. 오루트가 넓은 테이블에 쟁반을 내려놓고 웃었다.

"정말로, 사과하지 말아요."

구출된 시카는 알몸이었고, 그게 여자에게 어떤 의미인지 오루트는 잘 알고 있었다. 만약 시카가 평범한 레이디였다면 오루트는 이미 그녀에게 청혼했을 것이다.

이러니저러니 해도 그는 기사였고 명예에 대해서 잘 알고 있었다.

시카가 스스로 빠져나간 거든 뭐든, 그녀의 호위가 자신의 일이었고, 자신이 그녀를 지키지 못했으니 책임을 져야 하는 것도 자신이었다.

하지만 시카는 마법사였고―

'게다가 그 지하실에서…….'

그 소리는 보통 사람이 낼 수 있는 소리가 아니다. 대체 뭘 한 것인지는 모르겠지만 말이다. 오루트는 마법사라는 것에 대한 근원적인 두려움이 머리를 치켜드는 것을 누르며 명랑하게 말했다.

"과일이랑 수프 가져왔어요. 이거면 먹을 수 있을까요?"

"고마워요."

시카는 쟁반 위를 바라보고 다시 고개 숙여 인사했다. 오루트의 얼굴을 제대로 볼 수가 없었다. 누가 저렇게 만들었는지도 명확했다.

오루트도, 카서스도, 만약 자신이 이런 식으로 말썽부리지 않았다면 저렇게 될 일은 없었을 것이다. 자신 역시 반지를 빼게 될 일은 없었겠—

'나, 사람을 죽였어.'

불현듯 떠오른 생각에 시카는 온몸의 피가 싹 빠져나가는 기분이었다. 순식간에 창백해진 그녀를 보고 카서스가 놀라 물었다.

"시카? 괜찮아?"

자신이 그의 목을 부러트리던 느낌과 바닥에 팽개치던 감촉, 우드득 소리와 피 냄새—

토기가 올라와 시카는 지팡이를 떨어트리고 대야로 뛰어갔다.

"우웨엑—"

그녀는 속을 게워 올렸지만, 나올 것이 없어 신물만 올라올 뿐이었다. 오루트가 놀라 물었다.

"누나? 괜찮아요?"

"시카."

카서스가 다가가 그녀의 등을 두들겨 주었다. 대야를 붙잡은 손이 희미하게 떨려 왔다. 그녀가 속삭이듯 고백했다.

"나, 나, 사람을— 욱—"

그 말에 오루트는 '아.' 하고 이해했고 카서스 역시 그랬다. 오루트가 머뭇거리다가 눈치 좋게 말했다.

"마실 것 좀 가져올게요."

그는 재빨리 아래층으로 내려가다가 피오나와 마주쳤다. 그녀가 마실 것을 들고 있었다. 오루트가 그녀를 가로막으며 말했다.

"잠깐만. 위에서 아직 얘기 중이야. 나에게 줘."

피오나는 오루트를 보다가 순순히 그에게 물병을 건네주고 물었다.

"그 여자와 카서스는 무슨 관계예요?"

"파트너."

오루트는 들은 대로 대답했고 피오나는 입을 비죽였다.

"파트너란 말이죠."

"그쪽은 카서스랑 무슨 관계야?"

오루트의 물음에 피오나는 "친구죠." 하고 대답했다. 오루트는 "흐음." 하고 아래층을 내려다보았다. 이러니저러니 해도 여기도 유곽인 것은 마찬가지다.

유곽의 여주인과 친구라면, 그건 어떤 관계일까?

'알고 싶지 않아. 하지만 궁금하네. 게다가 방랑자가 친구라고?'

남부인 특유의 호기심이 불쑥 고개를 들었지만 오루트는 그걸 잘 눌렀다. 이미 한쪽 눈에 멍이 들었는데 반대쪽 눈도 그렇게 됐다가는 너구리처럼 보이리라.

그건 사양하고 싶다.

"쓸데없는 탐색은 하지 않는 게 좋을 거야."

대신 오루트는 피오나에게도 경고했다. 이런 곳에서 일하는 여자가 대부분 정상이 아니라는 것 정도는 그도 알고 있었다.

"설마요."

피오나는 눈을 내리깔며 공손하게 대답했다.

어려 보인다 해도 귀족이며 마스터다. 감히 그의 앞에서 반박할 위치가 아니라는 건 피오나 자신도 알았다. 오루트는 눈을 내리깔고 그녀를 바라보다가 내려가라고 손짓했다. 피오나는 힐끗 위층의 문을 보았다가 아래층으로 내려갔다.

오루트는 물병을 들고 한두 칸 계단을 올라갔다가 벽에 기대어 섰다. 이야기가 다 끝날 때까지 기다리는 게 좋겠지.

카서스는 시카의 등을 부드럽게 쓸며 말했다.

"정당방위였어."

"하지만, 하지만—"

"알아. 그래도 기분이 좋지는 않지."

시카는 고개를 끄덕였다. 카서스가 주전자의 물을 컵에 담아 시카에게 주었다.

"헹궈."

명령형이었지만 시카는 순순히 잔을 받아 들어 입을 헹구고 뱉어 냈다. 속이 여전히 메슥거렸다.

내가 사람을 죽이다니.

문득 든 생각에 시카가 카서스를 보며 말했다.

"그 사람이—"

"응."

"카서스와 아는 사이라고 했어. 그래서, 카서스에게 복수하고 싶다고."

그 말에 카서스의 얼굴이 굳었다.

"이름이 뭔데?"

"라우, 라고 하던데."

시카는 필사적으로 더듬어 말했다. 자신이 잘못하지 않았다는 걸 카서스가 알아 줬으면 했다. 그녀는 알아듣기 힘들 정도로 빠르게 말했다.

"그래서, 카서스에게 복수하고 싶다고. 날 강간하고 살해할 거라고 해서, 그래서 어쩔 수 없었어. 날 알몸으로 묶어 두고, 자기가 옷을 벗고는, 억지로 내 발목을 잡고 벌려서—"

"쉬이— 알아. 네가 죽이고 싶어서 그런 게 아니라는 거 알아. 괜찮아."

카서스가 그녀의 입술을 살짝 눌러 말을 막으며 말했다. 시카는 다시 눈물이 차오르는 걸 느꼈다. 시카의 손이 카서스의 소맷자락을 쥐었다. 카서스는 그녀의 어깨가 떨리는 것을 보자 그 라우라는 새끼를 다시 살려 내서 자신이 죽여 주고 싶었다.

솔직히 말해서 그놈이 누군지 기억도 나지 않았다.

"괜찮아."

할 수 있는 말은 이것뿐인 건가?

카서스는 그녀의 눈가를 닦아 내며 속삭였다. 그녀의 뺨을 타고 눈물이 흐를 때마다 가슴속이 후벼 파지듯이 아파졌다.

"괴물 같은 거 아냐."

그 말을 내뱉자 시카는 눈을 동그랗게 뜨고 카서스를 보다가 웃었다. 그녀가 웃는 것을 보고서야 카서스는 안도했고, 동시에 불같은 질투심이 솟구치는 걸 느꼈다.

그녀가 웃는 이유는 자신의 말 뒤에서 첫사랑을 보기 때문이 겠지.

시카가 젖은 연분홍색 속눈썹을 내리깔며 말했다.

"고마워."

"억지로 꾸며 낸 위로 같은 거 아냐. 솔직히 말하자면 잘했어. 잘 싸웠어. 장하다. 시카."

그 말에 시카는 다시 웃었다. 바람 빠진 듯한 힘없는 웃음이 었지만 카서스는 그것만으로도 안도했다. 그가 그녀의 머리를 쓸어 넘기면서 말했다.

"그럼 이제 내가 사과할 차례네."

"어?"

"나랑 연관돼서 그런 짓을 당했다며."

그 말에 시카의 눈이 크게 떠졌다. 그녀가 당황해 그의 소매를 잡아당기며 말했다.

"아냐! 카서스에게 뭐라고 하려는 게 아니라! 그냥, 그 사람이 왜 그랬는지, 아니, 그게— 하여간 아냐! 카서스가 잘못한 게 아 니라고."

"내가 그 자식에게 무슨 짓을 했는지도 모르면서 내 잘못이 아니라고 장담할 수 있어?"

카서스의 물음에 시카는 입을 벌리고 카서스를 보았다가 얼굴을 찡그리며 말했다.

"당연하지!"

"나도 시카의 잘못이 아니라고 확신해. 그리고—"

그의 손이 내려와 시카의 반지를 건드렸다. 그러자 마치 불로된 집게를 그가 가져다 대기라도 한 듯 시카가 화드득 놀라며 손을 뒤로 뺐다.

"난 뺀 모습도 좋던데."

시카는 대답하지 않고 고개만 푹 숙이고 있었다. 감추듯 손을 붙잡고 있어서 카서스는 입을 다물었다. 너무 성급하게 말한 걸지도 모른다.

둘 다 아무 말도 못 하고 있는데 가벼운 노크 소리가 들려왔다. 오루트가 손만 뻗어 문틀을 두들기고 물었다.

"이제 들어가도 될까요? 마실 것 가져왔어요."

"아, 어."

카서스가 시카에게서 멀어지며 대답했고, 오루트가 얼른 들어왔다.

"자, 마시면 좀 나아질 거예요. 잘은 모르겠지만 무슨 차 같은 걸요. 이런 곳에서 주는 차를 조심해야 하는 게 아닌가 하는 생각도 들지만, 뭐 그렇게 맛이 나쁘지는 않겠죠. 따뜻한 거면 더 좋았을 텐데 따뜻하지는 않네요. 나중에 따뜻한 차로 가져다줄게요. 괜찮죠?"

여전히 재잘재잘 떠들어 대며 오루트는 잔에 차를 따라서 건네주었다.

"고마워요."

시카가 작게 대답하며 잔을 받았다. 차는 적당히 씁쓸한 맛이 있어서 시카는 남김없이 다 마셨다. 카서스는 처음으로 오루트의 수다에 감사했다.

"상처는 다 나았네요? 다행이다. 예쁜 얼굴인데 흉터 생기면 아깝잖아요?"

오루트가 싱글싱글 웃으며 말했다. 시카는 이마를 만졌다가 카서스를 슬쩍 보았다가 다시 오루트를 보며 말했다.

"오루트도 그 상처 내가 고쳐 줄게요."

"어? 그럴 수 있어요?"

"어디 가서 말만 하지 않으면요."

시카가 집게손가락을 입술에 가져다 대며 말했고 오루트가 힐끔힐끔 카서스의 눈치를 보았다. 카서스는 모른 척했고 오루트가 "그렇다면 부탁드릴게요." 하고 말했다. 시카가 바닥에 떨어진 지팡이를 집어 들었다.

"비세나쓰."

수정이 반짝이고 오루트는 "아." 하고 얼굴을 문질렀다. 뭔가 따뜻한 바람이 얼굴을 쓸고 간 기분이었다. 혀로 만져 보니 입 안이 터진 것도 사라졌고, 눈가를 눌러도 아프지 않다.

"와— 고마워요, 누나."

카서스는 깨끗해진 오루트의 면상을 보자 묘한 기분이 들었다. 마치 수고한 것이 한순간에 사라져 버린 듯한……. 그래도 시카는 기분이 나아 보였다.

'우는 것보다는 나으니까.'

자기가 할 수 있는 일에 집중하게 하는 게 더 낫다. 오루트가 신기하게 그녀의 지팡이를 바라보며 물었다.

"그런데 이게 없으면 마법을 못 쓰는 거예요?"

"그렇지는 않아요. 하지만 더 편하게 잘 쓸 수 있게 도와주거든요."

"아아, 오러를 쓰는데 검이 필요 없지만, 다들 검을 쓰는 거랑 똑같은 거군요. 그런 건가? 맞나?"

오루트가 팔짱을 끼고 고개를 갸웃거리자 시카가 쿡쿡 웃고 말했다.

"비슷할걸요."

"역시 그렇군요. 그리고 그 주문 말인데요. 그것도 소리 내서 말해야 하는 거예요?"

"음, 마법을 쓰는 데에는 두 가지 방법이 있거든요. 하나는 수인을 맺는 것. 그리고 또 하나는 저처럼 영창 하는 것. 사실 마법은 복잡하게 마나를 짜서 발동시키는 거예요. 저는 그걸 미리 이 지팡이에 입력해 두고, 주문만 영창 하면 마법이 짠 하고 써지는 거죠."

"편리하네요."

"네."

시카가 고개를 끄덕였다.

"그러면 소리 없이 손짓만으로도 마법을 쓸 수 있다는 거죠?
지팡이가 없어도."

"그렇죠."

"그건 좀 위협이 되겠네요."

오루트는 마법사와 싸움을 상정해 보며 중얼거렸다. 시카가
피식 웃고 말했다.

"우리에게는 순식간에 소리 없이 다가와서 쓱싹하는 마스터
가 더 위협적이라고요."

그 말에 오루트가 씩 웃었다.

"각자의 고충이 있는 거지요."

꼬르륵—

그때 타이밍도 좋게 시카의 배에서 소리가 났고 시카는 얼굴
을 붉혔다. 오루트가 시카를 잡아끌었다. 앗 하고 시카는 그에
게 손목을 끌려서 테이블 앞으로 갔다.

"다 식었지만, 그래도 먹어 둬요."

"네."

시카는 순순히 고개를 끄덕이고 오루트와 카서스를 보며 물
었다.

"두 사람은요?"

"난 이미 먹었어."

"저도 같이 먹었어요. 기다리지 못하고 먹어서 죄송해요."

"아뇨, 아니에요. 먹었다니 다행이네요. 그러면―"

시카는 수프를 한 수저 떠서 입 안에 넣었다. 다행히 완전히 식지는 않아서 적당히 따뜻했다. 어찌나 배가 고팠는지 야채수프가 사르르 몸에 스며드는 기분이었다.

'맛있다⋯⋯.'

시카는 수프에 열심히 수저질하다가 자신을 뚫어져라 바라보는 두 사람의 시선을 발견하고 당황해 입가를 가리며 말했다.

"저기, 그렇게 너무 보면, 조금―"

"앗, 죄송해요."

"미안. 먹고 있어. 난 이 녀석과 나갈 테니까."

"그럼 맛있게 먹어요, 누나. 더 필요하면 말해요."

카서스의 손짓에 오루트가 얼른 방을 나갔다. 두 사람이 나가고 나자 방이 텅 빈 것 같았다. 순간 외로움이 몰려왔다.

'이상하다.'

혼자인 것은 아주 익숙하다고 생각했는데.

그렇게 생각하며 시카는 천천히 식사를 마저 했다. 마지막으로 과일까지 먹고 배가 부르자 기분도 훨씬 나아졌다. 시카는 쟁반을 들고 밖으로 나갔다.

'어디로 가지고 가야 하지? 그보다 여기는 어디람?'

일 층으로는 가지 말라고 카서스에게 들은 터라 이 층에서 서성이는데 일 층에서 피오나가 올라왔다.

"여기서 뭐 하세요?"

"접시를 치우려고요."

"저에게 주세요."

"감사합니다."

시카가 피오나에게 쟁반을 건네줬다. 피오나가 신기한 눈으로 시카를 보고 말했다.

"이마가 다 나았네요?"

"네? 네네."

시카는 아차 하면서 변명을 떠올리려고 했지만 떠오르지 않았다. 다행히도 피오나는 더 캐묻지 않았다. 시카가 물었다.

"여기는 어딘가요?"

"황금꽃이에요."

"……황금꽃?"

꽃집인가? 하고 주변을 슥 둘러보았지만 아무래도 꽃집 같지는 않았다. 시카의 반응에 피오나가 가볍게 웃었다.

"술도 팔고, 웃음도 팔고 그런 곳이죠."

피오나의 말에 시카는 '아.' 하고 눈을 깜박였다.

그런데 왜 이런 곳에 와 있는 걸까?

"키서와 조금 인연이 있어서. 지금 거리가 경비대로 시끄럽거든요."

피오나의 말에 시카는 얼굴이 창백해졌다.

경비대라니.

역시 자신을 잡으러 온 것인가? 그래서 숨어 있는 걸까? 하지만 사람을 죽였다면 제대로 재판을 받아야 하는 게 아닌가? 감옥에 가게 될까?

"괜찮아요? 몸이 좋지 않은 거 아니에요?"

피오나가 걱정스럽게 물어서 시카는 고개를 휙휙 저었다.

"아, 아뇨. 괜찮아요."

"하지만 창백한걸요?"

피오나가 갸웃하며 물어와서 시카는 "괜찮습니다."만 반복했다. 피오나는 한숨을 내쉬고 "따뜻한 차라도 드릴까요?" 하고 물었다.

"네, 그래 주시면 감사하겠어요."

"키서의 손님인걸요."

피오나의 말에 시카는 아까부터 걸리던 단어를 물었다.

"그런데, 피오나 씨."

"네."

"그 키서라는 말, 무슨 뜻인가요?"

그 말에 피오나가 웃으며 속삭였다.

"카서스, 키스 진짜 잘하지 않아요?"

시카는 순식간에 얼굴이 달아올랐다. 그녀가 더듬거리며 말했다.

"그, 그런가요."

그 표정을 본 피오나의 얼굴이 순간 굳었다가 다시 미소로 돌아왔다. 피오나가 장난스럽게, 가볍게 말했다.

"그래서 키서라고 부르는 거예요. 키서(kisser)."

시카는 멍하니 피오나를 보았다가 허둥지둥 고개를 숙이며
말했다.

"그랬군. 그래서……. 그런……."

"그럼 따뜻한 차 가져다 드릴게요."

피오나는 키득거리며 아래층으로 내려갔고 시카는 그 자리에
그대로 붙박이인 듯 서 있었다.

'그랬구나…….'

하긴 카서스는 잘생겼고, 성격도 좋으니까 여자도 많을 거고,
키스 한두 번 정도야 아무것도 아니겠지.

시카는 자신의 입술을 손가락으로 지그시 눌렀다.

'날 진정시키려고 한 거니까.'

그리고 진짜로, 혼이 날아갈 만큼 진정되어 버렸다. 아니, 그
걸 진정이라고 해야 할까? 넋이 나갔다고 해야 하는 게 아닐까?

"시카? 왜 나와 있어?"

뒤에서 들린 목소리에 시카는 펄쩍 뛰며 뒤를 돌아보았다. 카
서스가 놀란 얼굴로 물었다.

"미안. 놀랐어?"

"아, 아, 아뇨. 괜찮습니다."

갑자기 카서스의 입술만 보여서 시카는 어쩔 줄 모르며 뒤로
물러났다. 카서스가 당황해 다가오며 물었다.

"시카? 잠깐, 잠깐—"

"아뇨. 그 잠깐만 있으며언?!"

뒤가 계단이어서 시카는 발밑이 꺼지는 느낌을 받으며 휘청했다. 카서스가 한걸음에 달려와 그녀의 팔을 잡아당겼다. 푹 하고 카서스의 품에 묻혀서 시카는 그대로 굳었다.

"뒤가 계단인데 물러서면 어떻게 해?"

시카는 대답도 못 하고 그의 품 안에서 입만 뻐끔거렸다. 심장이 너무 크게 뛰어서 스스로가 듣기에도 기분 나쁠 정도였다.

"시카?"

그녀가 대답도 없이 조용해서 카서스는 의아한 목소리로 시카를 불렀다. 시카는 퍼뜩 뛰어오르면서 그를 퍽 밀어냈다. 당연히 그녀의 힘으로 카서스를 떠미는 건 불가능했고 시카는 마치 벽을 민 듯한 느낌을 받았다. 하지만 카서스는 그녀의 반응에 손을 떼며 뒤로 물러났다.

시카는 가슴께에 양손을 꽉 쥐었다. 심장이 뭍에 나온 물고기마냥 팔딱팔딱팔딱 요란스럽게도 뛰고 있었다.

"안 건드릴 테니까 뒤로 가지 마."

카서스가 조용한 목소리로 말했다. 시카는 놀라 그를 보았다. 카서스가 희미하게 웃어 보였다. 시카는 더듬거렸다.

"마…… 만지는 게 싫은 게 아니라……."

"괜찮아."

카서스는 고개를 젓고 들고 있던 꾸러미를 시카에게 내밀었다. 그녀는 의아해하며 그걸 받아 들었다. 그가 한숨을 내쉬고 말했다.

"사실은 그날 밤에 사러 나간 건데 말이야."

"뭔데?"

시카가 꾸러미를 만지작거리며 물었다. 카서스가 "옷이야." 하고 대답하고는 이어 말했다.

"입고 축제 가자."

"하지만……."

시카가 옷 꾸러미를 꽉 끌어안으며 말했다.

"아까, 피오나 씨가……."

"걔가 뭐라고 했어?"

카서스의 목소리에 살짝 날이 섰다. 시카가 머뭇거리며 카서스를 바라보았다.

"경비원들이 소란스럽다고……. 나 잡혀가는 거 아냐? 현상 수배범이 되거나? 가서 재판을 받아야 하지 않아?"

그 말에 카서스가 눈을 깜박이더니 낮게 말했다.

"소란스러운 건 나 때문이야."

"카서스?"

"내가 그놈들을 싹 다 죽였거든."

시카는 놀라 카서스를 바라보았다. 카서스가 웃었다.

"그러니까 시카 때문이 아냐. 괜찮아."

"하지만……."

"그렇게 신경 쓰여? 그럼 경비대에 나가서 이야기하고, 무죄판결 받을 수도 있어. 좀 귀찮지만. 그렇게 할래?"

카서스의 말에 시카는 멍하니 그를 보았다. 카서스가 어깨를 으쓱했다.

"나도 오루트도 마스터고. 오루트는 작위도 있고, 넌 마법사고, 마법사와 척을 지고 싶어 하는 제국 귀족은 아무도 없어. 게다가 네가 정당방위를 한 것도 확실하고."

시카는 망설이다가 고개를 저었다. 카서스는 쉽게 말했지만 쉬운 일은 아닐 것이다. 게다가 '기록'이 남는다. 나중에 그게 어떻게 이용될지는 아무도 모르는 것이다.

마법사에게 불리한 일은 하고 싶지 않았다.

—넌 마법사고.

그 한마디가 주는 뜻이 너무 명확해서 시카는 발을 뒤로 뺐다.

아니, 사실은 재판받고 싶지 않은 것일지도 모른다. 그래서 그냥 쉬운 핑계를 찾은 걸 수도 있다. 시카는 자신의 발끝만 바라보았다.

카서스가 그녀가 들고 있는 옷 꾸러미를 가볍게 찌르며 말했다.

"하여간 갈아입고 나와. 앞으로 고민하고 괴로워할 날은 많이 있으니까, 오늘은 놀자."

그 말에 시카는 고개를 끄덕이고 자신의 방으로 돌아갔다. 그녀의 방문이 닫히는 걸 보고 카서스는 한숨을 내쉬며 얼굴을 문질렀다.

'아주 그냥 펄쩍 뛰는군.'

그런 식으로 키스했으니까, 물론 그런 반응을 보이는 것도 이해가 됐다. 카서스는 끙 하고 신음을 흘렸다.

충동적인 선택이었다.

하지만 키스하는 동안 너무 기분이 좋아서, 그녀가 자신을 밀어내는 것도 모르고 키스에 열중했다.

"카서스?"

"피오나."

카서스가 웃으며 그녀를 돌아보았다. 피오나의 손에 찻주전자가 들려 있었다.

"따뜻한 차를 가져다 달라고 하던데."

"그랬어? 미안. 일까지 시켜서. 내가 가져다줄게."

"아니, 별거 아닌데 뭐."

대답하고 피오나가 카서스를 뚫어져라 보아서 카서스가 "왜?" 하고 되물었다. 피오나가 웃으며 난간에 몸을 기댔다.

"하지만 카서스가 허니라고 해 주지도 않고, 자기라고도 부르지 않고, 안아 주지도 않고, 키스도 해 주지 않는걸~"

카서스가 그 말에 "그랬나." 하고 웃고 피오나의 손에서 주전자를 받아 들며 그녀의 뺨에 키스해 주었다.

"고마워, 허니."

"억지로 받는 건 나도 싫어."

피오나가 입을 비죽였다. 카서스는 그저 웃기만 했다. 피오나가 양팔을 뻗어 그의 허리를 끌어안았다.

"진짜 오랜만이야."

"그런가?"

"그래. 무려 오 년만이잖아."

"그러고 보니 그러네."

카서스의 덤덤한 말에 피오나가 히죽 웃으며 말했다.

"진짜 관심 없지, 카서스 리안."

"응, 그다지."

카서스의 말에도 피오나는 그렇게 상처받지 않았다. 원래 그가 그렇다는 걸 아니까.

하지만.

그 여자는 마음에 걸렸다. 아니, 아직 여자라고 하기에는 소녀에 가까웠지만 그래도 여자는 여자다.

피오나는 아까 그 순진한 반응을 떠올렸다.

짜증과 질투가 피어올랐다. 자신과는 다르게 그 애는 남자들의 비위를 맞추려고 웃으며 더러운 짓을 하지 않아도 되겠지.

만약 그 애의 상대가 평범한 남자였다면 피오나는 별 상관하지 않았을 거다. 그런 남자, 자신은 줘도 가지지 않는다고 웃으면서. 나는 더 잘난 남자들이 돈을 주고 날 만나려 한다고 하며 말이다.

하지만 카서스 리안은 다르다.

카서스는…….

카서스가 자신의 허리를 두른 피오나의 팔을 잡아 떼어내며 말했다.

"차 식겠다. 식기 전에 가져다줄게. 고마워, 피오나."

"아, 으응."

피오나는 팔을 내리며 웃었다.

"그 아이 말야."

피오나는 저도 모르게 입을 열었다. 카서스는 그녀를 바라보았다. 피오나는 후회할 거라고 생각하면서도 내뱉었다.

"너 좋아하는 거 아냐?"

카서스는 멈칫했다가 농담이라도 들은 듯이 웃고 말했다.

"그 애는 좋아하는 사람 있어."

"먼 사람보다는 가까운 사람이지."

"아니, 진짜로."

카서스의 말에 피오나는 "그래? 그렇다면 뭐." 하고 어깨를 으쓱했다.

'그럼 넌 그 애를 어떻게 생각하는데?'

그 질문은 목구멍 밖으로 나오지 않았다.

카서스가 돌아선 뒷모습을 보고 피오나 역시 돌아섰다. 그녀는 혹시나 하고 뒤를 돌아보았지만 역시나 카서스가 자신을 돌아보는 일은 없었다. 계단을 내려가며 피오나는 분노를 억눌렀다.

5장

풍어제

　카서스가 꼬치를 건네서 시카는 조심스럽게 그걸 받아 들었다. 원통형의 물체는 양념이 발라져 있어서 뭔지 알 수 없었다.

　"이게 뭐야?"

　"문어 다리."

　"문어."

　'그 징그러운 생물 말인가.' 하고 망설이다가 시카는 에잇 하고 용감하게 한 입 덥석 물었다. 그리고 와구와구 씹었다. 어라, 하고 시카가 웃었다.

　"맛있어. 뭔가 쫄깃쫄깃하고? 비리지도 않고."

　"그지?"

　카서스가 그녀 입가의 소스를 닦아 주며 말했다. 시카는 얼굴을 붉히며 손등으로 입술을 훔쳤다. 오루트는 옆에서 어묵 꼬치를 먹다가 헛기침을 하고 말했다.

"저는 저쪽에 가서 놀고 있을게요."

그리고는 시카가 붙잡기도 전에 순식간에 사라져 버렸다. 시카가 당황해 카서스를 보았다.

"괜찮은 거야?"

"애도 아닌데. 길을 잃어버리지는 않겠지."

카서스는 느긋하게 말하고 시카의 손목을 잡으며 말했다.

"하지만 시카는 붙잡고 있을 거야. 잃어버릴지도 모르니까."

시카는 말없이 고개를 끄덕였다.

카서스가 사 준 옷은 크기가 딱 맞았다. 원색의 화려한 드레스는 처음 입어 보는 것이라, 시카는 입고 나서 몇 번이나 제자리에서 빙글빙글 돌아보았다. 드레스 자락이 퍼지는 게 기분 좋았다. 거기에다가 반짝이는 머리 장신구는 자신이 봤던 것이었다.

이런 것까지 기억하고 사다 준다는 것에 마음이 설렜지만, 카서스에게는 익숙한 일이라고 생각하면 또 기분이 처지는 것이었다.

시카는 자신의 이 마음의 부침이 어디서 오는 건지 깨닫고 있었다.

깨닫고 있었지만 깨닫기를 원하지 않아서, 시카는 그걸 모르는 척했다.

"하지만 좀 매운데."

시카가 나머지 문어 꼬치를 먹으며 말했다. 카서스가 "다 먹고 나면 음료수 사 줄게." 하고 그녀를 잡아당겼다.

시카는 사람이 많은 길을 걸었다. 걸으면서 사람들과 부딪칠 거라고 생각했지만, 카서스는 그런 일이 없게 시카를 이끌었다.

카서스는 말한 대로 사탕수수 음료수를 사 주고, 그녀의 반대 손에 귀여운 새 모양의 사탕도 사서 쥐여 주었다.

축제를 구경하는 것만으로도 정신이 없어서 한나절이 훌쩍 지나 버렸다.

시카는 웃고, 감탄하고, 손바닥이 화끈거릴 정도로 손뼉을 쳤다.

"굉장해."

"그렇게 좋았어?"

"카서스도 봤잖아! 입 안으로 불을 삼키더니 불을 뱉었어! 심지어 진짜로 마법을 쓴 것도 아닌데 말이야! 그 사람은 연구할 가치가 있어. 어떻게 한 걸까?"

시카의 중얼거림에 카서스는 웃음을 참았다.

"그리고 그 칼을 삼킨 사람도 있었잖아? 어떻게 그게 가능한 거지?"

시카의 얼굴은 점점 진지해졌다. 카서스가 "그만, 그만. 연구로 넘어가지는 말아 줘." 하고 웃으며 기둥을 가리켰다.

"이제 하이라이트인데."

시카는 입을 헤 벌렸다.

기둥을 중심으로 사람들이 원을 그린 채로 춤을 추고 있었다. 모두가 색색의 긴 천을 붙잡고 빙글빙글 돌며 춤을 췄다. 일정한 흐름이 있는 춤이었지만 그렇게 어렵지는 않았다.

둥 두둥 둥둥.

한쪽에서는 전통 옷을 입은 사람들이 북을 일정한 박자로 두들기고 있었다. 거기에 맞춰서 온갖 악기가 다채로운 소리를 냈다.

사람들은 스텝을 밟고 짝짝 손뼉을 치고, 옆 사람과 손을 잡고 빙글 돌아 위치를 바꾸고 다시 천을 잡고 빙글 돌았다.

그렇게 천천히 기둥을 감싸며 천이 짜였다.

시카는 넋을 잃고 군무를 바라보았다. 그렇게 많은 사람이 일사불란하게 춤을 추는 건 처음 보았다.

아니, 너무나도 많은 것이 처음이었다.

시카는 한참을 발로 박자를 맞추며 춤추는 걸 바라보았다. 그녀가 손가락까지 까닥이기 시작했을 때 카서스가 그녀의 등을 떠밀었다. 당황한 시카가 그를 돌아보았다.

"들어가서 춤춰."

"하지만 추는 법도 모르는데."

"간단하잖아? 충분히 봤고."

"그렇지만—"

시카는 머뭇거렸다. 카서스가 에잇 하고 그녀의 등을 죽죽 밀어서 원에 가까워졌다.

"카서스?!"

"사람들을 보지만 말고, 그 안에 들어가서 함께해."

넌 그 안에 들어가고 싶어 하잖아?

춤추던 사람들이 그걸 보고 웃고는 시카의 팔을 잡아당겼다. 엇 하는 사이에 시카는 군무의 중간에 끼게 되었다.

'어어어.' 하면서도 그녀는 주변을 보고 따라 춤추기 시작했다.

처음에는 어색하던 동작이 곧 익숙하게 바뀌었다. 시카는 발을 쾅쾅 구르고 손뼉을 치고 천을 잡고 빙글빙글 돌았다.

군무를 밖에서 보는 것과 그 안에서 하나의 흐름으로 흐르는 것은 전혀 다른 것이었다.

시카는 원 밖에 있는 카서스를 보았다. 카서스는 팔짱을 끼고 웃으며 그녀를 보고 있었다. 그가 거기에 서서 자신을 보고 있다는 게 안심이 되면서 동시에 두근거린다.

시카는 그에게 들어오라는 손짓을 했지만, 카서스는 고개를 저었다.

그런 의도가 아니었겠지만, 시카는 마치 그가 자신을 거부한 것 같은 기분이 들었다.

'하지만 이미 알고 있잖아.'

자신이 이 원에 들어오려고 애쓴다면, 카서스는 그 원에 다가가지 않으려고 애쓰는 사람이다.

처음으로 시카는 그것이 슬퍼졌다. 하지만 북소리가 곧 그 기분을 지워 버렸다. 춤은 사람을 무아지경으로 이끄는 것이 있었고, 같은 동작을 반복하는 건 머릿속을 비워 주었다.

시카는 다리가 후들거리고 숨이 턱에 차오르도록 춤을 추다가 빠져나왔다.

"잘 추던데?"

카서스가 그녀에게 잔을 건네며 말했다. 시카는 그걸 단숨에 들이켜고 숨을 내쉬었다.

"그랬어? 정신이 없어서."

"그런 것치고는 엄청."

카서스는 말하고 묘한 기분을 느꼈다.

단연 시카는 눈에 띄었다. 연분홍빛 머리카락을 나풀거리며 춤추는 아름다운 소녀에게 시선을 빼앗기지 않는 사람은 없을 것이다. 특히 남자들은 그녀를 집요하게 바라보았고 카서스는 거기에 화가 나는 것을 느꼈다.

자신이 왜 화가 나는지, 무엇에 화가 나는지 모를 정도로 카서스는 순진하지도 않았고, 바보도 아니었다.

시카가 춤에서 빠져나와 그에게 달려왔을 때 느낀 우월감이 뭔지도 모르지 않았다.

괜히 그녀에게 춤을 추라고 했다는 생각과 그녀가 춤을 추면서 기뻐하는 걸 보는 게 좋다는 생각이 서로 충돌했다.

카서스는 손수건을 건네주었고 시카는 땀을 닦았다. 그녀가 한숨을 내쉬며 말했다.

"무릎이 떨려. 팔도 아프고."

"엄청 열심히 췄으니까. 재미있었어?"

"응!"

시카가 크게 고개를 끄덕였다. 그녀가 잔을 만지작거리다가 작게 말했다.

"카서스도 같이 췄으면 좋았을 텐데."

"이런 건 익숙하지 않아서."

"나도 처음이었는걸."

"처음처럼 안 보였어."

"그게 아니라—"

시카는 뺨을 부풀렸다가 그만두었다. 더 말하는 건 어린애가 조르는 것처럼 보일 것이다. 그리고 그에게 어린애처럼 보이고 싶지 않았다.

피오나처럼, 성숙한 여성으로 보이고 싶었다.

이제 어둠이 내려서 기둥 주변에는 화로대가 세워지기 시작했다. 시카가 그걸 보고 물었다.

"언제까지 추는 거야?"

"천이 다 짜일 때까지. 아마 밤새도록 출걸."

시카는 이제 삼분의 일쯤 짜인 천을 보며 "그렇구나." 하고 중얼거렸다.

"배고프지, 뭐 먹을까?"

"어? 으응."

시카가 춤추는 사람들에게서 눈을 떼며 말했다.

"그렇게 추고도 아직도 보고 싶어?"

"재미있는걸."

"좋아. 그러면 음식 사 와서 먹으면서 보자. 어때?"

"좋아."

시카가 활짝 웃으며 말했다. 그녀가 얼른 카서스의 소매를 잡았다.

"길 잃으면 안 되니까."

카서스는 소매를 그녀의 손에서 조심스럽게 빼내고 대신 손을 잡았다. 느릿하게 깍지를 끼워서 잡은 손은, 그냥 손을 잡는 것과는 전혀 달랐다.

시카는 그게 신경 쓰이는 걸 신경 쓰이지 않는 척, 도도한 소녀처럼 고개를 휙 치켜들며 물었다.

"그, 그럼 가자. 뭐 먹을 거야?"

"글쎄, 뭐 먹을까?"

두 사람은 노점상을 돌아다니면서 적당한 음식을 골랐다. 시카는 랍스터를 보고 으엑 하는 얼굴을 했지만 그걸 재료로 한 샌드위치는 괜찮아서 그걸로 선택했고, 카서스는 평범하게 핫도그를 골랐다.

두 사람은 다시 기둥이 보이는 곳으로 돌아와 자리를 잡았다. 저녁 시간이라 두 사람 말고도 사람들이 삼삼오오 모여서 식사를 하고 있었다.

카서스는 자신의 재킷을 벗어서 계단에 깐 다음 시카에게 앉으라고 손짓했다. 시카가 당황해 말했다.

"옷 더러워지잖아."

"네 옷이 더러워지는 것보다는 낫다는 거지. 얼른 앉아."

시카는 조심스럽게 그의 옷 위에 앉았다. 샌드위치를 싼 종이를 벗겨 내며 시카는 불 아래서 춤추는 사람들을 내려다보았다. 북소리를 따라 전신이 울리는 것 같았다. 카서스가 말했다.

"그렇게 마음에 들면, 다 먹고 나서 밤새워서 추든가."

"아냐. 그럴 수는 없지. 이 마을을 떠나야 하는데 내 체력을 비축해 둬야지."

"그렇지."

시카는 샌드위치를 한 입 물었다. 아, 역시 맛있다. 그렇게 흉측하게 생긴 생물이 맛있다니, 신기하다.

"그런데 카서스."

"응?"

"피오나 씨와는 어떻게 아는 관계야?"

카서스는 저도 모르게 시카를 돌아보았다. 시카의 시선은 춤추는 사람들에게 고정되어 있었다. 그 뺨이 붉어진 것이 조명 탓인지 아닌지 카서스로서는 알 방법이 없었다.

"옛날에 알던 사이야."

"옛날?"

"여기가 고향이라고 이야기했었지?"

"응."

"어머니가— 여기서 일했거든."

"여기서?"

"그래."

카서스는 말을 멈췄고 시카는 그를 돌아보았다. 시선이 마주 치자 시카가 물었다.

"그럼 소꿉친구 같은 건가?"

"아냐, 그런 게 아냐. 난 그런 거 없어."

웃으면서도 카서스는 단호하게 잘랐다.

"그럼, 옛 애인?"

"뭐어—?"

기가 차다는 그의 목소리에 시카가 항변하듯 작게 말했다.

"그야 책에서는 그런 거 자주 나오는걸. 고향에 두고 온 옛날 애인 같은 거."

"넌 그런 책을 그만 봐야겠다."

카서스는 그렇게 말하고 한숨을 내쉬었다.

"어머니는 유곽에서 일했어. 공연하고, 노래하고, 춤추고— 그 리고 몸을 팔았지."

시카는 숨을 들이켰고 카서스는 그녀의 반응에 싱긋 웃었다.

"놀랐어?"

"그야……."

시카는 뭐라고 말을 해야 좋을지 알 수가 없어 그냥 입을 다물었다. 카서스가 화로대로 시선을 던졌다. 일렁이는 불꽃이 춤추는 사람들에게 무수한 그림자를 드리웠다. 그것은 그림자의 또 다른 춤처럼 보였다.

"그리고 그런 아이는 나 하나가 아니니까. 피오나는 그때 알고 지내던 사이야."

"그렇구나……."

시카는 중얼거리며 다리를 끌어 모아 안았다. 카서스가 몸을 기울여 시카를 보며 물었다.

"실망했어?"

"어?"

"성은 있는데 귀족은 아니라서?"

그 말에 시카가 웃었다.

"귀족이라고는 생각하지 않았어. 그리고 어떤 왕국은 귀족이 아니더라고 성을 가지고 있다고 알고 있고."

기본적으로 제국에서 평민에게는 성이 없지만, 제국의 통치를 받지 않는 왕국 중에는 모든 계층이 성을 가진 나라도 있었다. 그러다 보니 그쪽에서 유입된 사람들은 평민인데도 성을 가지고 있고는 했다.

"그리고— 내가 출생에 대해서 뭐라고 할 만한 처지는 아니지."

시카가 쓴웃음을 지으며 하는 말에 카서스는 입을 다물었다. 잠시 후 그가 말했다.

"미안."

"뭐가?"

"그냥, 그런 말 해서. 아무래도 좀 출생에는 방어적이 되는 것 같아."

"그래?"

"시카도 동료들에게 '어젯밤 네 엄마랑 잤는데 죽이더라.'라든가 '아들 친구라고 하면 서비스 좀 해 주냐?' 하는 질문을 들었으면 그랬을걸."

그 말에 시카의 얼굴이 새빨개졌다.

"그딴 건 동료도 아냐! 대체 어떤 놈들이야?!"

"아, 다시는 그딴 말 못 하게 됐으니까 걱정하지 않아도 돼."

카서스가 어깨를 으쓱하며 말했다. 그가 아무렇지도 않게 말하는 게 왜인지 더 화가 나서 시카는 한참을 씩씩거리며 말했다.

"그런 자식 있으면 말해! 내가 개구리로 변신시켜 버릴 테니까!"

"그거 기대하지."

카서스는 여전히 웃는 얼굴이었고 시카는 그게 슬퍼졌다. 그녀가 팔을 뻗어 카서스의 얼굴을 찰싹 양손으로 붙잡았다. 놀란 카서스의 눈이 휘둥그레졌다.

"시카?"

"화내도 돼. 아니면 슬퍼하거나. 그냥, 그냥―"

그렇게 말하는 시카의 얼굴이 더 화가 나 있는 것처럼 보이고 더 슬퍼하는 것처럼 보여서 카서스는 역시나 웃음이 나왔다. 그가 그녀의 양손을 잡으며 말했다.

"이미 다 지난 일인걸. 지금은 괜찮아."

아아.

시카는 속이 탔다. 전혀 통하지 않는다. 어째서 자신은 이렇게나 사회성이 없는 걸까? 좀 더 말을 잘하고, 좀 더 사람의 마음을 잘 아는 사람이 있다면, 자신 말고 지혜로운 어떤 사람이.

어떻게, 어떻게든.

시카가 푹 고개를 숙였다.

"시카?"

"내가 미덥지 못하다는 건 잘 알아. 내가 믿을 만한 상대가 아니라는 것도 알아."

"그렇지 않아."

카서스의 말에 시카는 희미하게 웃었다.

"그러면 내가 어떻게 해 주면 좋겠어?"

"뭘 말이야?"

"그냥, 위로해 주려면?"

시카의 말에 카서스는 장난스럽게 말했다.

"키스해 주면?"

갑자기 시카가 왜 기운이 없어졌는지는 모르겠지만, 그는 그녀의 새침데기 같은 그 얼굴이 보고 싶었다. 화를 내면서 눈썹을 추어올리면, 화를 내도 미소녀는 그림이 된다는 걸 알 수 있다.

그리고 그 얼굴을 그는 꽤 좋아했다.

방금 전에 자신 때문에 화내던 그런 얼굴 말이다.

"알았어."

"어?"

놀란 카서스가 뭐라고 하기도 전에 시카는 입술을 겹쳤다.

눈을 꽉 감고 입술을 가져다 대는데—

'이 다음은 어떻게 하는 거더라?'

카서스가 할 때는 뭔가 능숙하게 잘했는데, 자신이 하려니 영잘되지 않는다. 아니 그보다는 숨을 역시나 쉴 수가 없다.

게다가 또 심장은 마구 널을 뛰기 시작했다.

'일단 숨을 쉬고 카서스에게 물어봐야 하나.'

키스하면 죽을 것 같을 거라고 생각했는데, 막상 키스를 하고 나니 시카의 머릿속에서 부끄러움이나 수치 같은 것은 날아가 버렸다.

아니다. 날아간 게 아니라 이미 그걸 최대치로 느끼고 있어서 오히려 냉정해지는 자신이 있었다. 살짝 시카가 입술을 떼려는데 카서스가 그녀를 잡아끌었다.

당황한 시카는 헉 하고 숨을 들이켰고 그 틈으로 카서스가 능란하게 밀고 들어왔다.

"—?!"

전에 했던 키스와 비슷한 것 같은데도 전혀 달랐다.

손발이 둥둥 뜨는 듯한, 연인 관계의 키스 같은 그런 달콤한

감각이 전신을 짜르르하게 쓸고 지나갔다. 의식이 희미해진다.

몸에서 힘이 빠져 지탱하고 있는 카서스 팔의 단단함이 안온하게 느껴졌다.

그러나 곧 폐가 소리를 지르기 시작했다.

시카는 겹쳐진 입술로 호흡하려고 해 보았지만 헛되게 그의 입술과 혀만 빨아들였을 뿐이었다. 카서스가 만족스러운 소리를 내며 더 깊게 들어왔다.

'아니, 아니, 이게 아니라―'

시카의 손이 힘없이 카서스의 등을 긁어 내렸다. 봤던 책 어디에서도 키스할 때 숨을 어떻게 쉬어야 하는지는 알려 주지 않았다.

로맨스 소설 여주인공들은 다들 이렇게 황홀한 키스를, 어떻게 그렇게 능란하게 한단 말인가. 결국 시카는 그의 머리카락을 잡아당겼다.

있는 힘껏.

카서스가 "아." 하는 짧은 소리를 내며 떨어졌다. 시카는 축 늘어져서 거칠게 숨을 몰아쉬었다.

"……시카?"

작은 목소리에 시카는 고개를 팩 돌렸다.

으으, 지금 분명히 이상한 얼굴 하고 있을 거야.

숨을 몰아쉬며 새빨개진 얼굴을 하고 있겠지. 그리고 그 얼굴을 보여 주고 싶지는 않아서 시카는 더듬더듬 고개를 돌린 채로 그에게서 벗어났다.

"미, 미안."

그녀는 호흡 사이로 작게 말했다.

"뭐가?"

그의 물음에 시카는 뭐라고 해야 할지 알 수가 없었다. 시카는 비틀거리며 자리에서 일어났다. 여전히 카서스를 볼 수가 없다.

갑자기 자신이 그에게 키스했다는 생각만이 머릿속을 맴돌았다.

'미쳤어. 미쳤어. 미쳤어!'

다시 생각해 보니 누가 봐도 농담 아닌가?

어째서 이성은 뒤늦게 들어오는 걸까? 혼자 심각해져서 혼자 시무룩해지고, 카서스가 장난스럽게 말한 걸 진심으로 받아들여서 키스하고.

'그야 다시 한 번 하고 싶었는걸!'

키스!

솔직한 자신이 마음속 한가운데서 소리 질렀다.

그리고 그 솔직함이 창피해서 시카는 참을 수가 없었다. 솔직한 자신 따위 걷어차서 구석으로 밀어 버리고 시카는 작게 말했다.

"나 좀 바보 같았어. 카서스는 장난으로 말한 건데, 미안."

눈앞이 빙글빙글 돌았다.

"시카."

카서스가 다시 그녀를 불렀다. 시카가 고개를 들고 단호하게
말했다.

"나 카서스에게 이상한 감정 없으니까."

원 안에 들어오고 싶어 하지 않는 그에게, 자신의 감정 따위
말해 봐야!

─다른 마법사로 바꿔 주세요.

가 될 것이다. 그것도 아니면 확실하게 거절당하고 지금 같은
파트너도 못 하겠지.

카서스는 그녀의 말에 웃었다.

"그 정도는 알고 있어. 시카는 좋아하는 사람이 있으니까."

카서스의 말에 시카는 그제야 검사님을 떠올렸다. 이제는 죄
책감까지 밀려와서 시카는 도저히 그를 볼 수가 없었다.

"그래. 맞아. 그렇지."

그녀의 대답에 카서스는 가만히 시카를 보았다가 그녀가 일
어난 자신의 재킷 위를 다시 툭툭 두들겼다.

"앉아. 이제 안 건드리니까."

그 말에 상처를 받은 건지, 자신의 바보 같음에 상처를 받은
건지. 스스로도 알 수가 없었다. 시카는 시무룩해져서 자리에 도
로 앉았다. 그녀는 무릎을 웅크리고 멀리 기둥을 바라보았다.

심장이 아직도 쿵쿵 뛰고 있었다.

"미안, 카서스. 기분 나빴지."

시카의 말에 카서스가 소리 내어 웃었다. 그 웃음에는 어딘지 차가운 곳이 있어서 시카는 움찔했다.

"기분 나빠?"

카서스는 되물었고 시카는 그를 볼 수가 없었다. 카서스가 대답했다.

"기분 나빴다면, 그런 식으로 키스하지는 않지."

시카는 침을 꿀꺽 삼켰다. 더욱 카서스를 볼 수가 없다. 뺨이 달아올라 시카는 무릎 사이에 이마를 묻었다.

'대체 뭘 하는 거람?'

멀리서 두 사람을 지켜보던 오루트는 어이가 없어져서 혀를 찼다. 입 안에서 굴리는 사탕이 달다.

분위기가 좋더니, 시카가 먼저 키스하고, 카서스가 열렬한 키스로 보답하더니 갑자기 싸해졌다.

'뭘 하는 건지.'

오루트는 에휴 하고 한숨을 내쉬었다.

그는 주머니에서 휴대용 필기구를 꺼내서 슥슥 상황을 적었다.

피엔샤 후작이 자신을 여기에 보낸 이유는 명확했다.

정보다.

그는 사정을 적은 다음 전서구의 발에 편지를 매달아 날려 보냈다. 그리고 높은 나무에서 미끄러지듯 내려왔다.

'슬슬 돌아가자고 해야겠구만.'

피엔샤 후작은 날아드는 전서구의 편지를 풀어 보다가 짜증을 내며 편지를 벽난로 속으로 던졌다. 서부는 아직 추위가 가시지 않았고 벽난로는 활활 타오르고 있었다.

"하여간 남부 놈들은!"

내가 왜 마법사와 방랑자의 연애 사정에 대하여 들어야 하는가.

피엔샤 후작은 오루트가 눈앞에 있었다면 엉덩이를 걷어차 줬을 거였다. 상상으로 몇 번 걷어차고 나자 기분이 좀 나아졌다.

전서구를 통해서 보낼 수 있는 편지는 짧고, 그러니 내용의 요약은 중요하다.

핵심만, 간결하게, 요약해서.

한마디로 말하자면 '용건만 간단히.'

남부인들에게는 '용건만 간단히'라는 말이 없다는 이야기가 돈다는 건 알고 있지만 그렇다고 진짜 전서구에서도 구구절절한 사연을 받을 거라고는 생각하지 못했다.

'하지만.'

긴 만큼 내용은 있었다.

'마법사가 죽었군.'

마법사도 인간이니 당연한 일이지만 새삼스러웠다. 마법사라고 해서 모두가 다 강한 것은 아닌 듯했다.

'약한 마법사라.'

피엔샤 후작은 이 정보를 머릿속에 넣어 두고 난롯가 의자에 앉았다.

'그리고 장막을 찢는 존재.'

그가 누군지 모르겠지만 제국에 큰 위협이 되고 있었다.

아니, 제국이 아니라 서부 연합에도 큰 위협이다. 아직 공식적인 이야기를 하기에는 정보와 단서가 너무 적다.

얼음탑은 억지로 쥐어짤 수 있는 존재도 아니다.

'답답하군.'

모든 일 중에서 기다리는 부분은 언제나 힘들다.

피엔샤 후작은 한숨을 내쉬었다.

*　　*　　*

시카는 한숨을 내쉬며 옷을 벗었다.

카서스와는 그 뒤로 별 이야기 없이, 오루트가 둘을 찾으러 와서 숙소로 돌아왔다. 황금꽃은 정말로 소란스러웠다.

축제 마지막 밤이니만큼 사람들은 만취해서 노래를 하는 건지 알 수 없는 소리를 질러댔고, 반쯤 벗은 여자들에 시카는 입을 헤 벌렸다. 오루트가 "와, 와." 하고 시카를 얼른 이 층으로 밀어 올렸다.

이 층 역시 남녀가 시시덕거리며 방으로 들어가는 모습이 목격되었고 시카의 얼굴은 빨개졌다. 카서스가 시카에게 속삭였다.

"이런 데서 묵게 해서 미안."

"아냐. 괜찮아."

시카는 고개를 휙휙 저었다. 경비대와 이야기하는 것보다는 이편이 더 나았다. 인사를 하고 시카는 자신의 방으로 얼른 들어갔다.

이게 실바에서 마지막 밤이 되겠지.

옷을 벗어서 침대에 던져두고 시카는 머리에 손을 올렸다가 당황했다.

'어?'

머리 장식이 없다.

카서스가 사 준 유리 장식이 달린 머리핀이 어디론가 사라지고 없었다.

'춤추다가 흘렸나?'

시카는 당황해 이리저리 살폈지만, 방 안에서 머리핀이 나올 리는 없다. 혹시나 하고 옷을 탈탈 털어 보았지만 마찬가지였다.

'아, 속상해.'

시카는 한숨을 푹푹 내쉬었다. 그 춤추는 곳에서 떨어트린 것이 틀림없었다.

'지금 가면 있을까? 아니 누가 벌써 집어 갔겠지?'

시카는 느리게 옷을 입었다. 포기할 수도 있었지만 그러고 싶지 않았다. 그냥 돌아가서 확인이라도 하고 싶었다.

시카는 문고리를 잡고 그대로 멈췄다.

어제도 혼자 나가서 그 소동을 벌였는데, 오늘 혼자 나갈 수는 없다. 그렇다고 카서스나 오루트에게 동행을 부탁하자니 그 둘에게 미안했다.

시카는 망설이다가 문을 열고 나왔다. 혹시나 복도에라도 떨어져 있지 않을까? 하는 생각에서였다.

그녀가 문을 열고 복도를 살피는데 카서스가 문을 열고 나왔다.

"무슨 일이야?"

그의 물음에 시카는 대답하지 못하고 머뭇거렸다. 그가 준 핀을 잃어버렸다고 당사자에게 말하는 게 쉽지 않았다.

"시카?"

카서스의 물음에 시카가 고개를 저었다.

"아니, 아무것도 아냐."

"거짓말은 싫은데."

카서스가 살짝 눈을 찡그리며 한 말에 시카는 팔을 늘어트리고 솔직하게 말했다.

"카서스가 사 준 핀을 잃어버렸어. 아마 춤추던 곳에서 흘린 게 아닐까 하는데……. 기껏 사 줬는데 잃어버려서 미안해."

그때 술 취한 남자가 비틀거리며 걸어와 카서스가 시카를 옆으로 잡아당겼다. 놀랍게도 취한 남자는 카서스의 시선만으로

빙 돌아 둘을 피해 걸어다가 풀썩 쓰러졌다. 카서스도 시카도 그 사람에게는 눈길도 주지 않았다.

카서스가 말했다.

"알았어."

"어?"

담백한 대답에 오히려 시카가 놀랐다. 카서스가 어깨를 으쓱했다.

"잃어버렸다면서. 알았어. 안 그래도 나 나가보는데 그 김에 찾아볼게."

"어디 나가는데?"

"좀 볼일이 있어서. 절대로 방 안에서 나오지 마. 어차피 오루트를 방문 앞에 세울 거지만."

"이제 말없이 안 나가."

시카가 단호하게 말했고 카서스가 "그래." 하고 가볍게 그녀의 어깨를 두들겼다. 카서스는 시카를 도로 방 안에 넣고 하품하는 오루트를 경비로 세웠다. 오루트가 장난스럽게 경례를 붙이며 말했다.

"이번에는 나가지도 들어오지도 못할 겁니다."

"그래라. 제발."

"그런데 어디 가시나요?"

"시카랑 이야기해 봤는데―"

"네."

카서스가 웃었다.

"어디선가 정보가 샌 것 같아서."

그 웃음에 오루트는 오늘 밤 누가 그와 마주치게 될지는 몰라도, 그 만나는 사람이 평안히 저승 세계로 떠나기를 빌었다.

카서스는 가볍게 계단을 내려갔다. 피오나가 "또 나가는 거야?" 하고 물어왔고 그는 "잠깐, 볼일 좀 보려고." 하고 대답했다.

"무슨 일인데?"

그녀의 물음에 카서스는 "그냥." 하고 짤막하게 대꾸했다. 피오나가 허리에 손을 얹으며 말했다.

"카서스, 지금 네 일행을 숨겨 주고 있는 건 나야. 나도 무슨 일인지 알 권리가 있어."

"숨겨 주는 게 불편하면 옮길게. 아니면 지금보다 방 값을 더 올려서—"

"그런 게 아니라."

피오나의 말에 카서스가 웃었다.

"뭐야, 왜 그래? 괜히 관심 가지는 척하지 않아도 되는데. 모르는 쪽이 더 나아. 그럼."

손을 흔들고 카서스는 문을 나갔다. 피오나는 주먹을 꽉 쥐었다.

평소라면 이렇게 파고들지도 않았을 거다.

카서스는 모든 사람과 일정한 거리를 유지했다. 그에게 특별한 사람은 아무도 없어서, 피오나는 그것이 좋았다. 창녀인 자신도,

저 높은 귀부인도, 카서스에게는 똑같은 가치를 가지고 있었다.

그런데.

그런데 저기 위층의 여자애는 다르다.

피오나는 그게 분했다. 그게 짜증났다.

그게, 그게 견딜 수가 없었다.

'내가 더 오래 알았어. 내가 더 카서스를 잘 알고 있고.'

걸음마 시절부터 그를 알고 있었다. 그의 과거를, 아픔을 전부 알고 있는 건 자신인데.

'아냐. 괜한 생각일지도 몰라.'

피오나는 성마르게 벽을 손끝으로 두들겼다.

자신이 너무 예민한 것일지도 모른다. 게다가 카서스도 그렇게 말하지 않았는가. '그 애는 다른 좋아하는 사람이 있어.' 하고.

피오나는 입술을 깨물었다.

그가 자신을 선택하지 않는다면, 지금처럼 아무도 선택하지 않기를 바랐다.

영원히.

그때 아래층에서 머뭇머뭇 직원 한 명이 피오나를 불렀다.

"언니? 잠깐 누가 보자고 하는데?"

"누가?"

저도 모르게 목소리가 날카롭게 나왔다.

"나도 모르겠어."

멍청한 대답에 피오나는 기가 찼지만, 별말 없이 "알았어." 하고 대꾸했다.

"뒷문 쪽에……."

직원의 말에 피오나는 말없이 뒷문을 열고 나갔다. 처음 서 있는 남자를 보고 그녀는 새로 온 조직원인가 했다.

덩치와 얼굴의 문신 때문에 그랬다.

"위층에 있는 여자에 대해서 할 말이 있다."

남자의 말은 제국어였으나 어눌했다. 피오나는 그가 제국민이 아니라는 걸 눈치챘다.

'피부색을 보아하니, 남부 쪽 야만인인가?'

"위층의 여자?"

피오나의 물음에 투사크는 고개를 끄덕이고 말했다.

"분홍 머리 여자."

그 말에 피오나의 표정이 변했다. 그걸 투사크도 금방 알 수 있었다. 하지만 그 표정은 곧 감춰지듯 사라졌다.

"무슨 말을 하는 건지 모르겠는데요."

"이 건물에 분홍 머리 여자가 있다는 걸 알고 있다."

"그래서, 있으면 어떻게 하려는 거죠?"

피오나의 질문에 투사크는 솔직하게 대답했다.

"그녀는 괴물이야. 인류에 위협이 된다."

"괴물이라고요?"

피오나의 입술에 희미한 미소가 번졌다. 눈이 이채로 반짝였다. 투사크는 고개를 끄덕였다.

괴물.

그 단어가 피오나의 마음에 쏙 들었다. 그래, 카서스가 그냥 인간 여자에게 넘어갔을 리가 없어.

"그럼 당신은 괴물을 처리하기 위해서 온 건가요?"

"그렇다."

투사크의 말에 피오나는 만족스럽게 웃었다. 그는 그 미소를 보며, 그녀가 세세락과 닮았다는 생각을 했다.

"그럼 내가 뭘 도와주면 되죠?"

"그녀와 나를 단둘이 있게 해 준다면—"

"무리예요. 카서스가 있는걸요."

"그렇다면……."

투사크가 품에서 작은 주머니를 꺼냈다. 피오나가 의심스러운 눈으로 그걸 살피며 "뭐죠?" 하고 물었다.

"약이다. 기회가 있을 때 이 약을 먹이고, 나에게 연락을 해라."

"연락은 어떻게 하죠?"

투사크가 그 말에 휘파람을 불었다. 그러자 얼마 지나지 않아 작은 새가 날아왔다.

"전령조를 주지."

"좋아요."

피오나가 방긋 소녀처럼 웃으며 손가락을 내밀어 새를 받아 들고 반대쪽 손으로 주머니를 받아 들었다. 투사크는 약의 사용법을 자세히 알려 주었다.

피오나는 귀 기울여 그 이야기를 듣고 그를 돌려보낸 후에 안으로 들어왔다.

"언니? 누구였어요?"

"응? 새장수였어."

피오나는 기분 좋은 미소를 지었다.

*　　*　　*

카서스는 붉은 수선화가 그려진 간판을 바라보았다. 그는 거침없이 문을 열고 들어갔다. 손님이라고 생각하고 달라붙으려 했던 여자들은 카서스의 기세에 주춤거리며 물러섰다. 오늘은 홀에 나와 있던 마담이 종종걸음으로 다가왔다.

"카서스, 소식은 들었다."

"누구야?"

"뭐?"

"어떤 년이 정보를 불었어."

방랑자가 붉은아침회를 찾고 있다고, 그래서 시카의 위치를 옮기게 되었다는 걸 카서스는 그녀와의 대화를 통해서 알아냈다.

어디서 이야기가 새어 나갔을까는 묻지 않아도 뻔했다.

"정보가 새다니―"

"내가 가는 걸 알고 있었어. 여기 아니면 다른 곳이 없는데. 말해. 알다시피 난 인내심이 많지 않아."

그 말에 마담의 얼굴이 굳어졌다. 주변의 여자들은 분위기가
이상한 걸 눈치채고 주춤거리며 카서스를 바라보았다.

"나야."

마담의 대답에 카서스가 손을 뻗어 그녀의 목을 쥐었다.

"컥—!"

"꺄아아악!"

"마담!"

"경비원을 불러!"

카서스는 시카를 떠올렸다. 그녀의 눈동자 안 뚜렷한 두려움
도 떠올랐다.

"내가 그 자식들을 놓칠까 봐 뒷구멍도 판 거야? 응? 너 바보
야? 내가 너라고 봐줄 줄 알았어?"

"그만해요!"

"사람 죽겠어!"

여자들이 소리쳤지만, 카서스는 꿈쩍도 하지 않았다.

"야! 너 뭐야!"

이런 술집의 뒷배를 봐주는 불량배가 거들먹거리며 뛰어들었
다. 카서스는 귀찮았지만, 허리에서 비도를 꺼내서 던졌다. 손이
보이지도 않는 빠른 솜씨였다. 비도는 남자의 목을 관통했고 그
는 그대로 앞으로 쓰러졌다.

"꺄아아아아—!"

"죽었어!"

"으아악!"

순식간에 술집은 아수라장이 되었다. 마담이 버둥거리며 카서스의 손을 긁었다. 카서스는 꿈쩍도 하지 않았다.

하지만 결국 그는 마지막 숨통까지 조이지는 못한 채 쳇 하고 손을 놓았다. 마담이 바닥에 나뒹굴었다.

"마담!"

여자들이 달려들어 그녀를 살폈다.

'나도 어설프지.'

결국 죽이지는 못했다. 마담이 목을 문지르며 소리쳤다.

"이! 어미 장례식장에도 오지 않은 놈이! 네가 나타나서 큰소리치고 휘젓고 가면 우리가 고마워할 줄 알아?! 피렌이 그렇게 너에게 편지를 보내서 얼굴 한 번만 보여 달라고 애원했을 때 넌 뭐했어!"

그녀는 고래고래 악을 질렀다.

"네 기저귀를 갈아 준 게 누군데! 어떻게 네가 나에게 이럴 수가 있어! 아이고~ 아이고오─!"

그녀는 바닥에 누워 팔다리를 휘저으며 통곡했다. 카서스는 그녀를 무시하고 주변을 보며 소리쳤다.

"이 여자가 붉은아침회가 어디 있는지 나에게 알렸다!"

그 말에 마담의 고함이 딱 멈췄다.

"그래서 내가 싹 다 죽였고. 그러니까 이제 이 밀고자의 뒷배를 할 때는 생각해 보는 게 좋을 거야."

이제 붉은 수선화는 이 바닥에서 살아남지 못할 것이다. 마담의 얼굴이 창백해졌다. 그녀는 카서스가 나가는 뒷모습을 향해서 악을 썼다.

"제 아비를 닮은 놈! 피렌이 죽어라 키워 놨더니만! 너, 너! 네아비가 피렌이 죽을 때 찾아온 건 알아? 새 여자를 옆에 끼고 피렌을 만나러 왔더라."

그 말에 카서스의 걸음이 딱 멈췄다. 마담이 그걸 보고 웃었다.

"왜? 네 아비가 누군지 궁금해졌냐? 죽어 가는 옛날 여자 앞에 새 여자를 끼고 와서는. 개 쓰레기지, 그리고 그놈의 자식인 너도 마찬가지고!"

카서스는 숨을 길게 내쉬었다. 그리고 그대로 문을 밀고 나갔다.

돌아보지 않고.

오루트는 문에 기대어 있다가 인기척에 몸을 바로 했다.

"오셨네요."

"그래."

그의 기분이 좋지 않아 보여서 오루트는 말없이 옆으로 물러섰고 카서스는 방문을 두들겼다. 시카가 문을 열었다.

"카서스. 일은 끝났어?"

"응."

"별로 좋게 끝난 것 같지는 않네."

그 말에 카서스가 피식 웃고 주머니에서 머리 장식을 꺼냈다.

"잃어버린 거."

시카가 눈을 휘둥그레 떴다.

"어디서 찾은 거야? 진짜 찾은 거야?"

"춤추던 곳에서."

"진짜? 정말?"

"아니. 새로 산 거야."

카서스의 말에 시카는 엇 하고 장식을 바라보았다. 카서스가 으쓱하고 말했다.

"찾아봤는데 역시 없더라고. 그래서 같은 거로 샀어."

"이러지 않아도 되는데……."

"싫어?"

"아니, 좋아."

답하고 시카는 고마워하며 그에게서 머리 장식을 받아 들었다. 그녀가 빤히 카서스를 보아 카서스가 "왜?" 하고 물었고 시카가 뒤로 물러서며 말했다.

"잠깐 들어와 봐."

의아하면서 카서스는 방 안으로 따라 들어갔다. 시카가 얼른 방문을 닫고 후다닥 뛰어서 침대 위로 퐁 올라갔다.

"시카?"

"이리 와. 이리, 이리."

그녀가 무릎을 꿇고 침대에 앉은 채로 자신의 허벅지를 찰싹

찰싹 두들겼다.

카서스는 침대 쪽으로 걸어가면서도 "대체 뭔데?" 하고 물었
다. 그가 침대가에 서자 시카가 말했다.

"무릎베개해 줄게."

"뭐?"

"이걸 하면 기분이 나아진대. 자, 얼른, 얼른."

다시 찰싹찰싹 허벅지를 두들기는 시카를 보니 카서스는 그
녀에게 책에서 본 내용이 아닌 다른 상식을 주입해야 하는 게 아
닌가 하는 생각이 들었다.

하지만 유혹은 강렬해서 카서스는 조용히 침대로 올라갔다.
머뭇거리는 그의 어깨를 시카가 잡아끌었다.

카서스는 '어쩔 수 없이' '힘에 끌려서' 시카의 허벅지를 벴다.

"어때?"

시카가 내려다보아 카서스는 멍하니 시카를 보다가 말했다.

"음, 그러게. 좀 나은 것 같아."

그냥 베개와는 전혀 달랐다. 아니, 전혀 다른 게 당연하지만.
뭔가—

"역시."

'책은 옳아.' 하고 시카는 손을 뻗어 그의 머리를 쓰다듬었다.
살살 부드럽게.

"착하다, 착해."

그녀의 말에 카서스는 웃음을 터트렸다.

"그게 뭐야."

"그냥. 기분이 좋아져라, 하는 주문?"

카서스는 길게 한숨 같은 숨을 내뱉고 눈을 감았다. 말랑말랑하고 따뜻한 허벅지는 기분 좋았고, 시카에게서 나는 냄새도 좋았다.

그녀의 작은 손이 머리를 쓸어 주는 것도 지나칠 정도로 만족스러웠다.

어딘가가, 마음의 굳은 부분이 스르륵 풀어지는 것 같은 기분이었다. 카서스는 그제야 자신이 상당히 지쳤다는 걸 깨달았다.

"내 어머니라는 사람은 말야……."

카서스는 입을 열었다. 시카는 대답하지 않았고, 그녀의 쓰다듬는 손길은 일정했다. 상처받은 짐승을 다독이는 듯한 동작.

그는 손등으로 자신의 얼굴을 반쯤 가리고 말을 이었다.

"제멋대로였어. 내가 항상 들은 말은 '너만 없었더라면.'이라고? '너만 없었다면, 내 인생은 탄탄대로였어.' 같은 이야기였어. 유명해질 수 있는 큰 무대를 앞두고 있었는데 너 때문에 내가 이렇게 전락했다고. 원망하고, 미워하고, 같이 죽자고 하고, 죽으라고 하고……."

기억 속의 어머니는 아름다웠다.

아름다웠지만 자신을 공격할 때는 악마 같은 형상을 했다.

"그러다가 멋대로 끌어안고, 귀여워하고, 예쁘다고 하고. 그리고 죽으라고 목을 조르고. 정말로 제멋대로였다고."

차라리 미워하기만 했다면, 자신도 연을 끊기가 쉬웠을까?

모르겠다.

"그런데 내가 돈을 벌어 오면, 키운 보람이 있다고 기뻐해서. 용병단 허드렛일을 열심히 했지. 그것도 잠깐이었고 곧 돈을 던지면서 이런 푼돈 필요 없다고 했지만 말야."

대체 키워 준 값은 얼마나 벌어다가 바쳐야, 얼마나 희생해서 갚아야 하는 걸까?

뭘 어떻게 해야 낳아 주고 키워 준 값을 갚는 걸까?

카서스는 말을 멈추고 길게 숨을 내쉬었다.

"난 이 도시가 싫어."

그가 내뱉듯이 한 말에 시카가 답했다.

"나도 이 도시가 싫어."

그 말에 카서스가 손등을 내리고 눈을 떴다. 시카는 화난 얼굴을 하고 있었다. 이건 좀 예상치 못한 얼굴이라 카서스는 멍하니 그녀를 바라보았다.

"막돼먹은 도시야. 내가 여기서 당한 걸 생각하면."

그녀의 말에 카서스는 낮게 웃으며 돌아누웠다. 그는 머리를 쓰다듬지 않는 그녀의 다른 손을 찾아 잡았다.

"시카."

"응."

"시카."

"응."

카서스는 떨리는 숨을 내쉬고 그녀의 손을 잡아당겨 손바닥에 키스했다. 시카는 불에 덴 듯 움찔했다.

손바닥이라는 곳이 이렇게 예민한 곳이라고는 생각 못 했다. 거기서부터 전신이 달아오르는 것 같아 시카는 애써 태연한 척했다.

"시카는 그 검사가 좋아?"

카서스의 질문에 시카는 "응." 하고 대답했다. 갑자기 이게 무슨 물음인가 싶어 어안이 벙벙하기까지 했다.

방금 뭔가 분위기 좋지 않았나? 이게 무슨 분위기 깨는 소리인가?

카서스는 입꼬리를 올리며 대답했다.

"역시."

"첫사랑이라고 놀리기까지 하고는?"

"그러게."

카서스는 대답하고 그녀의 손을 꽉 잡았다.

지금 그녀의 손을 잡고, 그녀의 무릎베개를 하고 있는 건 자신이다.

지금만큼은.

〈다음 권에 계속〉